神澜奇域 Shenlanqiyu

幽冥珠 Youmingzhu

3

唐家三少 著

APGTIME 时代出版
时代出版传媒股份有限公司
安徽文艺出版社

图书在版编目（CIP）数据

神澜奇域. 幽冥珠. 3/ 唐家三少著. — 合肥：安徽文艺出版社, 2021.3

ISBN 978-7-5396-7146-8

Ⅰ. ①神… Ⅱ. ①唐… Ⅲ. ①长篇小说－中国－当代 Ⅳ. ①I247.5

中国版本图书馆CIP数据核字(2021)第007112号

SHENLANQIYU YOUMINGZHU 3

神澜奇域 幽冥珠3

唐家三少 著

出 版 人：段晓静
责任编辑：宋潇婧　王婧婧
装帧设计：杨　洁　曹希予

出版发行：时代出版传媒股份有限公司 www.press-mart.com
　　　　　安徽文艺出版社 www.awpub.com
地　　址：合肥市翡翠路1118号　邮政编码：230071
营 销 部：(0551)63533889
印　　制：湖南天闻新华印务有限公司　　电话：(0731)88387856

开本：710 mm×1000 mm 1/16　印张：18　字数：290千字
版次：2021年3月第1版
印次：2021年3月第1次印刷
定价：34.80元

目录

CONTENTS

目录

CONTENTS

第109章

祖庭之路

一望无际的碧蓝天空中，坐在冥座上的北月殇晨忽然出现，悬在空中俯瞰下方。

入目所见是一片绵延无垠的巨大山脉，山脉中到处都是参天巨树，唯独山脊处有一段弯弯曲曲的城墙。城墙上是宽敞到能让十辆马车并行的青石板路，石板路的上空笼罩着一层淡淡的黄光。

这就是妖公子口中的祖庭之路。“祖庭之路”活动五年一届，在此之前也有多项比赛，众多妖族天才都是历经考验才来到这里。

北月殇晨用目光搜寻，找到一个没有妖族生物的区域缓缓落下，然后将黑暗元素之力凝于脚下，如风一样向前飞去。不多时，他的前方便出现了妖族生物。

“嗖！”

黑影穿梭，沿途的妖发出阵阵惊呼，但北月殇晨没有理会，径直向前飞去。

“那是谁？速度竟这么快，七阶圣妖？”

“七阶圣妖怎么会在这里？他们应该都走了三分之一吧？”

“他应该不是无名之辈，但我怎么不知道有哪位圣妖擅长黑暗妖力？”

能参加祖庭之路的，都是妖域的年轻一辈，小的十来岁，最大的也没有超过三十岁，他们讨论的自然也是妖域的年轻圣妖天才。

在往前飞的过程中，北月殇晨听到了许多类似的声音，但更多时候他听不到，因为他的速度实在是太快了。

刚开始的时候，那些妖还只是震惊，后来就渐渐出现阻拦他前行的妖了。须知祖庭之路五年才开启一次，只有排名前五十的妖才能得到意想不到的好处，所以每个妖都是竞争者。

面对这些朝他发起攻击的妖，北月殇晨只是将黑暗元素之力从身体内释放出去，将他们撞飞。

已经领悟了元素之心的七阶裁决者，其元素之力的精纯度和雄浑程度是寻常七阶修炼者难以相比的，更何况，北月殇晨目前遇到的最强者仅仅是一名五六阶的天妖。即便不动用幽冥珠，他也可以战胜五六阶的天妖。

城墙仿佛没有尽头，石板路也没有尽头，千篇一律的景色让北月殇晨的精神状态略微变差。

忽然间，强烈的警示从他的灵识深处传来，他下意识地望向五十米外的地面。可他速度太快，来不及止住脚步。他索性心一横，催动黑暗元素之力，将所有黑暗元素之力尽数灌注到双脚，几乎是眨眼间，他便抵达了灵识给予他警示的区域，双脚狠狠地一跺。

“轰隆隆！”

大地似乎都在震颤，石板化作粉尘。只见里面有一条手臂长、象腿粗的碧蓝色蠕虫。这条蠕虫布满猩红倒刺的外壳依然完好，但肉体被黑暗元素之力侵蚀，化作了一团黑雾。

远在百里之外的石板路上，一个皮肤呈绿色且布满黏液的类人形青年猛地顿住，碧蓝色的脸以肉眼可见的速度变白。他原本处于巅峰状态的气息急转直下，整个人萎靡不振。他回头看了一眼北月殇晨所在的方位，眼中尽是惊骇。

“是谁？”此妖名为蛹岩，是蝶妖族年轻一代的领军人物，年纪轻轻便突破成为七阶圣妖。

此次参与“祖庭之路”活动，他是奔着前十去的，他留下自己的蠕虫分身，本是为了埋伏后来者，吸收他们的妖力为己用，可万万没想到，他费尽心机修炼成的蠕虫分身居然被北月殇晨一击杀死了。

这种级别的强者，不应该已经在很前面了吗？蛹岩咬了咬牙，不敢在原地停留太久，强忍着伤痛继续前进。

没过多久，一道影子如黑夜般无声无息地降临，刹那间便到了他的身后，紧跟着超越了他，朝着前面飞去。

在这道黑影擦身而过的时候，他感受到了对方脚掌上的气息，本就苍白的脸越发白了。

“他究竟是谁？”蛹岩望着那道飞快远去的身影，妖力狂涌，紧追而去。

越靠前方的妖族天才的实力越强，攻击性也越强，他们会在沿途留下许多陷阱，以此来阻止后方的妖的追赶。

面对这些妖布置的陷阱，北月殇晨没什么好说的，直接爆发全身的黑暗元素之力硬闯过去。以他七阶裁决者加上元素之心的实力，除了七阶高段的圣妖，没有妖拦得住他。而三十岁以下修炼到七阶高段或者八阶的圣妖，基本都在祖庭之路的最前端，他目前还不会遇到。

一小时后，北月殇晨又超越了一名七阶中段的圣妖，终于略感疲惫。此时距他来到祖庭之路已经有三小时了，算上最弱的那些五六阶的妖，他已经超越了上百名妖族年轻天才。

那些妖看着远去的北月殇晨，原本高傲的心气被磨去，从前在自己小圈子里积攒的自信尽数消失。他们甚至没有了勇往直前的动力，内心满是挫败感。

感到疲惫后，北月殇晨便停下来休息，在恢复黑暗元素之力时，他在自己身体周围布下一座灵识幻象迷宫。

后来的妖族天才们看见北月殇晨盘坐在那里恢复，一点防备也没有，顿时大喜，但紧跟着他们便陷入了灵识幻象迷宫，直到北月殇晨完全恢复都没能走出来。他们能走出来才是怪事，毕竟北月殇晨的灵识幻象迷宫可是迷惑过九阶魔皇的。

作为妖域五年一届的盛事，祖庭之路上的动向都被外界所知悉，日辰帝国和天宇帝国的强者们将祖庭之路上发生的一切呈现给外界，让妖族其他成员观看。不过即便是两大帝国的强者，也不可能实时传播画面，外界看到的画面会有很长一段时间的延迟。

当外界的妖族成员发现北月殇晨这匹黑马的时候，北月殇晨已经正式闯入祖庭之路的前一百名。

虽然北月殇晨是后来者，不用像刚开始那样激烈地竞争，但不可避免地遇到了诸多强者留下的陷阱，真要算下来，其实跟最开始出发的难度是差不多的。在这种情况下，他毫无疑问打破了闯祖庭之路的最短时间纪录。

不过北月殇晨显然不在乎这些，他一心一意想着去祖庭面见那些祖老，将魔域与幽灵青海勾结的事告诉他们，得到他们的承诺，其余事情一律与他无关。至于他来参加祖庭之路会引起多大风波，不在他的顾及范围内。

原本如果不赶路的话，北月殇晨其实挺想见识见识妖族年轻一代强者的实力，可由于时间紧迫，他必须全力以赴。因此在感受到自己动用黑暗裁决者的能力已经有些力不从心的时候，他毫不犹豫地释放了灵压。

灵压呈翻滚的波浪状向远方席卷而去。阻挡他前路的妖，无论是七阶高段的还是七阶巅峰的，全都毫无反抗之力。他一路上势如破竹，无妖可挡。

与此同时，外界已经知悉他这匹黑马的存在，也知道他那惊人的战绩，无不为之惊讶，但他们还不知道北月殇晨来自人族。

继续往前飞了一个多小时后，北月殇晨发现灵压的效果开始减弱了。再往前，每一个妖族天才都有着不俗的灵识之力，而且一个个来历非凡。在过往的岁月里，他们应该经常可以遇到十阶和十一阶妖神，对于灵压这种精神威压性质的攻击有着免疫力。于是，北月殇晨开始给他们“加料”。

在往前飞的过程中，北月殇晨将幽冥珠置于身前，发出震耳欲聋的灵识之声，声音借由幽冥珠向着远方传去。

听见灵识之声的妖族天才尽皆头疼欲裂，难有再战之力，只能眼睁睁地看着北月殇晨飞驰而过，心中震撼无比。

灵压和灵识之声让北月殇晨成功闯入祖庭之路的前十。能闯入祖庭之路前十的，无不是真正的天才，最弱的也是八阶中段，甚至有八阶高段或八阶巅峰的妖族天才。

须知他们才三十岁不到，如果按照人族的年龄来计算的话，只相当于人族的七八岁，未来如果不出意外的话，他们都将会是星神、月神级别的强者。这样的强者手段很多，底牌也多。因此，在感受到北月殇晨前来的时候，他们第一时间便做出了应对。他们的应对方法很简单：联手。

前十的天才早已名扬妖域，互相都认识，而且熟悉彼此的能力。而北月殇晨不一样，他来历神秘，实力强。在情急之下，那些妖全都同意联手。

排名靠后的三名八阶中段妖族天才相互配合，施展了大量妖术。空中迅速凝聚出极寒的飞刃，铺天盖地地向着北月殇晨飞来。一条由藤蔓交织而成的巨龙从旁边的山崖底下腾起，朝北月殇晨“咬”来。天上忽然乌云密布，亿万道雷霆在游走，然后“轰隆”一声劈落，密密麻麻地落在北月殇晨所处的位置。

北月殇晨直接化作灵体，穿梭在冰刃、巨龙和雷霆之中，双手并在胸前举起一面灵识之盾，直接朝着一名妖族天才撞去。

无声无息之间，这名妖族天才的灵识便被撞出了体外，他看见北月殇晨，忍不住满脸惊恐，旋即便收敛心神，想要让灵识归体。

接着，北月殇晨又将另外两名妖族天才的灵识撞出了体外。这样不会给他们带去太大的伤害，只会拖延他们的时间。

在三名妖族天才灵识归体的期间，北月殇晨已经飞出了好几公里，直到三十秒后，才有一个震惊的声音响起。

“他是人族的！”

第110章

摧枯拉朽

这名八阶圣妖的声音在妖力的作用下向着远方传去。

排名第一到第七的妖族天才全都听清了他的喊话。他们当即脸色一变，转过头望去，只见一道黑影从远方飞奔而来。

“人族？人族怎么能上祖庭之路？”

“他来做什么？”

“他好厉害！”

七名妖族天才，无一不是天纵之才，经历丰富，所以在听见喊声后，他们的心思开始活泛起来。首先，他们判断北月殇晨肯定是得到了妖族哪位大人物的授权，才来到祖庭之路，否则在祖庭之路被众多星神、月神注视的情况下，人族绝不可能闯到这里来。既然如此，他们下一个要思考的问题，自然是北月殇晨这么做的目的。不过不管目的是什么，他应该不能过分伤害妖族成员，因此他们倒不用太担心自身的安危。

紧跟着，他们反应过来北月殇晨的速度，以及随之而来的磅礴灵压，本就大受震动的内心又开始了新一轮的动荡。

“真的好强！”飞驰在前面的三名妖族天才皆处于八阶巅峰，距离突破成为九阶圣妖只有一步之遥，可他们都没有信心胜过北月殇晨。这让他们有些受打击，要知道北月殇晨可是人族的。在过往的岁月里，人族是妖族的附庸与奴隶，他们无论如何也接受不了人族如此强大。

他们现在只有一个念头——希望这个人年纪很大。不过他们也清楚，对方年纪再大也不会超过三十岁。祖庭之路有限制，超过三十岁，无论是什么种群的都进不来。

他们脑海中的各种想法纷乱如麻，但丰富的经验让他们做出了同一个决定，那便是联手。虽然他们也是竞争对手，但那是妖族的内部矛盾。北月殇晨是人族的，是一个外来者。如果让他超越了妖族所有的天才，那妖族的脸往哪里放？尽管他们联手对付北月殇晨的行为已经很丢脸了。

七名妖族天才面面相觑，然后同时有了行动。其中一名双臂外侧长着一个巨大肉瘤的独眼巨人，猛地将青石板路踩出一条条蜘蛛网一样的纹路，双臂抱在身前，形成一面厚实的盾。另一名背生双翼、有鹰钩鼻、眼神冷厉的青年则并拢双翼，旋转着腾空而起。道道旋风随他舞动，形成了一场搅动着漫天风刃的巨大风暴。还有一名妖族天才直接让石板路上长满了参天大树和藤蔓。每一株大树、每一条藤蔓都具备极强的攻击性，藤蔓在空中随风摆动着，如同深海的海草。天空中，乌云在凝聚，雷霆在翻滚。七名妖族天才各显神通，想方设法阻止北月殇晨！

北月殇晨远远地看见那些阻碍，神情有些凝重。对方已经看出他灵识方面的能力很强，因此所有的妖术都以灵识之力为主、妖力为辅，这给了他很大的压力。他有压力，当然不是因为打不过他们，而是害怕杀伤他们，那样的话，一直注视着这里的妖族强者们绝对不会放过他。

电光石火之间，北月殇晨已经来到七名妖族天才的阵前。他化作灵体，浑身包裹着精纯的神阶灵识之力，无须多做什么，也能让他们感受到巨大的压力。

下一秒，北月殇晨撞击在第一名妖族天才的盾上。无声无息之间，这名妖族天才便昏过去了。

打破第一名妖族天才的防御后，北月殇晨飞上天，围绕着那名鹰妖反方向旋转，速度比他更快，灵识之力比他更精纯，短短两秒便让他的风暴消散了。

那名鹰妖见状，呆如木鸡，落在地上，没有了反抗的心情。

北月殇晨越过了两名八阶妖族天才，前面仍然有五名。其中一名挥手间落下数十道雷霆，密集如参天巨树的树杈。这名疑似雷鹰族的八阶圣妖攻击性更强，每一道雷霆都蕴含着大量的灵识之力。

北月殇晨冲过去的时候，凝出了两面盾牌顶在头上，外层是黑暗元素之力，内层才是神阶灵识之力。他这么做，当然是为了锻炼自己，他虽然赶时间，但这也花不了多少时间。

雷霆落下，北月殇晨的盾牌受到重击，但没有破碎，等他来到雷鹰妖的面前，盾牌也只是出现了几条极细的裂缝。

北月殇晨抵达这名雷鹰妖身前的时候，左手已经凝出一柄灵识之剑，势如破竹地划向雷鹰妖。雷鹰妖早就被他的速度和防御能力惊呆，竟然毫无反应，但他手中的灵识之剑只是从雷鹰妖的身边掠过。

第四名八阶高段圣妖全身藏在了黑袍中，面对着北月殇晨。北月殇晨感觉有一百多道目光在望着自己，他想起了妖族的一个传说，神情不由得变得凝重。

千眼妖族！那是妖怪族一个极其强大的分支，他们的实力以眼睛的数量计算，当一个千眼妖怪浑身上下长满一千双眼睛，其境界便可通神，甚至全天下都在他们的眼中。虽然眼前这千眼妖怪只有几十双眼睛，但北月殇晨仍然不敢小觑他，因为千眼妖怪天生擅长灵识之道。

“嗖嗖嗖！”正当北月殇晨心中思绪万千之时，一道道灵识光芒从这名千眼妖怪的眼中激射而出，看不见摸不着，却有极强的攻击性。

北月殇晨仍然拿灵识之盾去挡，但那些光芒撞击在灵识之盾上时，没有像雷霆一样爆炸、消散，而是如附骨之疽，附着在灵识之盾上，消耗、吞噬着灵识之盾。与此同时，那些光芒还影响了北月殇晨的灵识，意图在他面前呈现幻象。

这对北月殇晨来说是一个很新奇的体验，毕竟拥有幽冥珠的他很难体会到灵识幻象。他不敢小觑，忙用神阶灵识之力将这些幻象粉碎。

这名千眼妖怪当即脸一白，倒退了两三步。

倒数第三名妖族天才是一名八阶巅峰的蜂妖，不是蜜蜂，而是蜂鸟。她的身后有一对短小且薄如蝉翼的翅膀。翅膀扇动得飞快，赋予了这名蜂妖超乎寻常的速度。她一动起来，四面八方全都是她的身影，不知道哪个是真，哪个是假。

但是，对北月殇晨来说，这能力跟闹着玩儿似的，他以神阶灵识之力开启灵视，那些没有灵识之力的身影顿时在他的视野中消失了。

即便如此，蜂妖还是有六个分身，而且全都有着不弱的灵识之力。北月殇晨有些惊讶，然后便遭到了蜂妖的攻击。六个分身瞬间便来到他的面前，全部刺向他的右眼。六个分身的身影重叠，化作一妖，威能却是六倍！

六倍的突刺即将落在北月殇晨的眼睛上，他的眼睛中忽然浮现幽冥珠的一个虚影，令这名蜂妖灵识剧震，陷入呆滞之中。下一刻，他的灵识直接入侵这名蜂妖的灵识，没有伤害她，而是在她的灵识里留下了一点气息，以便锁定她的真身。

之后的一秒钟时间里，八阶蜂妖对北月殇晨进行了上百次的攻击，但每一次都被北月殇晨找到真身并挡住了攻击，直到她所有的灵识之力消耗殆尽，脸色苍白地倒在了地上。

这一切都发生在刹那间，没等其他妖族天才反应过来，北月殇晨就已经抵达了排名第二的八阶巅峰圣妖身前。这名圣妖正经受灵识层面的震荡，再被北月殇晨突袭，一时间没有反应过来，被北月殇晨短暂地控制了灵识，转身去攻击排名第一的圣妖。

排名第一的圣妖显然也没有和后面几个拉开太远的距离，被临时的队友攻击，他有点没反应过来，受了不轻的伤。紧跟着，北月殇晨也来到他的身前，神阶灵识之力朝他扑面而去，惊涛骇浪般的灵识冲击让他陷入短暂的失神，眨眼间北月殇晨就超越他了。

足足两秒之后，这名圣妖才从失神的状态中恢复过来，然后陷入了更长久的失神和沉默。不只是他，另外那八名妖族天才也是这样，此时他们既有挫败感，又感到愤怒。自己居然败了！自己可是这一代的强者！

他们都败了，意味着整个妖域的年轻一代都败在了北月殇晨手下，败在了人族的手里！虽然这一说法太绝对了，毕竟妖域有很多天才都不愿意抛头露面，而且有其他的方法可以进入祖庭，但如果这九名圣妖这样自欺欺人的话，那就没意思了。

要知道，北月殇晨彻彻底底地击败了他们！他们是天才，不是傻子，看得出来北月殇晨根本没尽全力，一直都留有余力，否则的话，北月殇晨一个人就能杀死他们九个。北月殇晨在尽可能地控制住自己的情况下，超越了他们，这已经不是同境界的实力了，这代表着他拥有九阶战力。

事实上，北月殇晨的确有九阶战力，至少在灵识层面有。

第111章

祖庭

好半天过去了，十名八阶圣妖仍然沉浸在失败中不可自拔。北月殇晨轻易地将他们击败了，直接摧毁了他们的精神世界。

此时此刻，不知在多远的空中，妖公子正望向他们，嘴角轻扬：“妖域承平已久，幽灵青海的事情是一个警兆，但不够，北月殇晨正好合适。现在应该看清自己了吧？”妖公子的想法是妖族许多高层的想法。

妖域过去的确辉煌，但现在已经不是冰河时代。不论人族三域如何，幽灵青海、污浊黄海、无尽蓝海、生命绿海、神圣澄海和兽域、魔域的势力可是一直在增强。即便是人族三域那三块仿佛被上天诅咒的地方，如今也有了一丝希望，妖族不能再沉湎于过去，必须直面将来。

也不知道过去了多久，终于有一名八阶圣妖意识到自己状态不对，马上反思，然后恢复了些精神。他回望了一下其他九名依旧沉浸在失败中的圣妖，没有多说什么，朝着北月殇晨紧追而去。可是无论他怎么追都看不见北月殇晨的背影，但他没有放弃，步履不停。其余九名圣妖也渐渐醒悟过来，开始朝着北月殇晨追去。

发现他们的状态有所好转，妖族不少高层才欣慰地放下心，但对北月殇晨的杀意丝毫不减。北月殇晨虽然没有做错什么，可他刚才的发挥差一点毁了妖族不少天才的未来，即便有青天妖君的命令，他们也忍不住想动手。

越过十名八阶圣妖后，北月殇晨彻底没了阻碍，在黑暗元素之力和灵识之力的爆发下，眨眼便飞出了很远。

在北月殇晨以一己之力闯过十名八阶圣妖形成的封锁线后不久，全妖域无数妖族成员通过实况转播看到了祖庭之路上的画面。他们先是沉默，然后震惊，紧跟着发出惊呼。

“人族，祖庭之路上怎么会有人族，是谁放他进去的？”

“不过这个人也太强了吧！”

“杀了他！祖庭之路不容外族玷污！”

“太强了，究竟是怎么办到的？人族已经这么强了吗？而且他看上去年纪也不大啊。”

“抓起来研究研究吧。”

他们在议论的同时，有关人族超越所有妖族天才，即将成为这届祖庭之路第一个抵达终点的修炼者的消息也迅速流传开来，继而被外族安插在妖域的间谍们得知，广传外域。

北月殇晨继续向前飞行，五小时后，他终于穿越来到了祖庭。祖庭之路的尽头就是祖庭，这是很明显的事，但祖庭的样子出乎北月殇晨的意料。

祖庭作为妖域的决策中心、强者云集之地，北月殇晨本以为这里会很雄伟庄严，事实上，这里没有高大的城墙、恢宏的建筑、连绵的宫殿，只有一片残垣断壁。

放眼望去，到处散落着断折的巨大石柱以及一座座破碎的雕像，空气中弥漫着让人倍感压抑的气息。北月殇晨全身的黑暗元素之力都被压缩到元素之心里，无法调动。这里不像妖域的中心，而像一片遗迹。

“怎么？看你有点失望？”忽然，一个声音在北月殇晨的耳畔响起。

北月殇晨猛然一惊，转头望去，顿时又一惊，因为他看见了妖公子。

“看来你见过我。”妖公子道，“我竟然肯让人族生物走祖庭之路来见我，一定是发生了什么不得了的大事。说吧，是什么事？”

北月殇晨仍有些震惊，但很快就想明白了，青天妖君是大天神之下的第一妖，当然也是祖庭的祖老之一，有分身很正常。只不过青天妖君取自青天古树上的灵体分身跟一般的分身不太一样，他的分身具有自我意识，但又不会完全脱离青天妖君本身。

在短暂的失神后，北月殇晨恢复正常，道：“是关于魔域和幽灵青海的。”

北月殇晨话音未落，妖公子打断了他：“好了，听到魔域和幽灵青海，我大概就知道是什么事了。不过既然我肯让你来祖庭，肯定不是我想的那样，那就不是我一妖可以决定的事，你跟我来吧。”妖公子说完，向祖庭内飘去。

北月殇晨闻言点了点头，跟在妖公子身后向祖庭里走去。走在妖公子的身后，祖庭的气息便没再给北月殇晨带来压力。

北月殇晨边走边环顾四方，不断猜测，同时比对他在摩月记忆中看见的画面。

“你见过这里以前的样子？”在北月殇晨观察、回忆时，妖公子一直关注着他，从他的眼神和表情中看出了一丝端倪。

“算是吧。”北月殇晨点了点头。

“算是吧……”妖公子若有所思地重复了一遍，然后饶有兴味地道，“看样子你有点故事。”

“算是吧。”北月殇晨想了想，又点点头。

“哈哈哈……”妖公子忍不住大笑。

“虽然见过，但没有看太清楚。如果方便的话，你可以给我讲讲吗？”北月殇晨见这个妖公子挺好说话的，当即问道。他不愿意放弃任何一个可以提升自己的机会，哪怕只是获取更多的信息。

“嗯，可以。”妖公子点了点头，道，“这里就是大灾变时期，日辰帝国和天宇帝国合力建造的七神祭坛。为了建造这座祭坛，所有大天神级别的强者都洒下了自己的精血，妖域也几乎倾尽了所有的资源，而祭坛的核心就是七神珠。”

妖公子看了一眼北月殇晨，道：“你刚才应该感受到压力了吧？只有七阶强者才能在那种压力下支撑住。如果你没走祖庭之路，是闯不过祖庭外的气息屏障的。”

“祭坛……”北月殇晨之前在摩月的记忆中没有看见祭坛，只看见了七神珠。不过妖公子没必要骗他，这片祭坛废墟也实实在在地存在着，应该是摩月当时在高处，所以没看见。

“嗯，现在已经可以称之为坟墓了。当时七神祭坛虽然阻止了魔兽星的降临，却导致它和妖精大陆一起分崩离析，无数强者在这里殒灭，其中不乏你们人族的先辈。这些强者的尸骨是天生的元素吸引神物，它们让这片祭坛废墟成为妖域的圣地。后来各族的月神、大天神们都到这里修炼，才形成了祖庭。”妖公子道，“不过这不是全部原因，最主要还是怕尸骸国度和灵体国度的尸骸、灵体来偷尸骸和灵识碎片。”

“啊？”北月殇晨还不知道幽灵青海和污浊黄海跟妖域有这样的过节。

“大灾变的爆发让法蓝星的大部分生灵死亡，后又因一些诡异的原因，幽灵青海和污浊黄海出现了，这两海天生有强大的吸附力量，将大灾变时死亡的灵体和尸骸吸附到两海去。也正是因此，它们才壮大到如今的规模。我们当然不会让妖域的英雄那样活着，所以我们封禁了幽灵青海和污浊黄海对这里的感知。”妖公子说话时，有点咬牙切齿，“刚开始还好，这两海有很多尸骸和灵体，我们根本不担心这里被发现，可就在一百来年前，两海意识到自己的尸骸和灵体在不断减少，开始满法蓝星地打大灾变时的尸骸、灵体的主意，真是找死！”

看得出来，妖公子真的很生气。北月殇晨猜想两海应该成功过不止一次，只是不知道为什么到最后，妖域没有对两海进行报复。这可不符合妖域的脾性，大概率还是因为魔域从中干涉吧。

在交谈中，北月殇晨掠过了一座座破碎腐朽的雕像。它们有的高数十米，有的高数百米，有的甚至高上千米，其中大部分都是当初大灾变时殒灭的妖族强者。不过这些雕像不是战后修筑的，而是战前，不知道存在的意义是什么。

“对了，我跟你说，现在祖庭的祖老们都在商量要不要把你杀了。”妖公子忽然饶有兴味地道。

“杀我？”北月殇晨忽然一惊，“为什么？”

“你杀了妖，又羞辱了他们看好的后辈，还来自人族，不杀你杀谁？”妖公子瞥了北月殇晨一眼，道。

“这……”北月殇晨忽然有些忐忑。

“而且你太优秀了。”妖公子看着北月殇晨，认真地道，“刚刚我们得到消息，大概知道你在幽灵青海的那些行动了，就连我现在也在考虑要不要直接把你杀了算了，免除后患。”

北月殇晨闻言猛然转头看向妖公子，悚然一惊。

“不过想想还是算了，魔族威胁太大了啊。”妖公子叹了口气。

北月殇晨这才松了口气，但内心深处还是有些不安。

北月殇晨跟在妖公子身后，从十二座环绕成圈的破败雕像中央走入地下，那里有一个由一根根巨大石柱撑起的地下广场。这个广场上密密麻麻地盘坐着许多的圣妖，从七阶到九阶都有。他们气息微弱，不是濒临死亡，而是在闭死关。他们是在尝试突破。他们之中大部分身上都蒙了一层厚厚的灰，也不知道多久没动过，许多妖的身边甚至有一堆白骨或者一堆骨灰。

妖公子没有看他们一眼，静静地从他们中间穿过。北月殇晨默默地看着，没有多问。

路过这个巨大的广场，远方又是一个广场。在这里，北月殇晨终于见到了妖族的祖老。祖老一共有十一名，他们环绕着盘坐在空中，静静地修炼。

看见北月殇晨到来，其中一名由石头垒成的精怪睁开了眼睛，灰色无神的铜铃般的巨眼望向北月殇晨，发出了一声冷哼。下一刻，如山般沉重的压力从天而降，北月殇晨如遭重击，马上将神阶灵识之力注入幽冥珠，同样不弱的灵压宛如两只手，颤抖着努力抬起了石妖的威压。

那名石妖感受到自己的威压竟然被抬起，发出了一声轻咦，刚想动怒加大威压，妖公子的声音忽然响起："石惊，差不多行了。"

"看到人族不爽，不行吗？"被称为石惊的石妖看了妖公子一眼，语气有些不服，但还是将威压撤了回去。

"让那些小子尝点挫折是好事，你该谢谢他。"妖公子笑了笑，然后转头望向北月殇晨，道，"好了，你现在说说具体是怎么回事吧。"

北月殇晨此时正喘着粗气。刚才他反应很快，直接动用了全力，可依然受了点伤。这名叫石惊的石妖，必然是一个十一阶的强者。

那他们呢？北月殇晨望向其他十名妖族强者。有背生羽翼的鹰妖，有额上有虎纹的虎妖，有身上布满鳞片的妖怪，也有树皮构成的精怪，他们个个实力深不可测，不正眼望向北月殇晨。

北月殇晨强压心中的震惊，将之前告诉妖公子的事原原本本地告知了这些祖老，并将证据呈现出来。焰光镜、圣阳书、绿雾镜，诸多记载着清晰画面的宝物将罪恶之城、演魔城的画面展现在众祖老的面前。

看完证据的众祖老陷入了沉默。

第112章

前往兽域

众祖老望向北月殇晨，眼神复杂，有杀机，有欣赏，有感叹，有警惕。显然，他们都被北月殇晨在演魔城那一番惊人的行动震惊了。虽然他们先前已经得到了相关信息，但哪有此时直接看到画面震撼？

不过，他们毕竟都是神级强者，而且知道北月殇晨是幽冥珠的执掌者，所以没有震惊太久，便开始讨论起来。

北月殇晨能看见他们神情激动、眉头紧皱的样子，却听不见他们讲话，而且他们会不时望向自己。北月殇晨根本想不到，在这短短的半小时内，他已经在鬼门关打了好几十个来回了。

半小时后，这群祖老终于结束了讨论，不再看向北月殇晨，而是闭目养神，平复心情，只有妖公子走到了北月殇晨的身前。即将迎来宣判，北月殇晨有些紧张。

妖公子顿了顿，道："魔域与幽灵青海的计划的确很有威胁性，但若要我们妖域主动去找兽域合作，那是不可能的，跟神圣澄海、生命绿海、岩浆赤海、无尽蓝海、人族三域合作倒是可以。"

北月殇晨闻言顿时失望透顶。妖、魔、兽三域是法蓝星最强大的势力，其中魔域又远超兽域与妖域，只有兽、妖两域联手才能抗衡魔域。至于其他四海三域，虽然也有点用，但起不到决定性的作用。

他张开嘴刚想说点什么，妖公子继续道："如果兽域主动提出和我们联盟，并表现出充分的诚意，我们倒也不是不能考虑结盟。"

都什么时候了，居然还这么骄傲？北月殇晨闻言忍不住苦笑。妖域跟兽域都很强，都有着辉煌的过去，妖域有尊严，兽域就没有吗？

北月殇晨叹了口气，想了想，道："妖君陛下，可不可以商量一下，双方都给出一定的诚意，平等合作？"

“我倒是没什么，但他们不愿意。”妖公子指了指不远处高空中的十一名祖老，“你既然看到过祖庭以前的样子，就应该知道魔兽星坠落对妖域造成了多大的伤害。就算他们同意，妖域的其他妖也不会同意。因此，若兽域主动示好，我们便结盟，这已经是我们最大的诚意了。”

北月殇晨听完，叹出声来。

“别担心，希望还是有的。”妖公子安慰似的笑了笑，“说不定你把这事儿跟兽域说了之后，他们比你还急。我们法蓝星各族与魔族的仇恨才几百年？兽人族跟魔族的仇恨已经超过万年，不可调和。”

话虽如此，但北月殇晨对说服兽域依旧没什么信心。不过事已至此，他只能全力以赴。

“给，这是妖神令。”妖公子突然从空中抓出一块巴掌大小的红色令牌，丢给北月殇晨，“拿着这块令牌，你就相当于妖族的使者，其他四海四域全都需要你去游说，我们妖族不会主动做这件事。”

北月殇晨接过妖神令，有些无奈。大祸临头，妖族依然这么在乎名誉和尊严，如果换作人族三域，恐怕早就将这些东西抛诸脑后，恨不得早点结盟去对付幽灵青海和魔域。说到底还是人族三域太弱，而妖域有底气，哪怕大战真的爆发，死伤最多的也不会是他们。

“那我先去岩浆赤海。”北月殇晨没有再多说什么，冲着不远处的十一名祖老点了点头，又向眼前的妖公子鞠了个躬，才向外走去。只有在祖庭外，他才可以使用冥座。

看着北月殇晨渐渐消失的背影，妖公子背对着十一名祖老，神情变得复杂起来：“你们说，我以后会不会后悔现在没杀他？”

十一名祖老望着北月殇晨消失的方向，有的在冷笑，有的在幸灾乐祸，有的则在沉沉叹气。

来到祖庭外，北月殇晨没有犹豫，立即调动神阶灵识之力催动冥座。下一刻，他已经来到了无尽蓝海。他先前从岩浆赤海去妖域的时候来过这片海域，再回去自然非常快，只用了三个小时，他就抵达了岩浆赤海的火黎大陆。

踏上火黎大陆后，北月殇晨伸出右手打了个响指，一簇袅袅燃烧的灵识之火升腾而起。

“齐灵。”北月殇晨对着那簇火焰喊了一声，然后退出十几步。

十几秒钟后，那簇火焰猛地化作一片炽烈的火海，齐灵从中走了出来，一身火红色长裙的火离姬正坐在齐灵的身上。

火离姬看见北月殇晨，面色一喜，直接腾空而起，落在北月殇晨面前。

“怎么样，你没事吧？”火离姬上上下下打量着北月殇晨，甚至伸手去摸他的头。

“没事没事。”北月殇晨无奈地拿下她的手。

“好像的确是没事。”火离姬松了口气，然后惊讶地道，“你好像还突破了？”

“没错。”北月殇晨满脸笑意，“而且我领悟了黑暗元素之心，就算我不用幽冥珠，你应该也不是我的对手。”

“我也领悟了火元素之心。”火离姬不甘示弱，“要不要试试看谁厉害？”

“我倒是想，但没时间啊。”北月殇晨摊了摊手，同时心里惊叹。他本以为自己已经算天赋异禀，运气逆天，但没想到火离姬一点都不比他差。

“对了，你事情办得怎么样了？”火离姬关切地问道。

“很难，但办成了，而且我成功说服了妖域。”北月殇晨说这些的时候，一点都不开心。

“怎么了？”火离姬自然看得出来他状态不对。

“他们的合作条件很苛刻，要兽域主动示好才行。”北月殇晨轻皱眉头。

“这……”火离姬也皱起眉头。

“你别被我影响了，没事，只是有难度而已。”北月殇晨摸了摸火离姬的头发，笑了笑。

“你有信心我就有信心。”火离姬也笑了。

齐灵在一旁来回踱步，不时发出一声意味不明的低吼。

“先回去再说吧，我找族长有事。”北月殇晨醒悟过来。

“好。”火离姬答应后，两人同时翻身骑在齐灵的背上。才短短几秒钟，两人已经回到火玄甯修炼的树洞中。火玄甯看见北月殇晨的时候，有点惊讶。

“你做到了？”火玄甯问道。

北月殇晨没有说话，只是将焰光镜呈给了她。火玄甯接过焰光镜，将焰光镜记录的画面显现出来，供她自己、火离姬与齐灵观看。

火离姬全程都没用心，因为她总是忍不住抬起头看北月殇晨。焰光镜中展示的画面让她明白北月殇晨的行动实在是过于艰难，如果不是北月殇晨现在好好地站在她面前，她会觉得北月殇晨肯定逃不出来了。

小半天过去，焰光镜终于结束播放，火离姬才放下心。她望向北月殇晨，眼中充满了欣赏之意。

“不错。”火玄甯满意地点了点头，然后沉默了两秒才问道，“看你身上的气息，你已经去过妖族祖庭了吧？他们怎么说？”

北月殇晨闻言，又将刚才和火离姬讲过的话给火玄甯说了一遍，最后拿出了妖公子给他的妖神令。

火玄甯见到妖神令，有些感慨：“其实我一直都觉得你会失败，不过既然你说服了妖域，那我们也没有不加入联盟的理由。”

说话间，火玄甯面前忽然燃起一簇火焰，她伸手从火焰中取出一块红色的木牌。这块木牌的气息与焚天木同出一源，其上刻着一个浅蓝色的“火”字。

“这是火神令，和妖神令的作用一样，证明你的身份和我们火黎族加入联盟的决定。”

北月殇晨郑重地接过火神令，将它和妖神令一起放入空间戒指天圆中：“有您这个决定，我就放心了。”

“抓紧时间去兽域吧，在此期间，火黎族会做好战争的准备。”火玄甯道。

“我这就出发。”北月殇晨激动地点头，当即转身想和火离姬道别，但火离姬在他之前开口道：“我要跟你一起去。”

“太危险了。”北月殇晨皱起眉头，摇了摇头。

“我不比你弱。”火离姬挑了挑眉。

“真的太危险了，连我都不知道有没有命回来。”北月殇晨还是摇头，语气坚决，“不行。”

“不行也得行，反正你甩不开我。”火离姬道。

北月殇晨闻言有些无奈，只得转头望向火玄甯。

火玄甯感受到北月殇晨的目光，道：“让她去吧，她自保不成问题，另外兽域可能没有你想象的那么危险。”

北月殇晨听到这句话，有些疑惑：“这话怎么说？”

“兽域的兽人族天性还算良善，对外族没什么杀戮、排斥之心。如果你不去主动招惹他们，他们就不会莫名其妙对你动手。”火玄甯道。

“这样啊。”得到这样的回答，北月殇晨的心立刻安定了不少。兽人族生性良善，那说服他们的概率也大了些。不过一想到最开始认识狮的时候，狮张口闭口就是砸成肉泥什么的，北月殇晨有些怀疑，但最终还是选择相信火玄甯。

有火玄甯为火离姬做担保，北月殇晨自然没了拒绝火离姬的理由，于是两人便一同踏上了前往兽域的路。

兽域，又是北月殇晨未曾涉足的一个域境，他不能使用冥座传送，只能慢慢地飞过去。正好要跨越无尽蓝海，北月殇晨准备去找寻无尽蓝海的一些强大种群，让他们加入联盟。

时隔一年，再次和火离姬一起远行，北月殇晨有种恍若隔世的感觉。一年来，两人都经历了许多，成长了许多，要承担的责任也增加了许多，双方的情感也加深了许多，但他们知道现在不是谈儿女私情的时候。在前往兽域的途中，两人一直在努力修炼。

这天晚上，北月殇晨沐浴着月光躺在沙滩上，心里面想着狮。

狮是他灵识匹配的第一个对象，也是他认识的第一个兽人。他对狮的印象很好，将狮当成了朋友，但自从上次幽灵青海突袭诸域诸海，他便彻底失去了跟狮的联系。他一度怀疑狮已经死在了那次突袭下，但又觉得不会。毕竟狮来历非凡，连魔域红月魔王的转世魔童都能击败，绝不会那么轻易地死去。

北月殇晨有一种直觉，狮很可能是他这次在兽域的突破口，所以他决定绕路，先去魔兽战场看看那里到底是什么情况。

第113章

狮的传说

从火黎大陆出海后，北月殇晨和火离姬一路向西，转眼已是一月后。在这段时间里，两人除了修炼，便是扎入无尽蓝海去游说诸海族。

无尽蓝海不比神圣澄海、生命绿海和岩浆赤海，它没有一块完整的大陆，是一片覆盖在法蓝星表层的巨大海域，无数海族生存在其中。哪怕无尽蓝海的皇族海龙族，也不能完全统治那些海族。

好在有资格挑战海龙族霸主地位的海族也有不少，北月殇晨每拉拢一族加入联盟，便能增加一分对付魔域和幽灵青海的胜算。

只不过无尽蓝海实在是太大了，到目前为止，北月殇晨也没进入那些霸主海族的海域，劝服的只是一些临近岩浆赤海的海族。

无尽蓝海更深处的那些海族则根本不将魔域和幽灵青海的威胁当回事。在他们看来，只要不再出现魔兽星坠落那种天塌下来般的危险，无论法蓝星发生了什么都不会波及他们。毕竟天塌下来了也有高个儿顶着，轮不到他们。

他们的心态自然是让北月殇晨恨铁不成钢，但仔细想想又觉得他们有自己的道理。都说覆巢之下，焉有完卵。无尽蓝海太大了，而他们的地位又太低了，连卵都算不上，又谈何覆灭？

一个月的时间足以让两人从岩浆赤海抵达兽域，但因为心中的预感以及对幽冥珠的信任，北月殇晨将目的地指向魔兽战场。魔兽战场位于兽域的南部、魔域的北部，正巧被两域夹在中间。来到这片海域后不久，北月殇晨和火离姬便结识了一条梦鲛。

梦鲛族是无尽蓝海中一个极为稀有的种群，常年分散在各大海域，有着强烈的领地意识。北月殇晨和火离姬用了许久才成功“以理服鲛”。在这条热心梦鲛的指引下，两人终于遥遥地看见了魔兽战场。

魔兽战场坐落在一座巨大的岛屿上，由于里面常年有魔族和兽人族厮杀，血气浓重，红云笼罩。红云之下是绿色的瘴气，掩映着碧绿色的毒池。一望无际的岛屿上，到处都是木质的城寨，怪石嶙峋，气氛压抑。

“准备好了吗？”北月殇晨转头看了一眼火离姬。

“嗯。”火离姬不着痕迹地深吸了口气。

魔兽战场作为法蓝星最强大的两个种群交战的区域，不可谓不危险。北月殇晨其实也有些紧张，但他善于将紧张转化为警惕。两人悬在魔兽战场外的空中，北月殇晨静静地凝视着下方。

作为狮唯一称得上朋友的人，北月殇晨对魔兽战场还算了解，知道这是一处只能进不能出的绝地，哪怕神级强者也没办法越界。不过很巧的是，它限制兽人族和魔族生物出去的方式是种下灵识印记。

神阶灵识之力入眼，北月殇晨的眼中立刻浮现一个巨大的倒扣光罩。这个光罩显然是一个结界。这个结界的威能不如目前封印幽灵青海的结界，但也差不了太多，毕竟都属于大天神级别的力量。

来到结界近处，北月殇晨伸出右手碰了碰结界，立刻察觉到有一缕灵识之力从结界中涌出，钻入自己的食指，然后飞快结成一个符文的形状，侵蚀自己的灵识。他立刻调动神阶灵识之力去围剿那缕灵识之力，没有费太大劲便将其剿灭了。

北月殇晨闭上眼睛感受了一会儿，想了想，然后伸出右手探入结界中。更强大的灵识之力涌入他的躯体，形成强大的符文，但同样被他用神阶灵识之力剿灭了。再之后，他将整条手臂、半个身子都探入结界中，依旧没有任何阻碍地消除了灵识烙印，他才放心，整个人融入其中。

此时他已经可以确定，魔兽战场的灵识烙印不算难解，但他没有大意，让火离姬和他一样，一点点地尝试，最终两人才都进入了魔兽战场。

魔兽战场内的空气中充斥着刺鼻的腥臭味，两人皱起了眉头，恨不得将眼睛、鼻子都堵住，但他们不能。魔兽战场危险重重，如果因为气味刺鼻、辣眼就蒙蔽自己的感官，那跟自杀没什么两样。

落到地面后，火离姬凑过来，一边防备四周，一边低声问：“怎么走？”

北月殇晨也不清楚该去哪儿，但他深受狮的影响，所以立刻想出了办法。魔兽战场里最不缺的就是对这里熟悉的魔族和兽人族生灵。

北月殇晨闭上双眼，不需要幽冥珠的帮助，强大的灵识感知力呈圆形向远方扩散。只不过三秒钟，他便发现了一名魔族生物。

这名魔族生物皮肤呈紫色，眼睛泛着红光，此时正藏在一个碧绿色的污水潭中，静静地凝望着火离姬。

不知怎的，两人之前竟然都没有发现那名魔族生物。而在北月殇晨发现那名魔族生物的时候，对方也发现了北月殇晨，当即神色一变，向着碧绿色污水潭深处潜去。

北月殇晨一惊，更加警惕，黑暗元素之力迅速在体表形成了一个黑暗铠甲，同时他将右手搭在火离姬身上，为她也凝聚出一个黑暗铠甲。

“怎么回事？”火离姬往前走出一步，挡在北月殇晨面前，丝丝缕缕的火焰从空气中浮现。

“我刚才发现了一名魔族生物，就在那儿。”北月殇晨指向正前方十步外的碧绿色污水潭。

“十步。”火离姬非常惊讶。

要知道她和北月殇晨都在黑暗之城长大，而黑暗之城的元素修炼者最擅长的便是藏匿。他们两人更是领悟了元素之心的七阶裁决者，竟然没有感受到那名魔族生物的任何气息，仿佛他只是一个死物，或是一块石头。这已经是最高级别的隐匿术。如果不是北月殇晨的灵识感知力远超同级别强者，他们现在不死也会受重伤。

“要小心点啊。”北月殇晨更加警惕。

世界上危险的地方很多，魔兽战场可以说是最危险的地方。无数魔族生物和兽人族生物在这里厮杀，至今已经三百多年。有的魔族生物和兽人族生物是在过往的岁月被流放至此，但更多的是诞生在这里。他们以杀戮为生，杀戮和隐匿是他们的天赋能力，在这个地方，如何小心都不为过。

“知道了。”火离姬认真地点了点头。

有了自己的灵识感知力被察觉的前车之鉴，这次北月殇晨利用幽冥珠增强了自己的灵识感知力，然后开始搜寻离他们最近的兽人族生物或魔族生物。很快，在北方两公里外的地方，他在一块石头的缝隙中发现了一名蛇兽人。

这名蛇兽人有六阶实力，按照兽人族的实力划分，他是一名兽尊。

说起来，魔兽星的兽人族和法蓝星的妖怪族很像，都是人兽混种，只不过妖怪族认为自己本体的另一部分不是兽，而是妖。除此之外，兽人族生物和妖怪族生物都有着人类的特性，前者像人多一些，后者像妖多一些。

兽域的兽人族生物基本都是兽首人身，这名蛇兽人也不例外，他有着扭曲自己骨骼和躯体的能力，将自己藏在岩石缝中，等待着猎物的到来。但这次很可惜，他等到的是两名猎手。

在确定了这名蛇兽人具体位置的情况下，以北月殇晨和火离姬的实力，拿下他可以说是手到擒来。

“你们是人族的？”这名蛇兽人被抓住后，看着北月殇晨和火离姬的眼神似乎很欣喜。

“你在高兴什么？”北月殇晨不解。火离姬同样不解。

“我听说人族都很弱，而且人肉很好吃。”蛇兽人老老实实地答道。

他话音刚落，北月殇晨右脚下浮现一道黑色的暗纹，旋绕着蛇兽人的腿部慢慢卷了上去，边卷边使劲：“你现在还觉得人族很弱吗？”

“痛痛痛！”这名蛇兽人当即痛呼出声。

北月殇晨隔了好一会儿才散去那道暗纹。

“不了不了不了，都是谣言。”蛇兽人忙服软道。

“你知道狮吗？”北月殇晨开门见山。

“狮？”这名蛇兽人一下子变得惊恐起来，脸色苍白如纸，甚至比被北月殇晨和火离姬俘虏时更惊恐，他的声音都在颤抖，“您认识他？”

“他怎么了？”北月殇晨和火离姬对视一眼，都觉得有些不对劲。

“他没怎么，我只是好奇，您既然认识他，为什么还活着？”蛇兽人恐惧地道。

北月殇晨和火离姬又忍不住对视了一眼：“他到底怎么了？”

“他可是个传奇……”蛇兽人恐惧且向往地道，“魔兽战场的传奇。”

“说说看。”北月殇晨饶有兴味地看着他。

“听说他来自狮蛮氏族。您知道狮蛮氏族吗？那是狮人族中顶尖的血脉，成员虽少，但每五位狮蛮氏族的成员里面就有一名十阶兽神，每十位十阶兽神里面就有一位十一阶兽神，而每二十位十一阶兽神里面就有一位十二阶兽神。在兽人族漫长的岁月里，狮蛮氏族诞生了许多十二阶兽神。”蛇兽人的语气里有着强烈的嫉妒情绪。

听他说完，北月殇晨和火离姬看了看对方，都很吃惊。这是一个什么样的概率？简直恐怖！

这话听起来，只要狮蛮氏族努力生下后代，就会不断诞生兽神。

“既然他来自狮蛮氏族，怎么会被流放到魔兽战场？”北月殇晨问道。

“还不是因为狮蛮氏族的兽神级强者全都殒灭在了那场灾劫中。他们有一部分殒灭在推动魔兽星时，有一部分殒灭在与法蓝星的七神珠对抗时，有一部分则殒灭在你们所称的大灾变战争时。不过据我所知，大灾变时没有法蓝星种群战胜过狮蛮氏族的兽神，他们都惨死在魔族手中。”蛇兽人道，“狮蛮氏族绝大多数兽神殒灭，只留下一位年老的十二阶兽神，他也在十几年前殒灭。狮蛮氏族被其余支脉的狮人族成员夺权，那位新上任的狮神因忌惮狮蛮氏族，将所有狮蛮氏族成员杀尽，只有襁褓中的狮被放逐在了魔兽战场。”

“你怎么会知道这些？”北月殇晨有些好奇，因为这些信息太过详细。

“我说了，狮是一个传奇，魔兽战场的兽人谁不知道？”蛇兽人道，“我还知道，那位狮神本以为狮会很快死在魔兽战场，但狮没有，他活了下来。狮神一度想杀死他，但兽神是不能进入魔兽战场的，狮神就派了狮人族的不少强者来追杀他，但他们的下场都非常惨烈。”

说到惨烈时，蛇兽人忍不住浑身颤抖，这让北月殇晨很好奇狮到底做了什么让敌人惊恐的事。

蛇兽人很快就控制住了颤抖，道：“所以我真的很好奇您究竟是怎么认识他的，据我所知，认识他的生灵都已经死绝了。”

北月殇晨没有回答他的问题，而是道：“那你知道他现在在哪里吗？”

“现在啊……”蛇兽人的神色变得古怪起来。

第114章

醒狮

“他现在在黄昏谷。”蛇兽人道。

北月殇晨和火离姬闻言都有些惊讶。北月殇晨虽然问了，但没想过会从蛇兽人这里得知一个确切的地址，他本来以为只能问出个大概。

“你怎么会这么清楚？”北月殇晨问道。

“整个魔兽战场的兽人和魔族生物都知道。”蛇兽人道。

“他怎么了？”北月殇晨皱起了眉头。

“狮蛮氏族是屹立在兽人族之巅的种群，不仅有着超乎寻常的修炼天赋，还有着无与伦比的战斗天赋。他们有一种特殊的状态叫作‘醒狮’。进入醒狮状态的狮蛮氏族成员，战斗力会提升不止一个层次，可消耗也会非常大。一旦消耗过度就会留下不可逆转的损伤，甚至死亡。”蛇兽人道，“之前幽灵青海的灵体们入侵魔兽战场时，狮刚刚进行了自己的第一次醒狮，可能没有控制好时间和消耗，所以他陷入了沉睡。”

“沉睡？”北月殇晨道，“如果只是单纯的沉睡，他肯定已经死了吧。”

“有东西护住了他。”蛇兽人道，“一个淡黄色的结界。无论什么攻击落在那个结界上，都会冰消瓦解。一旦超过九阶极限的力量进行攻击，结界就会自动反击，显现一个狮首。上次那个狮首直接吞了一名九阶巅峰兽王。自那之后，就再也没有魔族生物和兽人去打搅他了。”

“告诉我具体位置。”北月殇晨松了口气，只要不是死亡，那一切都好说。

“黄昏谷在魔兽战场的最西端。”蛇兽人道。

“多谢。”北月殇晨说完，转身便走。

两人离去后，本来还表现正常的蛇兽人猛地瘫在了地上：“呼，幸好我听说人族很好说话，只要给他们想要的、说他们想听的就能保命，没想到居然是真的，蛇神保佑！蛇神保佑！”

“你那朋友可真不一般。”在前往黄昏谷的路上，火离姬忍不住感叹道。

“的确。”

狮自小便被丢在魔兽战场，无亲无故，没人教导他如何生存、如何修炼，他却活得好好的，不仅活得好好的，展露出的天赋还让狮人族起了杀心，派出兽人族强者来追杀他。即便如此，他依旧存活了下来，还在魔兽战场博得了令人闻之丧胆的名声，连魔王的转世魔童都不是他的对手。假如他在正常情况下出生、成长，实力恐怕会达到一个更可怕的地步。

在飞行的过程中，北月殇晨用神魂魅影改变了下方魔族生物和兽人族生物对他的观感，又利用神阶灵识之力催动幽冥珠，让火离姬在灵识层面消失无踪，所以一路上两人没有碰到任何危险。

魔兽战场不允许十阶星神级强者到来，违者会受到严惩，甚至会扩大兽人族和魔族的局部战争，因此大部分时候，魔兽战场最大的危机来自九阶巅峰强者。但是以北月殇晨目前的实力，哪怕是九阶巅峰强者，也不一定能杀他。

魔兽战场很大，尽管北月殇晨和火离姬全力飞行，也用去足足两小时才抵达黄昏谷。来到这里后，北月殇晨才知道这里为什么叫黄昏谷。

从天空向西望去，只见暮光从海天交接之处洒下，将整片天空和大海染得昏黄，给人一种强烈的安宁感。俯瞰下方，在两山之间，有一条狭长的山谷。山谷的正中央有一个巨大的淡黄色结界。

北月殇晨和火离姬落下来后，看见淡黄色结界中有一个狮人。狮人身材高大，有着巨大的狮子头和粗壮的脖子，只穿了一条破破烂烂的裤子，裸露在外的上身肌肉隆起，遍布如蜈蚣般扭曲、恐怖的伤疤。

北月殇晨第一次从狮的记忆中看见狮时，狮的鬃毛是红色的，现在却是金黄色的，给人一种尊贵感。狮虽然陷入了沉睡，气息却依旧强大，让北月殇晨为之感叹。

狮身上的气息已经达到了九阶！可怕！他才多少岁啊？

北月殇晨心中产生这个念头的时候，完全忘了自己现在也可以匹敌九阶强者。但毕竟他的实力很大程度上都来源于幽冥珠的帮助。

巨大的淡黄色结界的四周，有不少兽人族生物的尸体，有的才开始腐烂，有的已经成了白骨。

才落在地面，北月殇晨便感受到了无数道目光的注视。这些目光来自为数众多的魔族生物和兽人族生物。他环顾四周，浑身紧绷，蓄势待发。

“全是九阶。”火离姬脸色微微有些发白，已经做好了战斗准备，随时都可以取出传承自火玄甯的火黎族秘宝来。

不过这些魔族生物和兽人族生物没有对他们动手的意思，从那些生物的气息上，两人判断他们正在互相牵制。

“帮我戒备。”北月殇晨警惕地环顾了一眼四周，在灵识世界内对火离姬说道。火离姬轻轻地点了点头，他这才往前走出两步，站在结界外，望着结界内的狮，陷入了短暂的沉思。

片刻后，他灵识出窍钻入幽冥珠中，想借助幽冥珠将感知力渗透到结界中去，但他的感知力撞在那结界上，仿佛撞在了一堵密不透风的墙上，进不去。

北月殇晨引发的灵识波动引起了四周魔族生物和兽人族生物的注意。他们中，有的自视实力强大，想要在结界散去后杀死狮，分得一杯羹；有的是红月魔王的下属，在监视、观察狮的动向；有的则是狮人族派来杀狮的杀手。他们都有着自己的目的，而且皆是九阶魔皇、兽王，可没有一个敢尝试攻破结界，毕竟不久前那名九阶巅峰兽王死亡的画面还历历在目。

眼前的北月殇晨是魔族的还是兽人族的？因为灵识气息被掩盖，在场的魔皇、兽王看不出北月殇晨的身份，但明显感觉到他才七阶。火离姬展露于外的实力也是七阶。区区七阶，在他们眼中连蝼蚁都不如，他们甚至懒得动手。北月殇晨如果继续作死下去，马上就会被结界吞掉。

北月殇晨不知道在场魔皇、兽王的想法，自顾自地收起灵识感知力，退出幽冥珠，又将神阶灵识之力注入眼中，朝结界内望去。视野中一片昏黄色，他什么都看不见。

北月殇晨又思索了会儿，这次他进入幽冥珠内的世界，又一次尝试与狮的那个灵识光点联系。

可是他一次次触碰狮的灵识光点，都没得到回应，但他发现在他触碰狮的灵识光点时，现实世界的幽冥珠竟散发出许多蓝色丝线，落在结界上，短短几秒钟便形成了一个不大不小的孔洞，正巧够一人通行。

众多分神关注他的九阶魔皇、兽王深感震惊，然后毫不犹豫地爆发，向那孔洞冲去，轰鸣声随之响起。

北月殇晨和火离姬离得近，再加上北月殇晨有所准备，所以在这些魔皇、兽王起身前，他已经抓住火离姬的手，一前一后冲入了孔洞之中。下一刻，幽冥珠不再散发蓝色丝线，孔洞闭合！

一名速度奇快的九阶魔皇来不及停下，一头撞上了结界。霎时间，金光大放，一个庞大的狮子头咆哮着从结界中浮现，一口将那名九阶魔皇吞了下去，然后消失无踪，留下一地吓得直冒冷汗的魔皇、兽王。

进入结界站定后，北月殇晨发现自己的后背都湿透了，刚才结界被破解的过程着实有点简单，他差点都没反应过来。

火离姬也吓得够呛，此时正转头回望着那些魔皇、兽王。他们张开嘴巴似乎在说些什么，但火离姬听不见。

北月殇晨和火离姬好一会儿才缓过劲来，转头走向狮。此时狮正平静地躺在地上，呼吸正常，只是灵识陷入了沉睡。

北月殇晨通过灵视仔细观察，发现狮的灵识上蒙着一层灰雾。这层灰雾有腐蚀性，正缓缓地侵蚀狮的灵识。狮的灵识缩成一团，不时发出反击，但照此趋势下去，用不了多久，狮的灵识便会彻底消亡，到时候即便他的身体可以存活，那也没有任何用处。

“又这么巧吗？”北月殇晨嘟囔了一句。

“又是灵识？”火离姬问道。

“嗯。”北月殇晨点了点头，“我先试试看。”

他话音落下，神阶灵识之力从他的手指尖缓缓流出，覆盖在狮的灵识表层，随后将之点燃。

下一秒，肉眼看不见的灵识之火缓慢地燃烧起来，北月殇晨小心翼翼地控制着火焰的大小与温度，一丁点儿一丁点儿地灼烧狮灵识表面的那层灰雾。

那层灰雾虽然有腐蚀性，但对外界的灵识之火没有抵抗力，于是渐渐地减少，直至消失。

整个过程用了三个小时，北月殇晨像是不眠不休地飞行了三十天，整个人都快要虚脱了。

可现在还没到休息的时候，腐蚀灵识的那层灰雾被清除了，但狮的灵识已经被腐蚀了一点。

北月殇晨只能用幽冥珠帮狮聚识，利用聚集的灵识碎片修补狮缺失的灵识，再用狮本身的灵识去蕴养那一部分修补的灵识，让它们成为狮的灵识。一旦修补的灵识发生抵触，狮将会变成一个白痴。

“之后的治疗会用点时间。”北月殇晨长长吐出一口气，转头看向火离姬。

“放心吧。”火离姬知道北月殇晨的意思，环视了一圈结界外正虎视眈眈地看着他们的魔皇和兽王们。

用神阶灵识之力修复狮的灵识不难，但需要小心谨慎，因此足足耗费了一天一夜。在此期间，火离姬一直默默地守在北月殇晨的身边。

魔皇和兽王们纵然心痒痒，但没谁敢贸然进攻。

一天后，正被北月殇晨修复灵识的狮猛地睁开眼睛，吓了北月殇晨一跳。幸好他对幽冥珠的控制已经达到如臂使指的地步，这才强行克制住了自己，没有伤害到狮。

狮睁开眼睛的第一秒，下意识地伸出巨大的右掌，朝北月殇晨的脖子抓去。以他的实力和力道，一旦被他抓住，北月殇晨立刻就会人头分离。

火离姬既注意着结界外的情况，也注意着狮的情况。在狮伸手前，她便点燃了结界内的火元素，让其飞快地在北月殇晨面前形成了一面火焰之墙。

然而，火焰之墙刚刚形成，狮马上就要碰到北月殇晨脖子的手却停了下来。

第115章

蛮力

狮的眼神有些迷离，他疑惑地看着北月殇晨，问道：“北月殇晨？”

“是我。”北月殇晨疲惫地笑了笑。

“你怎么来了？”狮的脸上是止不住的笑容。北月殇晨是他认识的第一个人族朋友，也是第一个来自外界的朋友。

狮的神态和语气让火离姬松了口气，但她没有撤去火焰之墙。

“联系不上你，有点担心。”北月殇晨虚弱地道。

狮闻言陷入了短暂的沉默，静静地看着北月殇晨，忽然笑了：“还不是红月那魔崽子，不过以后再说这个吧。”

“好。”北月殇晨点了点头，继续为狮修复灵识。

“你们不该进来的。”狮的意识逐渐恢复，脸色也渐渐恢复了正常。

“放心，我有出去的办法。”

北月殇晨话音未落，狮脸上已经浮现狂喜之色：“真的？”

“真的。”北月殇晨认真地点头。

“可以带我出去吗？”狮的声音都在颤抖。

“我们此行就是来带你出去的。”北月殇晨道。

“呼……”狮用了许久才平复激动的心情，他看着北月殇晨，一字一顿地道，“我欠你一条命。”

“我要你的命干什么，帮我个忙就行了。”北月殇晨笑了笑。

“好说好说。”狮点了点头，然后忽然转头望向结界外，狞笑道，“不过先让我们把这些坏东西全赶走再说！”

“得再等等。”北月殇晨声音微弱地道，“你的灵识还没有完全修复。”

“那就再给他们点活命的时间。”狮冷冷地望向四周，又看了看火离姬，有些警惕，“对了，你还没有给我介绍你的朋友呢。”他信任北月殇晨，但不信任其他任何生灵。

“她是我从小一起长大的伙伴，火离姬。”北月殇晨介绍道。

火离姬闻言朝狮点头示意，狮却将头凑近北月殇晨，道：“好兄弟，一定要小心女人，你知道我左胸的伤疤吧，就是女兽人留下的。”

“我知道。”北月殇晨知道狮是好心。

狮从小就生活在魔兽战场，这里没有任何信任可言，不过北月殇晨对火离姬自然抱有百分之百的信任。

北月殇晨怕火离姬听了会介意，转头看了她一眼，发现她神色如常，完全没把狮的话放在心上。不过以北月殇晨对她的了解，她肯定还是记住了。

完全修复狮的灵识，又用去北月殇晨三个小时的时间，这让他几乎虚脱，用了一整晚才将灵识本源恢复。

看了看结界外的众多九阶兽王、魔皇，北月殇晨转头看向狮，问道：“他们怎么办？”

“还能怎么办，直接杀了。”狮冷笑道，“全都是九阶初段，现在监视我的成本已经这么低了吗？”

“你确定可以？”北月殇晨数了一圈，“有十二个呢！”

“确定可以。”狮毫不犹豫地道，他看了看火离姬，问道，“你朋友行吗？”

“不用你担心。”火离姬语气平静，甚至冰冷。

狮闻言只是笑了笑，又看了北月殇晨一眼，这才开始撤除结界。

关于结界的事，两人昨天就聊过了，狮也不知道它出现的原因，但可以操控它。他推断这是刻印在血脉里的东西，毕竟狮蛮氏族是出过多名大天神的氏族。

约莫几分钟后，结界缓缓消失，狮一马当先朝正南方一群九阶兽王冲去，北月殇晨和火离姬都没反应过来。

随着狮的苏醒，早有一批九阶魔皇、兽王离去，剩下的都是些不信邪的，然后他们就付出了不信邪的代价。

已经是醒狮的狮瞬间便出现在一名九阶鹰人王的面前。鹰人族本是擅长速度的种群，而这名鹰人王本身又是九阶兽王，专门来结界处监视狮的，可他的那点反应能力和速度在狮的面前根本不够用。

狮也没有动用任何花里胡哨的能力，只凭蛮力便将这名九阶鹰人王的翅膀扯断，扔向远方。那对翅膀“轰隆”一声砸入山体深处。剩下的九阶魔皇和九阶兽王见状，肝胆俱裂，瞬间作鸟兽散，仓皇地逃离了现场。

北月殇晨和火离姬静静地看着这一幕，久久无言。北月殇晨也可以击败九阶强者，即便是在不动用幽冥珠的情况下，但他绝对做不到狮这么迅猛。火离姬同样可以击败九阶强者，但必须动用一些秘宝。狮和她不一样，狮只用了自己的身体力量、气势和体内的兽之力。

短短几秒钟，直到将结界附近的敌人完全清空，狮才走到北月殇晨的面前。此时他金色的鬃毛已经变回红色，体格依旧健壮，站在那里像一个小巨人。

“好了，说吧，要我帮什么忙。”狮咧嘴朝北月殇晨笑道。

北月殇晨挠了挠头，道：“其实我也不知道你能帮上什么忙，只是直觉让我来找你。”

“哈哈哈哈……”狮听了北月殇晨的话，先是一愣，然后忍不住大笑起来，“你说话可真有意思，直觉，哈哈哈……”

“我们想去兽神山，见执掌兽神山的那位天兽神。”北月殇晨缓缓地道。

所有势力、国家都会有一个核心，蓝域是雷城，妖域是祖庭，兽域则是兽神山。兽神山由十二座兽神峰组成，每一座兽神峰都代表着兽人族一个强大的势力。狮人族便占据其一，因此那座兽神峰便被称为狮神峰。

狮闻言，神情猛地变得难看起来，有些落寞：“这我还真帮不到你，我是被流放的，即便我出了魔兽战场，也没资格去见天兽神。”

“没关系，那我们再想办法。”北月殇晨有些失望，不过能救出狮，他心里还是非常开心的。他相信狮将来的成就绝不简单，现在跟狮打好关系，等于为人族拉来了一个强大的盟友。

狮甩了甩浓密的鬃毛，咬着牙道：“其实有一个办法。只要我们能带着红月那魔崽子的脑袋去兽神山，肯定能见到天兽神。不过红月那魔崽子太狡诈了，根本抓不住他！”

北月殇晨闻言，对狮的奇思妙想感到震惊，火离姬则有些跃跃欲试。那可是转世魔童啊，且不像之前被北月殇晨灵识寄生的玄渊魔王的转世魔童，红月是正常生长状态下的转世魔童，实力之强无法言喻。不过他们三人联手，也未必不能抓住红月魔王。

只是，北月殇晨不相信魔族会真的放任一个转世魔童不加任何安保措施地到魔兽战场历练，必然会有大量魔族强者暗中保护他。

北月殇晨不敢将自己暴露在魔族生物的视线中，否则绝对会遭到不设限的追杀。想了一会儿，他摆了摆手道："先不说这些，出去再说吧。"

"好，好。"狮听了顿时大为激动。

在正常情况下，狮这辈子恐怕也无法走出魔兽战场。在魔兽战场的结界的制约下，他没法晋升星神。北月殇晨的到来无疑改变了他后半生的命运。这是一个大恩。狮看向北月殇晨的眼神都渐渐变了。

北月殇晨辨识了方向后，便腾空而起，朝着北方飞去。

一路上，无数兽人族生物和魔族生物抬头望着他们，但没有一个敢接近，毕竟狮的凶名在魔兽战场无人不知，无人不晓。与此同时，他苏醒的消息如海啸般席卷了整个魔兽战场，令数不清的兽人族生物和魔族生物闻风丧胆。

之前，在魔兽战场上，狮未必是最强大的那个，但绝对是最残忍的那个。现在他醒狮成功，就变成了最强大同时也是最残忍的那一个。他不信任任何人，冷酷而多疑，所有踏入他领地或者遇到他的兽人族生物、魔族生物都会被他当作敌人。面对敌人，他会不惜一切代价地杀死对方。

那么问题来了，跟狮在一起飞行的是谁？那些兽人族生物和魔族生物简直不敢相信居然会有狮信任的生灵！

"你们去兽神山做什么？"在飞行途中，狮问道。

北月殇晨整理了下思绪，将幽灵青海和魔域的事从头到尾告诉了狮，而狮始终是一副漠不关心的态度。北月殇晨很能理解，毕竟狮从小生活在一个没有感情、没有信任的地方，他没有归属感、荣辱感，只管自己的死活，不过他现在可能要多管一个人了，那就是北月殇晨。

这不是北月殇晨自作多情，他能感觉出来狮对自己的信任。

"虽然我不能理解你的付出，但我会帮你。"狮听完后没有犹豫，直接说道。

"谢谢了。"北月殇晨道谢时，狮只是笑了笑，没放在心上。火离姬始终在北月殇晨身旁，静静地看，静静地听。

在飞行的过程中，北月殇晨开始向狮询问有关兽域的一些知识。

狮虽然没去过兽域，但魔兽战场满地都是兽人，狮无聊的时候也会抓一两个兽人来聊天，排遣寂寞，所以他对兽域还算了解。

兽域广袤无边，由兽神山统治，兽神山的最高决策者是十二兽神，他们轮值执掌兽神山，在任时他们会被称为天兽神。兽神山之下分为超巨型部落、巨型部落、大型部落、中型部落和小型部落，对应着蓝域的城池概念。

魔域最南端，毗邻魔兽战场的，是一个巨型部落——天河部落。天河部落专门为兽神山处理流放者，押送、羁押流放者投入魔兽战场中。部落中的强者常年驻守在部落边境地带和与魔兽战场接壤的地方——一座孤悬海外的岛屿上。

第116章

狮心王

这段时间驻守在孤岛上的，是一名九阶巅峰的鲸鱼人。最近几天没有流放者要投放到魔兽战场，所以他很悠闲地潜入海中修行。

忽然间，他猛地睁开眼睛，浮到海面，望向魔兽战场的方向。在那个方向，他感受到了三股不同寻常的气息。

“不应该啊。”鲸鱼人心里纳闷，同时静静地等待，很快便看到海天一线间出现了三个小点。他将兽之力调动到双眼，立刻清晰地看见了北月殇晨、火离姬和狮。

“狮？”这名鲸鱼人看到北月殇晨和火离姬的时候，神色还算正常，但看到狮的时候，忍不住打了个冷战，“他不是醒狮失败陷入沉睡了吗？”

这可是兽神山使者亲自确认了的事。

“他还活着，真有点不可思议。不过，他来边界做什么？”这名鲸鱼人心中有不祥的预感，“他不会想出来吧？就算他醒狮成功了，也绝不可能做到啊。等等，他身旁的那两个是人？他们怎么跑到魔兽战场来了，还进去了，难道他们不怕困死在里面吗？还是说……”这名鲸鱼人心思活泛，一下子想到了许多。

下一秒，他便看见两人一兽毫无阻碍地穿越了魔兽战场的结界。那可是魔域、兽域大天神级强者留下来的结界，是这世间的顶级力量！除了一些特殊情况，兽神山和魔域的使者可以借助大天神的神物进出，其他生灵绝不可能打破结界。

可是，他们仨穿越了这个结界！

鲸鱼人瞠目结舌，觉得不可思议，正当他心中震惊时，无数原本隐藏在暗处的兽人族生物和魔族生物疯了似的朝北月殇晨、火离姬和狮穿越结界的方向冲去。他们一个个像发狂了一般，全都撞在了结界上，冰消瓦解，可他们悍不畏死、前赴后继。

这也向鲸鱼人证明魔兽战场的结界没有消失。他顾不得震惊，疯了似的潜入海中，向天河部落的方向游去。他必须将这个消息告诉部落的首领。

这段时间是兽域动荡不安的关键期，狮的出现必然会掀起一阵腥风血雨！

另一边，北月殇晨帮狮消除了灵识烙印，飞出魔兽战场后，狮忍不住发出了震耳欲聋的咆哮声，声音里尽是解脱的畅快之意。

从今往后，他终于不用再被困于魔兽战场那一隅之地，而是天高任鸟飞，海阔凭鱼跃！

好半晌后，狮才停了下来，望向北月殇晨，眼神坚定，但什么都没说。

大恩不言谢！

“现在你要去哪里？”北月殇晨朝狮问道。

“我也不知道。”狮有些迷茫。天大地大，却没有地方是他的归处。

北月殇晨闻言也陷入了沉默。

“先去四处周游吧，看看自己喜欢哪里。”火离姬在一旁给出了建议。

“行吧。”狮想了想，接受了火离姬的建议，然后看着北月殇晨，道，“那你们一定要小心，我就不跟你们一起去了，我只会是一个麻烦。”

他话音刚落，神色忽然一变。北月殇晨也察觉到了异样，火离姬亦然。三者同时望向北方，只见五道流光正朝他们冲来！

那五道流光气势磅礴，如乌云席卷而来，无一不代表着九阶巅峰实力。

仓促之间，北月殇晨、火离姬和狮恐怕不是五名九阶巅峰强者的对手。

须知九阶是一个跨度极大的位阶，初入九阶和九阶巅峰之间的差距可以说是天壤之别。

对方带着强烈的敌意而来，北月殇晨下意识调动神阶灵识之力，激发灵视，朝他们望去，立刻看见了五名狮人族强者的灵识。

“狮人族。”狮比北月殇晨更快感知到五名强者的身份，神色顿时变得冰冷。他知道狮人族会派强者来，但没想到会来得这么快。

“你们快走吧，他们是冲我来的。”狮转头看向北月殇晨和火离姬。

北月殇晨闻言毫不犹豫地摇了摇头，只是转头看了一眼火离姬。火离姬回看了他一眼，什么都没说。

北月殇晨这才回过头去看狮，同样没说话，但态度很坚决。

狮见状也不磨叽了，看着北月殇晨，语气平静地道：“如果能扛过这次，哪怕付出生命，我也要让你见到天兽神。”

他话音落下，红色的鬃毛骤然间变为金色，气息爆发。

北月殇晨则在原地布置起灵识幻象迷宫来，一条条灵识神纹被他勾勒出来。一旁的火离姬也没闲着，只见她从空间戒指里取出一个火红色的圆盘。圆盘有八角，中间的空洞处恰好够她的手穿过去。

这是火黎族的神器炎阳轮盘，可以极大地增强执掌者的火元素能力。

在炎阳轮盘的帮助下，火离姬火元素的能力迅速提升，顷刻间便被淡紫色的超高温火焰笼罩，数不清的火球浮现在她的身后，发出低沉的爆鸣声。在她的控制下，火球呼啸着朝那五道流光爆射而去。

“轰！轰！轰！”

感受到火球的层次只是八阶，五名狮人族九阶巅峰兽王没有躲闪，而是迎头撞上，随后他们立刻为自己的轻敌付出了代价。

火球爆炸，淡紫色的火焰停留在他们身体周围的兽之力上，停留在他们的身上，无法熄灭。

狮见状，回头看了火离姬一眼，眼中隐现诧异。

那淡紫色的火焰很诡异，他都有些忌惮。

火离姬的淡紫色火焰虽然诡异、强大，但毕竟只是八阶层次，只会给五名九阶兽王带去一些麻烦，无法真正伤害并阻止他们。

然而，这激起了五名九阶兽王的怒火。

只见他们依旧如流星一样飞来，很快便冲入北月殇晨的灵识幻象迷宫中，陷入了短暂的迷失。

显然，他们又轻敌了。

事实上，他们根本没考虑过除了狮之外的敌手，就算有，也是兽人族或者魔族的，怎么可能会是能力如此诡异的人族?

北月殇晨的灵识境界早在没日没夜地汲取、压缩中晋升到了八阶巅峰层次，而神阶灵识之力的品阶极高，不弱于大部分九阶灵体的灵识，再加上幽冥珠的辅助，哪怕是九阶巅峰兽王也会被灵识幻象迷宫困住。

不过，魔族生物和兽人族生物都来自魔兽星，灵识天生强大，其中又以兽人族生物更胜一筹。

按照狮的说法，兽人族生物在修炼时，会将灵识慢慢打碎，融入自身坚不可摧的身体里面，然后利用兽之力去增强灵识，所以五名狮人族兽王陷入灵识幻象迷宫没多久，便从迷失状态恢复过来，然后疯狂释放兽之力，以蛮力打破灵识幻象迷宫，循着狮的气息朝他冲来。

不过他们刚才那一滞，已经给了狮机会。

只见他发出一声惊天动地的狮啸，然后化作一颗金色的流星，朝着那五名九阶兽王其中一名撞去。

他紧握的拳头狠狠地挥出，兽之力如江河泄洪一样从身体中狂涌而出，包裹着他的拳头，形成了一个巨大的金色狮子头。

“轰隆！”天地间似乎有雷霆爆炸，整片海洋都在沸腾、翻滚。

当狮的拳头以迅雷不及掩耳之势撞击在那名九阶兽王身上时，后者闷哼一声，然后化作一枚炮弹倒飞而回，速度甚至比来时更快！

天空中洒下了他喷出的血以及一根根红色鬃毛。

空气在爆炸，甚至产生了音爆云。

“太强了……”北月殇晨和火离姬看着那一幕，都感到震惊。刚才那一拳是打在了狮人族九阶兽王身上，如果打在他们身上，恐怕他们一瞬间就会丧命。

不过北月殇晨能感受到狮的状态，狮刚才挥出那一拳消耗颇大，不可能拳拳都有这么大的威力。

正当北月殇晨和火离姬为之震撼的时候，剩下那四名九阶兽王中的一名，猛地止住下坠，转而朝狮飞扑而去。

灵识幻象迷宫没有迷惑他，他的拳头精准地命中了狮，直接将狮身体上的一处打得凹陷了下去。狮不甘示弱，转身便是一拳，比刚才那一拳更凶狠、更迅猛。

“轰！”又有震耳欲聋的爆炸声响起。

狮虽强，但毕竟双拳难敌四手，眼看着另外三名狮人族九阶兽王围攻而上，被狮一拳打飞的九阶兽王也强忍着伤势展开反击。

北月殇晨和火离姬顿时不再胡思乱想。

“嗡……”

北月殇晨释放出大量的神阶灵识之力，将天空上的灵识神纹激发。

其中几条灵识神纹有入侵灵识的能力，像一座大山缓缓压下，落在了被狮重伤的那名九阶兽王身上。

那名九阶兽王有意反抗，但神阶灵识之力终究是神力，更何况他受了伤，灵识被入侵，记忆混乱，整个人放弃了防御，悬在空中像是一个傻子。

看上去北月殇晨好像瞬间就解决了一名九阶巅峰兽王，但实际上从现在开始，他时时刻刻都要输出神阶灵识之力压制那名九阶兽王。

不过，他还是可以分一点心神去操控其他的灵识神纹。

第二组是灵识重压神纹，有强烈的压迫力，类似于灵压。

激发它之后，神纹落在北月殇晨身上，继而消散，不需要他再去催动，他觉得自己的伪灵格像是化作了另一颗幽冥珠，向四面八方释放灵压。

灵压精准地落在四名九阶兽王的身上，给了他们一点压力和阻碍，减轻了狮的压力。

第三组是灵识风暴神纹，第四组是灵识诅咒神纹，效果虽好，但起不到决定性的作用。

在竭尽全力的情况下，北月殇晨还是第一次感觉如此无力，兽人族强大的灵识给他敲响了警钟。

当他以一己之力牵制住四名九阶兽王的时候，火离姬在天空上凝聚出一片紫色火雨，召唤出了数不清的深红色火球，将全身的火元素都通过炎阳轮盘倾泻了出去，但同样只是略有影响，起不到终结战局的作用。

北月殇晨悬在空中，环顾四周，想要布置英灵仪式，可是狮面对四名九阶兽王的围攻，已经大口吐血，有支撑不住的趋势。他脑子飞快转动，却找不到一个完美的解决方法。

北月殇晨心中焦急无比，正在此时，无尽蓝海下忽然冲出一道红光。

这道红光瞬息而至，穿过那名被北月殇晨灵识入侵同时身受重伤的九阶兽王的身体，然后继续激荡，撞向另外四名狮人族兽王。

“狮心王！”一个惊恐的声音响起。

北月殇晨听出来是围攻狮的一名狮人族兽王在喊叫。

北月殇晨虽然不知道狮心王是谁，但能够感觉出来对方是在帮助狮，当即精神一振。

“你先走。”被称作狮心王的红光里传出声音，而狮根本没有任何的犹豫，朝着北月殇晨、火离姬的方向冲来，招呼两人赶紧逃离此地。

三名九阶狮人族兽王见狮准备逃走，当即燃烧兽之力，想要穿过狮心王的阻挡去追击狮，但没能做到。

狮心王已经站在九阶巅峰跨入星神的门槛上，实力远强于他们，而且他和他们一样，也不惜燃烧自己的兽之力本源。

他们都有不能退却的理由。

在狮心王帮助狮拦住三名九阶狮人族兽王的时候，北月殇晨从幽冥珠中汲取大量的神阶灵识之力补充自己，同时迅速勾勒出一条灵识聚敛神纹。

神纹被激发后，化作一道流光电射入海中，将那名刚开始就被狮杀死的九阶狮人族兽王的灵识飞快聚集起来，然后化作一团幽蓝色的灵识之光从海中飞出，落在北月殇晨手中，三人这才逃离了现场。

第117章

狮人族内部

三人一直向北飞，穿梭于山林间。五个小时后，三人终于在一处峡谷的山洞中停了下来。

狮没有多说什么，迅速观察了一下周围的环境后，便盘坐在地上疗伤。火离姬也要恢复火元素之力，以免再遭遇危险。北月殇晨消耗最少，恢复最快，于是在狮和火离姬疗伤时，他于山洞周围布置了灵识幻象迷宫，又刻印下五条灵识神纹，这才将那名九阶狮人族兽王的灵识拿了出来。

北月殇晨往其中注入神阶灵识之力，将早已打碎融入躯体中的破碎灵识勉强凝聚成了一个完整的人形，但由于分裂处较多，看起来像是个缝缝补补的布娃娃。

灵识凝聚，再度复苏，这名九阶狮人族兽王显然没搞明白自己的处境。接着，他看见了不远处的北月殇晨，脸色顿时大变，想动，可根本动弹不得。

“我问，你说，好吗？”北月殇晨语气平静。

“兽人永不屈服！”这名九阶狮人族兽王咆哮道。他话音未落，忽然发出了惊天动地的号叫声，是哀号！

北月殇晨将神阶灵识之力化作一根根针，穿梭在这名九阶狮人族兽王的破碎灵识间。“我问，你说，好吗？”北月殇晨的语气依旧很平静，但九阶狮人族兽王没了刚才的傲慢，垂头丧气，浑身颤抖，恐惧到了极点。

“你们怎么集结得这么快？”北月殇晨问道。

狮人族要杀狮，这并不奇怪，原因之前那名蛇兽人也说了。狮人族的其他氏族强者为了夺权，对狮蛮氏族实行了残忍的灭族政策，而狮是他们唯一的后患，当然要根除。但北月殇晨不明白的是，在明知狮有极大概率再也醒不过来的情况下，为什么还有五名九阶狮人族兽王在魔兽战场外蹲守。

“只要他有一丝可能醒狮成功，就必须这样做。”九阶狮人族兽王回道。

从这名九阶狮人族兽王的话里，北月殇晨感觉出醒狮的意义比他想象的还要重要：“那个狮心王又是谁？”

“是我们狮人族一名九阶巅峰兽王，他是狮神对付狮蛮氏族的坚定反对者。”九阶狮人兽王继续道。

狮人族内部有矛盾！北月殇晨一喜：“那现在狮人族内部情况如何？”

“狮神殒灭，其他兽神都没有狮蛮氏族的血脉，彼此都不服气，所以在争权夺势。”九阶狮人族兽王的话让北月殇晨忍不住狂喜，心想魔兽战场果然来对了！

“那有没有支持寻回狮蛮氏族血脉的兽神？”北月殇晨问道。

“有三名十阶兽神和一名十一阶兽神希望迎回狮。”九阶狮人族兽王老老实实地道。

“反对者多吗？”北月殇晨问道。

“多，关键在于天兽神也支持找回狮。”九阶狮人族兽王的话让北月殇晨彻底放下心来。之后，北月殇晨对这名九阶狮人族兽王进行了更深层次的审问，彻底搞清楚了兽域狮人族的具体情况。

当初，狮蛮氏族被杀害、驱逐，新任狮神上位，其所属的狮啸氏族执掌狮神峰，大力发展自己的直系势力，对原本属于狮蛮氏族的势力则进行凶残地打压。可是前段时间不知为何，那名新任狮神突然殒灭，整个狮神峰顿时陷入了内乱。支持新任狮神的势力、支持狮蛮氏族的势力和支持其他氏族的势力在狮神峰打成了一团，谁也说服不了谁。

无论是从言语还是从武力上，他们都没有合理的理由可以牢牢坐稳新任狮神的位置。不过，几拨势力终究有些差别，其中以支持新任狮神的势力最强，在这次争权夺势的行动中占据着主导地位。其次是狮蛮氏族在过去成千上万年发展、融合的残余势力。他们一心一意想要将狮从魔兽战场中接出来，培养他成为下一任狮神，再现狮蛮氏族的辉煌。至于其他势力，虽然足够强，但无论从实力还是从法理上来讲，都不具备最终争夺狮神地位的资格。最终，在几拨势力内斗到几乎要爆发战争的时候，轮值的天兽神插手，他更倾向于接回狮这个狮蛮氏族唯一的后裔。

须知当初新任狮神杀害狮蛮氏族，完全是一场背着兽神山突然发起的个人行动，快到兽神山难以阻止。这也让新任狮神在位的这些年，狮神峰和其余十一座兽神峰之间的关系有些不和睦。

天兽神虽然执掌兽神山，但兽神山毕竟是由十二座兽神峰共同组成的，每一名兽神峰的兽神都担任过天兽神的职位，所以天兽神也无法在兽神山实行一言堂。他支持狮蛮氏族势力，有的兽神峰也在支持新任狮神麾下的势力，这场内斗渐渐波及整座兽神山。

为了阻止这场内斗变得更激烈，兽神山很快做出了一个公平的决定——狮蛮氏族可以迎回狮，狮啸氏族及其所属势力也可以阻止，只要狮能在狮啸氏族的阻碍下成功回到兽神山，那么他便可以成为狮神峰的合法继承人。毕竟狮蛮氏族的血脉是狮人族中最强大的血脉，也是兽域的瑰宝。狮啸氏族可以阻止，狮蛮氏族也可以帮助，但两族必须将内斗控制在兽神级以下。

在兽神山看来，哪怕九阶兽王，哪怕数量超过两位数，那也是可以牺牲的对象。然而意外总是发生在关键时刻。在两大势力将内斗范围和决胜条件定下来后，狮忽然进行了醒狮。

须知醒狮是狮蛮氏族的一项天赋能力，但并不是谁都可以掌握。在狮蛮氏族过去无数年的岁月里，能进行醒狮的成员不超过三十名。而这三十名能够进行醒狮的成员，无一不是兽神级强者，其中更是诞生了十几名月神和四名大天神。可以说，能进行醒狮，这一生注定不凡！

兽神峰诸位兽神当即决定，排除一切困难也要将狮迎回兽神山，重建他对兽域的归属感，给予他权力和温暖，让他成为兽域的一分子。可是醒狮的失败让狮陷入了沉睡，兽神峰的强者多次降临，其中不乏十一阶的月神，也没能成功唤醒狮。这几名十一阶月神里，也有擅长灵识的，可他们也不能帮狮消除隐患并且修补灵识。

死亡是狮注定的结果，整个兽神峰一片哀鸣。如果他们能够早点发现狮的天赋，兽域很可能再添一名大天神。如果按照原先的情况继续往下发展的话，狮会在不久的将来死亡，狮神也会从狮啸氏族中决出。可是北月殇晨的到来、幽冥珠的妙用，让狮成功复苏，而且他的灵识也被修复完整。只要他能成功回到兽神山，立刻就会成为狮神峰的新任狮神。

这些信息让北月殇晨激动不已，原本困难重重的任务极有可能变得轻而易举，只要狮能够回到兽神山。北月殇晨忍不住转头望向狮，狮先前与四名九阶狮人族兽王大战，受了不轻的伤，不过兽人族的身体恢复能力很强，按照目前的趋势，他最多两三天便可以恢复到全盛状态。

当天晚上，狮从修炼状态中醒来，他还没有完全恢复，但生性警惕的他准备在进行下一轮修炼前，再将周围的环境排查一次。虽然他知道这些北月殇晨可能已经做过了，但他还是想再做一遍，这是他刻印在骨子里面的谨慎。他睁开眼的时候，发现北月殇晨在看他。

“怎么了，我脸上又多了块疤吗？没事，伤疤是雄性兽人的勋章。”狮大笑道。

“狮，我要跟你说件事。”北月殇晨神色复杂。

“说。”狮其实很想跟北月殇晨说，跟他说话不用这么磨叽，但转念又把这个想法压制住了，因为直觉告诉他这可能有点不太尊重北月殇晨——他在世界上唯一的朋友。

北月殇晨当即将从九阶狮人族兽王那里听来的消息一五一十地告知了狮。

“你愿意回去吗？”北月殇晨担心狮对整个兽人族都抱有仇恨的心理，不愿意回归兽神山。不过狮的反应却出乎他的意料。

“回去！为什么不回去？我这辈子的梦想就是回去！我要将狮啸氏族的所有族人全部杀死，只有这样才能让我父母的在天之灵安息！”

北月殇晨闻言深深地吸了口气。从狮的这句话可以看出，狮背负着沉重的仇恨，只有像他所说的那样做，他才能够解脱。

“现在唯一的问题在于，狮啸氏族的兽人很警惕，他们害怕你醒来，所以留了不少后手。他们为了维护自己的利益，会不惜一切代价地来杀死你，而且根本不会在乎兽神山的命令，毕竟只要你死了，一切都好说。”北月殇晨皱着眉道。

“我们很可能会遭遇兽神的拦截。”火离姬道。

“那就杀过去！”狮狞笑道。

“那也得有足够强大的实力才行。”北月殇晨道，“关于这件事，我们要从长计议。首先，我们要清楚自身的实力，看看我们三人联手究竟能抵御什么级别的对手。从我开始吧？”

“好。”狮和火离姬都没有意见。

第118章

速战速决

“我现在是七阶黑暗元素裁决者，领悟了元素之心，由于是天生的黑暗元素体，我对黑暗元素的领悟比较深，恢复黑暗元素之力的速度也很快，如果全力以赴的话，应该可以力敌八阶初段的对手。”

北月殇晨说完这段话后，狮和火离姬都没有接话，因为他们知道这并不是北月殇晨的全部实力。

“但我目前的主要实力来自灵识境界。”北月殇晨道，“我现在灵识之力的等阶已经到八阶巅峰了，加上我的灵识之力是神阶灵识之力，我的灵识攻击可以达到九阶中高段。另外我还可以一次性勾勒出五条灵识神纹，每一条都能达到九阶中高段。灵识幻象迷宫可以迷惑九阶强者许久，具体时间要看他们对灵识攻击的防御力度。最后，我可以利用特殊的尸骸和召唤仪式召唤出英灵来。夸张地说，只要给我足够多的时间，我可以召唤出数十名九阶强者，但那会消耗很多的神阶灵识之力。”

最后，北月殇晨做出了总结：“遭遇战时，我全力以赴，应该可以击败一名九阶高段的对手，可以阻挡超过三名九阶高段以下的对手。阵地战的话，可以拦截不计其数的九阶强者，并且有可能击败十阶强者。”

“你好强！”狮听完立刻就夸赞出声，然后道，“我刚刚进入九阶不久，在正常情况下，击败一名九阶高段强者不成问题，换成中段或者初段强者，可以击败两名。在醒狮状态下，击败五名九阶中段强者或两名九阶高段强者也不成问题，再多就不行了。”

“我全力爆发，也可以击败一名九阶初段强者。”火离姬说这话的时候，有点没底气。可即便是她，放在全法蓝星也是了不得的强者，而北月殇晨和狮更是强者中的强者。

“这样的话，只要遭遇超过三名九阶高段强者，我们就逃，不足三名九阶高段强者，就视情况而定。”北月殇晨道。

对他们三人来说，现在只有九阶高段强者才有威胁。至于十阶兽神，北月殇晨觉得对方应该不会给他打阵地战的机会。

三人确定了实力后，开始根据九阶狮人族兽王的记忆来规划返回兽神山的路线。这一次，他们必须杀出一条路！

“其实我有一个问题。”在北月殇晨规划路线的时候，火离姬忽然出声道。

“你说。”北月殇晨和狮都将目光转向了她。

“为什么我们不找临近部落求援？你不是说，兽神山坚定地要迎回能够醒狮的他吗？”火离姬道。

“我不信任他们。”狮第一时间给出了答案。

“新任狮神为了削弱狮蛮氏族的影响力，大肆打压该族的附属氏族，同时拉拢其他氏族。这些氏族可不单只来自狮人族内部，也有其他种群的氏族。新任狮神苦心孤诣经营了几十年，谁知道哪些势力已经投靠了狮啸氏族呢？我们不能冒险。”北月殇晨给出的解释更为详细。

“好吧。”火离姬点点头，表示理解。

之后，北月殇晨规划完了路线，将神魂魅影从天圆戒指中取了出来，递给狮，道：“你刚突破，还进行了醒狮，气息控制得不是很好。这件披风可以影响生灵的感官和灵识，借用它，你可以隐藏自己的气息。”

“好。”狮要要对北月殇晨说“谢谢”的事太多太多，所以他不准备再说了，而是记在心里。

“这是冥王守护。”北月殇晨又取出一枚戒指，递到火离姬手中，道，“这枚戒指可以抵御月神的全力一击，你别推辞，放心吧，我也有保命的宝物。”

说着话，北月殇晨将冥座召了出来，坐在身下。冥座是神物，不需要展示它的能力，狮和火离姬也知道它来历非凡，妙用无穷。

接着北月殇晨又给两人分了一些保命灵识元器，以及从冥宫里面取出来的宝物，等到分配完毕，三人这才继续恢复。两天后，三人恢复到巅峰状态，于是再度出发，朝兽神山所在的西北方飞去。

兽域来自破碎的魔兽星，无论是花草树木、山河湖海还是空气，都与其他域境有着本质的不同。这里的各系元素比较稀薄，更多的是被兽人们命名为“天地原力”的东西。兽人族吸收天地原力，将其提炼为兽之力，以此增强自身。

魔族则不同，魔兽星本身便存在精纯的魔气，他们只需要吸收即可。

兽域山石很多，看上去略显荒凉，可事实上哪怕是一些细碎的石头，都蕴含着天地原力，算是资源。而且兽域河流密布，河水有着不同颜色，全都是大灾变后融合元素之力形成的，是元素修炼者的修行圣地，但是在兽人们看来只是寻常的河流。

一路上，北月殇晨、火离姬、狮三人领略着兽域的景色，很快便飞过天河部落的管辖范围。

天河部落向北是羽龙部落。羽龙部落是一个大型部落，由羽龙族统治。羽龙族擅长飞行和肉体冲撞，属于龙人族的附庸种群。而龙人族和狮人族不太对付，所以在这里遭遇狮人族强者的概率比较小。

但那是在正常情况下，就目前的情况来看，狮人族不会顾虑任何事，所以在任何区域遭遇追杀的概率都会有所增加。

继续向北飞行约莫半小时，远方忽然有黄色的光芒闪烁，如同流星。北月殇晨第一时间将灵识感知力释放出去，判断出那是三名九阶初段兽王，但不全是狮人族的，只有一个是狮人族的。另外两个，一个长着象头，一个长着鹿头，分别是象人族和鹿人族的，都是大型种群的成员。

“他们是怎么找到我们的？”北月殇晨脑海里满是疑惑。狮和火离姬也一样。

“怎么做？”火离姬望向北月殇晨。

“速战速决。”北月殇晨想了想，“至少活捉一个，我们要知道他们是怎么找到我们的。”

他话音刚落，狮已经猛冲而出，但没有开启醒狮状态。

醒狮状态是激活他血脉中的某种力量，那会很消耗体力、精神力以及兽之力。对付九阶初段兽王，根本不用开启醒狮状态，况且他还有北月殇晨和火离姬做坚实的后盾。只不过他还不太习惯有后盾的感觉，因此仍然会小心四面八方，小心任何生灵，小心任何区域的任何微小细节。

在北月殇晨的操控下，幽冥珠悬浮在空中，从四面八方引来大量破碎的灵识，然后掺入少量神阶灵识之力，凝聚成漫天的灵识箭矢，铺天盖地地朝着三名九阶兽王飞去。火离姬同样召出漫天淡紫色火球，威能骇人。

经过之前的交流，北月殇晨已经知道这是独产于焚天木中的焚天焰，略逊于原初之火，是火离姬目前能掌握的最强大的火焰。这种火焰能让她的实力提升一个层次，火玄甯付出了巨大代价才给她炼入体内。

眼见北月殇晨、火离姬和狮来势汹汹，三名九阶兽王也不甘示弱，立刻反击。可在他们反击的第一刻，北月殇晨便通过灵视发现他们在精准地控制自己的兽之力，他们倾向于防御，只是假装做出攻击的样子。

“他们是想拖延时间。”北月殇晨第一时间判断出来，当即向火离姬和狮发出灵识维度的声音，“改变计划，十秒钟内活捉那个狮人族兽王，然后走！”

他话音未落，狮已经调转方向，浑身笼罩在兽之力中，向那名九阶狮人族兽王冲去。漫天的灵识箭矢、焚天火球同样落向那名兽王，他脸色一变，兽之力完全爆发。

与此同时，北月殇晨在空中勾勒出一条灵识神纹，具备灵识入侵能力的灵识神纹在他的操控下，飞快地向狮人族兽王而去。

狮硬扛着鹿人族、象人族两名兽王的攻击，将自身的全部力量施加在狮人族兽王身上。后者根本扛不住，随即受到大量灵识箭矢和焚天火球的攻击，被北月殇晨灵识入侵成功。紧跟着北月殇晨召出冥座，用神阶灵识之力催动它穿梭到狮的身旁。

北月殇晨拎起狮，狮又拎起那名狮人族兽王，三人穿梭到火离姬身旁，火离姬握住北月殇晨的胳膊。

下一秒，四人消失不见，只留下一名鹿人族兽王、一名象人族兽王在风中凌乱。一切发生得太快，他们根本反应不过来。

第119章

搅浑水

几次穿梭后，四人退回到天河部落的区域——一个他们事先找好的藏身地点。

将狮人族兽王放在地上后，北月殇晨立刻在空中勾勒灵识神纹，将四人的灵识气息彻底抹消、遮盖，这才转过头去关心狮。只见承受了两名九阶兽王攻击的狮脸色苍白，但他摆了摆手，表示自己没有大碍。

北月殇晨知道他不是逞强的人，于是将目光转到被灵识入侵的九阶兽王身上。鉴于那名兽王的状态不是很好，北月殇晨直接发问道："你们是怎么找到我们的？有什么具体计划？"

"族中有兽神根据狮蛮氏族的血脉，推断出了狮的大致位置，然后派出了我们。我们没有计划，只要能杀死狮，可以付出一切代价。"狮人族兽王干脆地回答了北月殇晨的问题后，便被北月殇晨扔到了狮的脚下。

狮没有丝毫犹豫，直接动手了，一名九阶兽王便殒灭了。

"这就很难办了……"北月殇晨有点头疼。如果狮人族一直能找到他们的话，那他们岂不是要经历无数场战争？北月殇晨不知道他们三人能不能应对那么多场战斗。

"其实，有一个办法……"火离姬忽然出声道。

北月殇晨和狮闻言，转头望向她。

"既然他们能找到我们，不如我们主动暴露位置，让想帮助我们的兽人也找到我们。"火离姬道，"我们不隐藏路线，直接从那些大部落的上空飞过，引起驻守的强者的注意，让他们为我们传递消息。一旦狮啸氏族与帮助我们的势力交战，我们就能趁乱前往兽神山。"

"这的确是个办法，但风险很大。"北月殇晨道。

现在狮啸氏族的兽人只知道他们的大概范围，如果主动暴露的话，狮啸氏族的兽人就可以直接杀过来。

“我们只要撑住了前面几拨攻击，后面就会好受很多。”火离姬道，“而且往好处想的话，万一想要帮助我们的兽人比较多呢？”

“与其被动防御，不如主动出击，我喜欢！”狮没有犹豫太久就表示赞同。

“既然如此，我们休息一下就出发。”北月殇晨沉默了片刻，也点头同意。

半天后，三人再度飞向高空。这次他们没有丝毫遮掩的意思，直接从一些部落的上空飞过，于是有关狮的消息瞬间便传入一个又一个部落。

所有部落都知道了他的位置，支持他的兽人开始追随或等待，想要杀死他的兽人也在追逐和等待。

没过多久，三人便遭遇了四名九阶中段兽人的攻击，但在东北方向，有两名支持狮的帮手赶来。三人不知道他们的来历身份，也不想知道，只想浑水摸鱼地前往目的地。

这场遭遇战并没有进行太久，三人便成功逃脱，但几个小时后，他们就又遭遇了第二场战斗。同样有帮助他们的兽王出现，这些兽王都是附近部落听命于兽神山的强者。

这第二场遭遇战，拦截他们的一共有五名兽王，都不是狮人族的。因此，的确像北月殇晨想象的那样，有许多支持狮啸氏族的兽人想杀他们！

一场又一场战斗在北月殇晨、狮、火离姬三人所在的地方爆发，又有一场场战斗在他们离去后的地方延续。兽域南部诸多部落因他们而乱。

成功醒狮的狮离开魔兽战场、回归兽域的消息已经轰动了整个兽域南部。兽神山的直属势力大部分都想保下狮，可狮人族的高层已经疯狂，他们已经做了许多不可原谅的事，现在只有杀死狮，他们才能保住自己的地位。

因为兽域面临着魔域的威胁，不可能一下子杀死或驱逐那么多的九阶兽王和兽神。狮人族的反对势力现在完全是在赌，赌自己可以杀死狮。为此，他们不惜一切代价。所有强者尽出，所有底牌尽出，再无保留。

北月殇晨、火离姬和狮三人每时每刻都面临着死亡的危险，他们的精神高度集中，身体极其疲惫，一场又一场的战斗使他们应接不暇。如果不是支持者众多，他们早已殒灭在途中。

经过几天时间不眠不休的赶路，三人距离兽神山已经不远。按照北月殇晨的推算，他们现在基本上已经安全了。

毕竟距离他们主动暴露身份已经过去了好几天，而他们现在又即将抵达兽神山。兽神山的兽神哪怕反应再慢，再怎么受到狮神峰的干扰，也肯定已经找到了他们，并且在暗中关注着他们，只是不知道他们为什么还没有出现。

远方，又有狮人族的九阶强者出现。北月殇晨、火离姬和狮三人已经疲惫到极点，但必须应战。

与此同时，六名气息远超九阶的兽人正从高空俯视着北月殇晨三人。这六名兽人毫无疑问全都是兽神。他们的主要关注点在于狮，看到狮挥拳时，他们都忍不住发出惊叹。

“对兽之力的控制太精准了，简直恰到好处！他的每一拳、每一脚都是经过精密计算的，丝毫不会浪费兽之力，他攻击的所有部位都是对方的弱点，他的眼力也很强，只不过他缺少一些系统的训练。”其中一名兽神称赞道。

“他掌握的是真正的战斗技巧！也许我们以后可以考虑把族中天才丢到魔兽战场去历练历练。”另一名兽神道。

“你想断子绝孙吗？你以为谁都是狮，谁都是红月魔王吗？如果换了其他人，下场都是一个‘死’字，你不知道魔兽战场里的存活率吗？”一名兽神反驳道。

“你们别只顾着看狮，你们看那个小子，虽然他的元素境界差了点，但是他的灵识手段极强。如果不是他的灵识幻象和神纹，狮不可能那么轻松。这还是他接连战斗了几天之后展现出来的实力，想象一下他处在全盛时期的实力。”

“他是人族的吧？”

“那个火黎族的也不差，不过，他们来兽域做什么？狮又是怎么跟他们在一块儿的？不是说狮对其他任何生灵都缺乏最基本的信任和认同感吗？我看他很信任这两人嘛。不对，具体来说是信任那个小子。”下方，北月殇晨、狮和火离姬三人在激烈厮杀，六名兽神山的兽神却在轻松交谈。

不多久，战斗结束，三人拖着一身伤痕继续向兽神山的方向飞行。

半小时后，三人的视线范围中忽然出现了一座座嶙峋的雪山。天空中的云沉沉地压了下来，空气中隐约有种压迫的气息。他们往高空飞，空中狂风大作，他们的消耗因此增大。

又飞了约莫两个小时，他们看到连绵的雪山里，有十三座高耸入云的雪山，每一座雪山都有上万米，其中被十二座雪峰环抱的主峰更是高达一万五千米，隐约有恐怖的气息从上面散发出来。

“终于到了……”看见那十二座雪峰，三人都松了口气，但警惕仍在。

十二兽神峰越来越近，三人的心情也越发复杂。

狮的先辈是狮神峰的主人，却因为帮助魔兽星降落法蓝星而大批死亡，以至于现在被驱逐出狮神峰，使得其他氏族掌权。狮作为狮蛮氏族的唯一后裔，可谓背负着血海深仇，此次他回来，就是要让曾经伤害过他的兽人付出代价。

北月殇晨则是紧张忐忑，他不知道兽域愿不愿意接受妖域的条件，如果不接受，他又该怎么办，总不能回到妖域再去找祖庭祖老们商议吧？即便有冥座，他又会浪费多少时间？

在距离兽神山只剩下几十公里的时候，三人降落到雪山中，找到一处隐蔽的山谷，开始恢复状态。他们即将抵达的兽神峰，虽然是欢迎狮的地方，但前路未知，谁也不知道会发生什么，他们必须小心谨慎。

三个小时后，三人继续出发。

再往前就不能飞行了，兽神山和其他域境的重要场所一样，都是禁止空中飞行的，这是为了表示尊重，也是为了让兽神山的天空看起来干净一些。

况且，如果任何低阶兽人来这里都可以自由飞行，那场景岂不是很可笑？

在来之前，三人已经问好了狮神峰的位置，所以他们特地选了狮神峰正对面的兽神峰攀登。

这座兽神峰叫熊神峰。熊神峰下有一处白熊部落，这个部落存在的意义，是给那些想攀登熊神峰的兽人提供服务。

作为兽域的圣地，兽神山不只是决策中心那么简单，也是兽神最多的区域。只要天赋足够好，在规定的时间内攀上兽神峰，就有可能成为兽神的侍奉者、仆人或者学生，无论成为哪一个，都前途不可限量。

北月殇晨三人抵达白熊部落的时候，这里一如往常的热闹，可部落中的兽人们看见狮的时候，全都陷入了死一般的沉默。最近兽域最热的消息就是狮，几乎没有兽人不知道他。

他是狮蛮氏族的最后一个族人，是完成了醒狮的九阶兽王。在他抵达白熊部落的情况下，基本上已经确定他是下一任狮神！

在众多兽人的注视下，三人面色如常地穿越白熊部落，向熊神峰上攀登。

不到两个小时，三人便穿越了位于三千米处的穴熊部落和六千米处的黑熊部落，但越往上，攀登难度越大。

兽人们攀登上兽神峰就能成为兽神的学生，这是因为兽神峰不只是高、冷、空气稀薄那么简单，还有数万年来聚集在兽神山上空的无形威压。

兽神峰越高的地方威压越大。不过对北月殇晨三人来说，这显然不是什么太难的事情。

第120章

二次醒狮

狮凭借极佳的身体就能扛过去，北月殇晨则动用灵压去抵抗，为火离姬和自己遮风挡雨。

距离兽神山主峰只有一小段距离了，北月殇晨基本上可以确认，兽神山的兽神们早就找到了他们，只是一直没有现身，可能是想继续锻炼狮。毕竟作为一个要接掌狮神峰的存在来说，狮还是太弱了，至少也得成为十阶兽神才行。

不过，总算是暂告安全了。

北月殇晨沉沉地吐了口气，先前他们在兽神山几十公里外，既是休憩恢复，同时布下陷阱，等待可能袭来的最终危机。

所谓最安全的地方就是最危险的地方，这里距离兽神山几十公里，显然已经是最安全的地方了，这样都没遭遇偷袭，那么再接下来就不太可能遇到了。

然而事情总是出乎人们的预料，就在北月殇晨和火离姬都认为不会再遭遇偷袭的时候，一道明亮、炽烈如太阳的黄光骤然间亮起，速度快到他们来不及反应。

倒是狮像是有所预料一样，猛地蹿出，浑身兽之力狂涌，挡住了那明亮的黄光。

“轰！”狮倒飞而出，朝着山下跌落。

北月殇晨这时才看清楚，那黄光之中竟有一个冒着淡金色光芒的狮人，对方身上远超九阶兽王的强大气息证明了其身份。

兽神！十阶兽神！狮人族真的是疯了！

在兽域的核心位置，众多兽神聚集的地方，居然敢出动一名兽神，他的偷袭举动必将招来兽神山的严惩。狮啸氏族显然知道这一点，所以他们是抱着放弃这名兽神的念头，要用他的生命去换取狮的死亡。

天空中，六道光芒坠落，北月殇晨略一抬头便又收回了目光。

那名狮人兽神已经消失在他的视线中，朝着狮飞去了。

狮在倒飞的途中洒下了一丝丝金色的血液，在空中闪烁着光芒。他强忍着伤痛，激发了自己血脉中的力量，红色的鬃毛飞快地化为金色，但仍然被狮人兽神一拳打飞了。

北月殇晨看到六名兽神冲下来想保护狮，但他们离这里的距离稍微有点远，已经来不及。北月殇晨见状，毫不犹豫地将灵识沉入幽冥珠中，神阶灵识之力疯狂倾泻，同时命令器灵形成了幽冥世界。

灵识法则的力量在幽冥世界中生效，让北月殇晨在一定程度上可以掌握法则。

幽冥世界迅速扩散，将那名狮人兽神覆盖，后者立刻感觉自己的灵识上有千斤重压，狮人兽神愤怒地望了北月殇晨一眼，但没有朝他发起攻击，而是继续朝狮冲去。

北月殇晨看见他不顾自己只想杀狮，反而笑了。这段时间三人同行，北月殇晨思考了许多事情。

狮是幽冥珠选中的第一个灵识匹配对象，后来幽冥珠又主动给予北月殇晨灵识暗示，让他前往魔兽战场，所以他认为狮和幽冥珠可能有着某种联系。即便没有联系，狮也是一个值得研究的对象，北月殇晨想知道他为什么可以吸引幽冥珠。

除此之外，北月殇晨对醒狮的状态也很好奇，为什么只有狮蛮氏族可以进行醒狮？醒狮的触发点又是什么？醒狮的过程中调动了狮身体的哪些部位和能量？醒狮是不是可以复制的能力？

北月殇晨特别想研究，而对于北月殇晨小心翼翼提出的要求，狮大大方方地表示没问题，并极力配合北月殇晨。

从魔兽战场出发到抵达兽神山的这段时间里，只要稍有空闲，北月殇晨就在研究狮，很可惜的是，关于狮为什么能吸引幽冥珠，北月殇晨没有一点头绪。不过关于醒狮的研究还是有些进展。

首先很明确的一点是，醒狮跟血脉有关系。在狮开启醒狮状态之后，他体内的大部分血液都化作金色，那是他祖先们的血脉力量。这一点跟圣域的天赋能力妖神变很像。

圣域人幼年时期会进行一次觉醒，他们体内的血脉会让他们觉醒一个妖神的形态，然后他们就可以通过修炼不断提升，让自己与觉醒的妖神更为契合。而一旦他们的实力超越九阶，就能彻底激发血脉，拥有冰河时代大妖和天精的恐怖实力。

醒狮不是觉醒产生的，也不能修炼、进化，更不能融合。它似乎是随机出现的，但不仅仅是靠血脉激发那么简单，还有灵识层面的传承。相较于妖神变，醒狮更重要的是灵识层面的传承觉醒。

北月殇晨多次观察狮的醒狮状态，发现他的灵识形态发生了剧变，从最初的淡蓝色转化为金色，呈现出一只金色狮子。那只金色狮子覆盖在狮的体表，这才有了醒狮状态。

目前狮进入醒狮状态的时候，这金色狮子只能显现一个头，呈纯金色，然后会飞快地分散到狮的全身，继而淡薄到只能形成一个大概的人形。

北月殇晨确定醒狮状态和灵识有关后，就开始更深入地研究狮，想看看能不能进一步地激发醒狮状态，但无论他怎么尝试，最终都失败了。

直到后来有一次，他在幽冥世界里尝试，发现利用灵识法则的力量，他可以将神阶灵识之力强行转化，继而增加醒狮时那金色狮子头的凝实程度，由此使得醒狮状态更久、更强。

这算得上北月殇晨、狮和火离姬这次返回兽神山最大的底牌了，他们本以为用不上，但万万没想到的是，他们用上了，而且就在他们的目的地。

幽冥世界在覆盖了十阶兽神后的下一秒，便来到狮的脚下。下一刹那，神阶灵识之力也由幽冥世界注入狮的身体中。

灵识法则的力量在幽冥世界中运转，将神阶灵识之力转化成可以激发金色狮子的血脉力量，狮的身体猛然间拔高，鬃毛开始疯狂生长，气息也在飙升。

“轰！”

那名十阶兽神的拳头狠狠砸向狮，兽神力在激荡，然而他的拳头即将落在狮布满金色鲜血的脸上时，忽然被一只手拦住了。

不是其他人的手，是狮的手。他此时的手掌比十阶星神的大了两倍不止，像是成年人握住了婴孩的手掌，将兽神力都给捏散了。

这名兽神神色大变，不可思议地喊道：“二次醒狮！”

不只是他神色大变，正飞快赶来的六名兽神级强者也露出了不可思议的神色。熊神峰上，以及其余十一座兽神峰主峰上感受到狮气息的兽神们全都大受震动。

醒狮是一个可以多次进行的天赋能力，但这需要通过漫长时间的学习来掌握。

据兽域目前的记载，最快进行二次醒狮的狮蛮氏族成员也用了二十多年，可狮进行第一次醒狮才多久？即便按照幽灵青海入侵的时间算起，有一年吗？

他这是什么天赋？

不过在狮进行二次醒狮的同时，也有一些兽神级强者发现了他脚下的幽冥世界。他们将目光转向北月殇晨，都觉得有些不可思议。

那可是场域的力量，法则的力量。这人究竟是什么身份？

思考归思考，注视归注视，这些兽神都没忘记关心狮。当众多兽神的目光聚焦在狮身上的时候，狮人族已经注定无法再伤害到他。

兽神山上的诸多十一阶兽神没有去杀死那名狮人族兽神的唯一原因，就是想看看狮究竟能爆发到一个什么样的程度，他们也想看北月殇晨的能力极限在哪里。

“轰！轰！轰！”

连绵不绝的拳头砸向十阶狮人族兽神，狮人族兽神同样回以拳头。拳风和兽之力在空中对撞，掀起了席卷向四面八方的强风，每一次对撞，大地、天空都响起震耳欲聋的巨响。

此时此刻，这名狮人族兽神已经没有了再战的欲望，无数星神、月神，甚至兽神山主峰的大天神的视线都落在他身上，他就算本事通天，也伤害不了狮。

狮则不然，他此时已经接近癫狂，没有理智、顾虑，将全身所有的兽之力都施加在狮人族兽神的身上。

状态会影响战力，由于两者不同的状态，这一场景在外人看来简直是狮在压着狮人族兽神打。

不过所有的兽神级强者都看得出来，狮目前这种宣泄的战斗方式最多持续一两分钟，而狮人族兽神只需要支撑过这一两分钟，就能轻易杀死狮。

但是一两分钟的时间，兽神山的兽神就算是飘都飘过来了。如果换成其他的场景，狮二次醒狮的爆发也可以给队友制造机会，像北月殇晨这种队友，两分钟完全可以布置出一个高阶的英灵召唤仪式。

一分半钟后，北月殇晨撤掉了幽冥世界，狮也解除了醒狮状态。北月殇晨消耗了大量的神阶灵识之力和灵识本源，狮的兽之力已经完全消耗殆尽，身体也濒临崩溃。

以他们目前的实力，去硬扛一个十阶兽神的攻击，果然还是太过勉强。至于火离姬，北月殇晨根本没有让她动手，因为毫无意义。

战斗似乎以北月殇晨和狮落败为结局，可胜了的十阶狮人族兽神动也不敢动，因为无数比他更强的气息锁定了他，哪怕有一丝一毫的异动，他都会被撕成碎片。

毕竟狮蛮氏族唯一的族人是一回事，醒狮是一回事，醒狮一年就可以进行二次醒狮，那更是另一回事。不管狮啸氏族愿意付出多大的代价，给兽域带来怎样的内乱，兽神山都绝不会放弃狮。

在北月殇晨和狮同时放弃抵抗的下一秒钟，六名兽神突然出现在狮的身前，冷冷地看着对面的狮人族兽神。

这名狮人族兽神沉沉地叹了口气，转头朝着狮神峰的方向飞去，没飞出多远，便被两名兽神拦住并束缚住，送往兽神山主峰了。

第121章

天兽神

“你们跟我来吧。”六名兽神中，有一名虎兽神站了出来，他望向北月殇晨、狮和火离姬三人，说道。也不见他有任何动作，空中浮现一级级台阶，台阶从三人的脚下通往兽神山主峰——兽神峰。

北月殇晨和狮虽然疲累，但走路还是不成问题的。在拾阶而上的同时，他们也在恢复自身的状态，火离姬则照看着他们的四面八方。

“总算成功了。”北月殇晨深深地出了口气。

“谢谢。”狮声音虚弱，但眼神坚定，在对北月殇晨说完谢谢后，他又转头看向火离姬，“也谢谢你，我欠你一个人情。”

“不必了，算在他身上吧。”火离姬头也没转地道。

狮看了看火离姬，又看了看北月殇晨，忽然笑了：“从今以后，你也是我的朋友了。”他说的显然是火离姬。

“你是他的朋友，就是我的朋友。”火离姬这次没有再无视狮的好意，认真地看着他道。

“哈哈哈……我喜欢她。”狮忍不住大笑，指着火离姬道，话音刚落，他又朝北月殇晨道，“你找了个好的伴侣。”北月殇晨只是笑笑，没说话。

这台阶可以抵御兽神山的无形威压，三人只花了半小时便登上了兽神峰。

兽神峰上有一座巨大的金色神殿，神殿的中央有一座凭石柱支撑的四方形神庙。虎兽神带着北月殇晨、狮和火离姬，顺着一条宽敞的金色石板路走入神庙，见到了兽域兽神山的轮值天兽神。

神庙里空空荡荡的，只有天兽神盘坐在神庙中央。

天兽神的正上方没有房顶，而是璀璨的星辰和灿烂的宇宙。无穷的星光从宇宙中洒落，照射在他的身上。他长着一个青色的龙头，身上披着一件碧绿色的长袍，缓缓睁开有着金色竖瞳的眼睛，望向他们。

他的眼睛像是有穿透力，只是余光扫视北月殇晨，北月殇晨就有种被看透的感觉。火离姬和狮有同样的感觉，这让他们觉得非常不舒服。

“坐。”天兽神温和的声音传到三人的耳中，抚平了他们此前的焦虑、恐惧和担心，让他们平静下来。

三人身下浮现三个松软的坐垫，他们下意识地坐了下去。至于带他们来的虎兽神，在向天神兽行过礼后，便退出了神庙。巨大的神庙中，此时只剩下四人。

“你很好。”天兽神望着狮，露出一个笑容，“我知道你回来是为了复仇，我们兽人族以强者为尊，当初狮蛮氏族族人被杀，你被流放，是因为你实力不够，如果你实力够，你可以对付你的任何仇人，十一阶的兽神也不例外。”

天兽神的话让狮眼睛一亮，北月殇晨则是羡慕、嫉妒。底气啊！这就是底气！敢让十一阶兽神牺牲的底气！

“条件呢？”狮问。

“执掌狮神峰，在兽人族需要你的时候站出来。”天兽神道，“我不需要你对兽人族有归属感，也不需要你信任谁，我只需要你听令。作为回报，我不只会让你复仇，还会给予你很多帮助。”

“可以，但我有一个条件。”狮道。

“说。”天兽神道。

“满足他的要求，否则我不答应。”狮转头看向北月殇晨。北月殇晨闻言，面色如常。

“蓝域人族吧？你来兽神山有什么事？”天兽神转动眼睛，望向北月殇晨，北月殇晨立刻浑身紧绷。

“我是来给您看一些证据的，希望您看完后，可以加入联盟。”北月殇晨道。

“什么证据？什么联盟？”天兽神平淡地问道。

北月殇晨没说话，而是将焰光镜取出来，放置在空中，它自动飘向天兽神。

天兽神接过焰光镜，将其中的画面显现出来。他静静看完北月殇晨记录的画面后，陷入了短暂的沉默。

北月殇晨这才道：“联盟目前以妖域为主导，岩浆赤海的火黎族明确表示加入，人族三域会加入，无尽蓝海的部分海族也会加入。有五域一海联盟，我相信神圣澄海、生命绿海和无尽蓝海的几大霸主种群也会加入。”

“妖域主导？”天兽神脸上忽然浮现玩味的笑容，“他们有什么条件？”

“他们希望兽人族表现出诚意，主动请求加入联盟……”北月殇晨话音落下，神庙中的气氛一下子降到了冰点。

天兽神温和的笑容瞬间凝固。片刻后，他转身望了一眼狮，只见狮神色平静，像是什么都没听见。

天兽神沉默了几秒钟，忽然点头道：“也可以。”

“嗯？”北月殇晨被天兽神的反应惊到，他没想到事情会这么简单。火离姬同样很惊讶，甚至觉得有些不对劲。

“狮即将成为狮神峰的新任狮神，就由他负责这次联盟的合作事宜吧。”天兽神淡淡地道。

北月殇晨闻言脸上也浮现笑容。这的确是一个好办法！妖族只提出了要兽人族表现出诚意，主动提出加入联盟的要求，又没说是什么样的诚意。

狮虽然境界低，但天赋异禀，未来不可限量，马上又将成为狮神峰的新任狮神，由他出面，既可以满足妖族的要求，又可以保全兽人族的面子，可以说是两全其美。

“你觉得如何？”天兽神望向狮。

狮又望了望北月殇晨，见北月殇晨点头，他才点头。见此情况，天兽神忍不住看了北月殇晨一眼。

“联盟的事暂且不说，刚才你让他二次醒狮的方法，跟我讲讲吧。”天兽神望着北月殇晨道。

“这本质上是灵识层面的问题。”北月殇晨有点紧张。

“你不用紧张，我大概能猜出你用了什么异宝。”天兽神盯着北月殇晨，“你还不知道吧，你现在已经闻名全法蓝了。”

“嗯？”北月殇晨有些不解。狮和火离姬亦然。

“你很快就会知道了。”天兽神道，“兽人族内还有不少类似醒狮的能力，等这件事了了，我要你来帮忙，这是我的第二个条件。”

北月殇晨略作犹豫：“要待多久？”

“待到问题解决为止。”天兽神道。

北月殇晨闻言陷入沉默，但最终还是点了点头。天兽神见状，脸上露出满意的神色，然后甩手丢给北月殇晨一块金色的令牌：“这是兽神令，你拿着它去劝服其他种群吧。狮先留下，狮神峰有很多事需要他。”

北月殇晨接过兽神令，心情无比激动。有兽神令、妖神令、火神令在手，他有百分之九十九的概率可以说服神圣澄海、生命绿海和无尽蓝海的几大霸主种群。

唯一让北月殇晨有些担心的是，神圣澄海和生命绿海与兽域远隔重洋，即便是用冥座回去也要花费很多时间。说服神圣澄海、生命绿海和无尽蓝海后，又要跨越海洋去组成联盟，再之后联军集结不知道要用去多少时间。

天兽神似乎看穿了北月殇晨的顾虑，忽然道：“关于你身上的幽冥珠，我有一个建议，你最好回去好好问问你族中的长辈它真正强大的能力，我记得它当初可以让你们法蓝星联军无障碍沟通，即便双方相隔数十万里远。”

被天兽神看穿体内有幽冥珠，北月殇晨虽然有些惊讶，但没有恐惧，因为他早就有预感和心理准备，自己有幽冥珠的事情不可能瞒得过天兽神。

不过他相信天兽神会做出最正确的决定，敌人的敌人就是朋友，天兽神需要他强大，需要他去帮助他们钳制魔族。

作为大灾变的亲历者，天兽神绝对清楚七神珠是专门炼制出来对付魔兽星、魔气、兽之力、魔族和兽人族的神器。兽人族是不可能使用它的，既然如此，把它抢来有什么用呢？留在北月殇晨身上，它才能发挥最大的作用。

狮倒是没想到这一点，有点为北月殇晨紧张，他也是到了现在才知道原来北月殇晨是幽冥珠的执掌者，难怪北月殇晨之前问自己七神珠的事。

“谢谢天兽神提醒。”北月殇晨点头致意。

“我现在叫人送你离开，你想去哪里？”天兽神道。

“如果能去神圣澄海，那当然最好，不行的话……”

神圣澄海位于圣域之南、蓝域的东北方，距离兽域极远，几乎相隔了整个无尽蓝海。如果没有对应的世界漩涡，那北月殇晨得先用冥座返回蓝域，再从蓝域前往神圣澄海。

正当北月殇晨心中思索，话还没说完的时候，天兽神忽然打断了他：“那就神圣澄海吧。”

他话音落下，一个九阶巅峰的象兽王从神庙外走了进来，先朝天兽神行了个大礼，这才转头看向北月殇晨和火离姬，朝他们招了招手。

北月殇晨和火离姬站起来，走到狮的旁边："那我们就先走了，随时联系。"

狮其实有点舍不得，毕竟北月殇晨和火离姬算是他仅有的朋友，但他也知道目前北月殇晨肩负着什么，只好压抑着心中的不舍情绪，面色如常地道："好，随时联系。"

他现在灵识状态完好，两人可以再次通过灵识匹配进行沟通，即便远隔整片无尽蓝海也没事。

"真的谢了。"在北月殇晨转身走之前，狮忽然一脸认真地伸出双手抱了抱北月殇晨。

北月殇晨愣了愣，回他一个大大的拥抱。

"对了，这个还你。"狮从身上取下神魂魅影。

北月殇晨接过神魂魅影后，和火离姬一起跟在象兽王的身后，走下了兽神山，朝着北方飞去。

狮在身后望着两人远去，很久也没转头。

"全蓝域都应该谢谢你。"感受着狮的目光，火离姬忽然道，"我觉得他将来很可能成为天兽神，你觉得呢？"

"顺其自然吧，我本来也没有抱着这个想法。"北月殇晨笑了笑。

"我知道，我不就说说嘛。"火离姬说完，加快了脚步。北月殇晨只得跟上。

两天后，北月殇晨、火离姬和九阶象兽王抵达了一处世界漩涡。

北月殇晨有经验，而火离姬没有，所以他告诉了火离姬几个要点后，才和有些紧张的她一起跃入其中。

没过多久，北月殇晨和火离姬已经在世界漩涡的神异力量的影响下，穿越到远在法蓝星另一端的神圣澄海域境。

天空湛蓝，万里无云，一望无际的海水呈金色。在视线的尽头，隐约可见一条长得不见尽头的海岸线。那金色的海水蕴含着浓郁的神圣之力，这是神圣澄海的专属力量。

"真是神奇啊。"火离姬略有些感慨。

"以后你就习惯了，蓝域也会有的。"北月殇晨自信地道。

北月殇晨小时候从书上看到神圣澄海是法蓝星距离太阳最近的地方，可在火黎大陆的传说里，落阳城又是太阳落下的地方，所以北月殇晨都有些蒙了，究竟哪个传说才是正确的？

两人来到神圣澄海后，通过太阳辨识了方向，朝着海岸线飞去。

那是天堂岛，神圣澄海的核心，光明族的居处。

飞入天堂岛区域的那一刹那，北月殇晨敏锐地察觉到空气中的神圣之力和光元素减少了许多。他觉得有些奇怪，但没有时间多想。

从天堂岛的上空俯瞰下方，到处都是由神圣元素形成的山峰，散发着浓郁的神圣之力，树木也大都带有神圣的气息。

这些石头和树木拿到人族三域去，绝对是无价的宝贝，然而在天堂岛，这些只是随处可见的山石与树而已。

第122章

天堂岛

在飞行的途中，北月殇晨和火离姬经常可以看到一些铺满巨大符咒的地方，也不知道那些符咒的具体作用。

一路上，两人没有停留，一是怕耽误时间，二是怕惹事。须知神圣澄海内只有女性，没有男性，光明族的很多成员都讨厌男性。

利用从狮那里收回的神魂魅影，北月殇晨改变了天堂岛内生灵看待他和火离姬的目光，这才得以安然无恙。

全力飞行了约莫两天时间，北月殇晨和火离姬总算来到了天堂岛的首府神圣城。

神圣城占地巨大，整座城由外城和内城构成。内城较小，建筑物全是高耸入云的楼、塔，一座比一座高，最矮的只有十几米，最高的有数千米，密密麻麻地挤在一起。外城的建筑物大都很矮，以一种整齐的布局向四面八方蔓延而去。在两大城区之间，有一条金色的河流。

两人刚刚抵达神圣城的远郊，正要往神圣城的城主府去，眼前忽然浮现大片柔和的白光，紧跟着他们出现在一个纯白色的世界，这里只有上下，没有前后左右之分。

不远处，一名女子朝他们走来。

她看上去只有十七八岁，长相美貌绝伦，只是那双眼睛让她有种沧桑感。她身穿金色的拖地长袍，头戴皇冠，手握权杖，举手投足间给人一种无上尊贵之感。

北月殇晨和火离姬直视她的眼睛时，忍不住想要跪拜下去。她的气息内敛，让人感受不到她的强大。

“妖域的气息、兽域的气息、幽灵青海和污浊黄海的气息，你怎么去了那么多地方？你来神圣澄海做什么？”

女子的声音仿佛来自遥远的天外，有一种魅惑感，似乎欲引导北月殇晨说出实话。可是北月殇晨丝毫没有受到她的影响，也没有回答她，只是从天圆戒指里取出了焰光镜、兽神令、妖神令和火神令。

女子见状，接过三块令牌，又低头去看焰光镜内记录的画面。

她看到画面的第一秒便抬起头来，望向北月殇晨："你就是北月殇晨？"

北月殇晨有点意外，这名明显是光明族族长的女子怎么会知道自己？这不符合常理。

"您怎么会知道我？"北月殇晨问道。

"幽灵青海发生了那么大的事，你真以为光明族的人都是瞎子吗？"女子轻笑一声，没有再说其他，而是道，"说说情况吧。"

北月殇晨闻言顿了顿，道："一个以妖域和兽域主导的联盟正在组建中……"

北月殇晨话音未落，女子已经给予了回答："神圣澄海加入。"

北月殇晨没想到这女子答应得这么干脆，火离姬也觉得有些意外，不过他们没有质疑这名女子的身份和做出决策的权力。

她显然是一名十一阶的月神级强者。

"我们已经开始备战了。"女子道。

北月殇晨有些惊讶，一旁的火离姬亦然。在两人看来，神圣澄海比起妖域和兽域要弱很多，但神圣澄海反倒对战争反应最迅速。

"神圣澄海距生命绿海较近，我可以帮你们联系生命绿海的大长老，他一定会答应加入联盟的。"女子道。

"那自然再好不过。"北月殇晨激动不已。

"无尽蓝海的话，我劝你不要去海鲸族、海鲨族的领域。"女子道，"你大概会直接被他们吃掉。海巨人族最中正平和，很好说话，你只要说动海巨人族，海龙族和海象族肯定会同意联盟。他们三族加在一起，基本上可以号令大半个无尽蓝海。"

"多谢。"北月殇晨本来想叫她的尊称，但又不知道她的名字。

"没事。"女子语气平静地道，"你们去吧。"

她话音落下，没给北月殇晨和火离姬反应的时间，一名身穿白袍的绝美女子忽然从纯白色世界中走了出来，引导着北月殇晨和火离姬前往神圣澄海执掌的世界漩涡。

临走前，女子也给了北月殇晨一块令牌——蕴含精纯神圣之力的神圣令。

两人走后，女子的面前渐渐浮现一条绵延至虚空深处的绿色藤蔓。

这是生命之藤，生命绿海的至宝之一。

生命绿海毗邻人族三域和神圣澄海，其中又与神圣澄海关系最好，两海之间交流密切，生命之藤正是方便他们联络的东西。

女子很快就联系到了生命绿海的大长老，将从焰光镜中看到的画面分享给了他，然后又告知了他妖域和兽域主导联盟的消息，大长老没怎么犹豫便答应加入联盟。

其实神圣澄海和生命绿海离法蓝星的世界中心都很远，而且还被人族三域所包围，上次幽灵青海偷袭两海，他们的损失也不大。不过两海也有自己的利益需求和忌惮，所以都不愿意看见幽灵青海和魔域变强。毕竟覆巢之下，焉有完卵？两海两族都是古老的势力，又怎么会不明白这一点呢？

借助神圣澄海的世界漩涡，北月殇晨和火离姬来到蓝域西边，临近污浊黄海的无尽蓝海的海域。

海巨人族是无尽蓝海五大霸主种群之一，他们被其他海族称为大海的守护者和支柱。他们没有固定的统治领域或者居所，只是偶尔会有一些海巨人因为特殊原因聚在一起形成势力区域，但不长久。

来到无尽蓝海后，北月殇晨盘坐在天空上，将灵识沉入幽冥珠中，灵识感知力向着四面八方散去，搜寻着海巨人族的踪迹。火离姬则站在他的身旁，默默地保护他。

转眼间，两天两夜过去了，北月殇晨总算找到了一名海巨人。

这名海巨人只有八阶实力，体形相较北月殇晨之前认识的海星辰要小很多，如果放在人族，应该只算一个少年。

北月殇晨和火离姬立刻飞去找他。

这名海巨人看到北月殇晨，有点意外：“人族？”

“你好，请问你可以带我去你们最近的聚集点吗？我有要事要见海巨帝。”北月殇晨道。

“你要见族长？”这名海巨人挠了挠头，笑了笑，“感觉不太可能啊。”

这名海巨人正说着话，北月殇晨忽然掏出了一块块令牌，有神圣令、妖神令、火神令和兽神令。

这名海巨人感知到了那一块块令牌蕴含的能量，回忆着自己曾经学习的知识，忍不住惊讶：“你都是从哪里搞来的啊？”

“我真的有要事。”北月殇晨诚恳地道。

“那好吧。”这名海巨人想了想，“你们跟我来吧。”

北月殇晨和火离姬闻言，这才松了口气。

这名海巨人在前方开辟道路，忽然转过头，看着北月殇晨道：“如果方便的话，可不可以给我也弄几块啊，看起来好厉害啊。”

北月殇晨和火离姬忍俊不禁。

利用诸域的凭证，两人取得了这名海巨人的信任，并在他的带领下来到了最近的海巨人聚集点。

这处聚集点有一名名叫海宁的星神级海巨人。

海巨人族不愧是无尽蓝海最强大同时也是最善良的种群，在将几张令牌及焰光镜展露给海宁看后，他立刻带领北月殇晨和火离姬去找寻海巨帝。

海巨帝常年游走在无尽蓝海的各个区域，即便是族中的强者找他也有些困难。好在海宁有特殊的秘术，没费多大力气就找到了海巨帝，然后通过世界漩涡抵达了他附近，终于让北月殇晨和火离姬见到了他。

海巨帝身材高大魁梧，皮肤呈淡蓝色，右手握着一柄巨大的蓝色三叉戟，脚下踩着波涛，腰间缠绕着由巨大贝壳组成的战裙，其他位置都裸露着蓝色皮肤，一头海藻般的深蓝色长发在脑后飘扬，头顶有一个灿金色的王冠。

他远远看见北月殇晨和火离姬站在海宁的手掌上破海而来，已经有不对劲的预感。等他们来到面前，他直接出声询问：“发生了什么事？”

北月殇晨和火离姬先向这位大海的主宰者行了一个礼，然后才将令牌和焰光镜呈给他看。

海巨帝看完后毫不犹豫地道：“必须阻止魔族的阴谋。无尽蓝海其他海族交给我，你们快回去准备联盟事宜吧。”

“多谢海巨帝！”北月殇晨和火离姬都欣喜无比。

北月殇晨和火离姬料到有妖神令和兽神令，让神圣澄海、生命绿海和无尽蓝海加入联盟会简单许多，但他们万万没想到会简单到这种地步。

“海宁，带他们去回蓝域的世界漩涡吧。”

说完，海巨帝的眼前陡然间浮现一股通向无尽蓝海深处的洋流。

海巨帝转头看向北月殇晨和火离姬，道：“法蓝星会记住你们的努力，大海会祝福你们。”

话音落下，海巨帝便穿越洋流消失了。

北月殇晨和火离姬猛然间觉得自己身边的海水变得暖洋洋的，非常舒适。

星神级海巨人海宁再次将北月殇晨和火离姬放在自己手上，破海而行。

第123章

灵识共享

两天后，北月殇晨和火离姬总算见到了蓝域大陆的海岸线。

时隔数月再次回到蓝域，北月殇晨有一种恍若隔世的感觉。火离姬跟在北月殇晨的身边，见证他做的这一件件大事，同样深有感触。

回到蓝域后，两人没有停留，利用冥座向大长老所在的雷城穿梭而去。因为北月殇晨曾经去过雷城，所以用冥座穿梭过去，只耗费了半天时间。

当他来到雷城海域的时候，大长老瞬间便出现在他身前。

大长老佝偻着身体，看着北月殇晨和火离姬，激动到难以自持："好！好啊！好！"

除了"好"，大长老实在不知道应该说些什么。他怎么可能想到北月殇晨此行可以突破成为七阶裁决者，并且领悟了元素之心？他又怎么会想到连火离姬也领悟了元素之心，成为七阶裁决者？

北月殇晨和火离姬将会是蓝域的决策者、最强者。他们没有让他失望，没有辜负任何人。

"大长老，我成功了。"

北月殇晨迫不及待地将那些记录着演魔城画面的宝物拿出来，又将妖神令、神圣令、兽神令、火神令交给了大长老。

大长老接过那些东西之后，陷入沉默，心情久久不能平复。

幽灵青海威胁着许多种群，但对妖域和兽域威胁比较小，他们可以不在乎，但人族三域不能不在乎。

一年多以来，人族三域一直在想方设法避免战争爆发，同时积极备战，防备被偷袭。不知道多少万人远航出海，去寻求帮助，去寻求联盟与合作，但他们大都没有带来很好的反馈，现在北月殇晨给了他们一个惊喜，一个巨大的惊喜。

“呼。”好半晌，大长老才长长地呼出一口气，看着两人，道，“走，我们先回去再说。”

两人点了点头，跟在大长老身后，回到雷城后山大长老的居所。

为了节省时间，在返回的途中，北月殇晨便开始向大长老讲述他上次从蓝域出发后经历的所有事，包括幽冥珠的变化。说到天兽神提及的幽冥珠的一大用途，北月殇晨向大长老表达了疑惑。

“人族先祖留下了七神珠的大部分具体用法和一些特殊能力，本来你突破到七阶我就该告诉你，还有很多事你都该知道了，但你才回来，现在不是时候，我还是先把最重要的东西交给你吧。”

大长老回到自己的住处后，坐在椅子上，从自己的空间戒指里取出一个卷轴。

北月殇晨接过卷轴，发现卷轴上无字，不过他立刻反应过来，灵识出窍去看，紧跟着，大量的知识涌入他的头脑。他现在的灵识强度已经很强了，很快便将这些知识消化了。

“灵识共享。”北月殇晨呢喃道。

“法域的执法者也有类似的能力，即思维共享，不过他们能共享的距离较短，人数较少。灵识共享不一样，只要有灵识的生灵，你催动幽冥珠都可以将他们连接起来，由此听取反馈，下达命令。”大长老道，“不过有一个缺点，所有进行灵识共享的生灵都需要征得对方的同意，而且对方想切断就切断，你也不能利用灵识共享去伤害他们。”

“为什么会有这么奇怪的限制？”北月殇晨有些不解。

“当初人族提议妖族主导炼制七神珠，为的就是抵御魔兽星坠落，反击兽人族、魔族，而统一指挥是必须的。因此，炼制幽冥珠的时候，炼制者才根据思维共享创造了灵识共享，但也给予了诸多限制，否则妖族不同意。”大长老解释道。

“等等，您说当初大灾变时，法蓝星的指挥者是人族？”北月殇晨和火离姬都惊讶无比。

“没错。”大长老看着北月殇晨，道，“而且就是幽冥珠的执掌者。”

北月殇晨陡然间意识到什么，不可思议地望向大长老。

“这次联盟之所以形成，完全是因为你，而又只有你才能动用幽冥珠，将万千生灵的灵识连接起来，所以这次联盟的指挥者，只能是你。”大长老道。

只能是你……

大长老的声音宛如雷鸣，落在北月殇晨的耳中，让他久久不能平复。

北月殇晨虽然一直在为联盟的事努力，但从来没想过自己将来要指挥联盟，因为那是一个巨大而沉重的责任，他不认为自己能扛起这样的责任。毕竟直到现在为止，他也没有指挥军队甚至军团作战的经历。

北月殇晨觉得把指挥之位交给其他任何人，应该都会比他靠谱些，于是他下意识要拒绝，但大长老冲他摇了摇头。

“不会可以学，但真的只能是你。”大长老道，“只有幽冥珠可以一瞬间连接千万人并进行对话，只有你才可以第一时间获取有用的信息，然后给出反馈，换了另外任何一个人都做不到。当然，责任肯定不会由你一个人担，你会有一个指挥团队，可以商讨的大事拿给他们判断决定，但一些小事或者紧急事务，必须由你来处理。”

北月殇晨知道，在这场波及全法蓝星的大战上，哪里有什么小事，但大长老话都说到这份上了，他没有办法拒绝。

“你放心，不会是你一个人的责任。”大长老拍了拍他的肩膀，给予他鼓励。

北月殇晨只能回之以苦笑。

“你先尝试一下吧，然后在这段时间里，我会让蓝域做好备战准备，也会通知法域和圣域。”大长老道。

北月殇晨点了点头。之后，他便和火离姬一起在雷城住下了。

幽冥珠是七神珠之一，当初由妖族主导、由全法蓝星的强者们炼制而成，可谓妙用无穷。其中最大的用处在于它可以利用灵识法则，在空气中编织出一张覆盖全法蓝星的网。只要神阶灵识之力充足，只要灵识法则仍在，它就能借此连通全法蓝星的生灵。

大长老给北月殇晨的那个卷轴上明确地记载了启动灵识共享的方法。他只需要在幽冥世界当中，将神阶灵识之力排列成特定的形状，就可以让幽冥珠的器灵自行引动灵识法则。

进入幽冥珠内的世界后，北月殇晨开始排列布置。这是一个庞大的工程，几乎将他的灵识本源消耗殆尽。

这时他才明白大长老为什么要等他修炼到七阶才告诉他一些事情。因为在此之前告诉他也没用，他的精神强度和灵识强度根本不足以驱动幽冥珠的那些特殊能力。

神阶灵识之力排列成功后，同样以幽冥珠形态呈现的器灵出现在北月殇晨的面前，然后北月殇晨眼前的世界缓缓被白色覆盖。

片刻后，一个纯白色的世界替代了那点缀着漫天灵识星光的世界。不过北月殇晨能感觉到，只要他愿意，随时都能变回去。

白色的世界纯净无瑕，没有任何多余的东西。这就是灵识共享的世界，北月殇晨需要获取被共享者的同意，才可以将他们添加到这个世界中。

从灵识共享世界退出来后，北月殇晨转头看向了火离姬，道："阿离，你要先试试吗？"

"来啊。"火离姬自然一口应下。

北月殇晨立刻用神阶灵识之力驱动幽冥珠，一条无色无形的丝线缓缓延伸出去，在火离姬的注视下，钻入她的头皮，紧贴在她的大脑皮层。

火离姬恍惚间听到北月殇晨来自灵识层面的请求，她当即放开自己的灵识防御，让丝线延伸至她的灵识。丝线渗入她的灵识世界后，其顶部化作一个话筒状。

下一秒，北月殇晨感觉他与火离姬之间的联系更加紧密了。

"说句话试试。"北月殇晨没有张嘴，而是在灵识共享的世界里通过灵识发出声音，再通过那条灵识丝线传递到火离姬的灵识世界里。

火离姬听到了北月殇晨的声音，脑海里立刻浮现念头，但这个念头没有以声音的形式在北月殇晨的灵识共享世界中响起。

但不知怎的，她像是无师自通一样，发出了灵识维度的声音，再通过那个话筒，传回了灵识共享世界。

"怎么样？"

声音回荡在灵识共享世界内，北月殇晨听得清清楚楚。他不禁高兴起来，然后兴奋地道："我需要更多的共享者！"

说完后，北月殇晨继续以神阶灵识之力催动幽冥珠，将一条无色无形的丝线延伸出去，飞快地向雷城后山的方向游动。

火离姬见北月殇晨兴奋得像个孩子，摇了摇头，没说什么，盘坐于地上，静静地修炼。

兽域之行，她的弱小让她备受打击，她必须变得更厉害，才能跟在北月殇晨身边，守护他。

不多时，灵识丝线抵达大长老居住的茅屋。此时大长老正坐在椅子上思考，忽然看见灵识丝线到来，轻笑一声：“来吧。”

北月殇晨得到许可，将丝线渗透到大长老的灵识世界，后者的声音立刻在幽冥珠内的灵识共享世界中响起。

“我已经将灵识共享的事告诉了几个需要知道的人，你现在可以先连接他们，然后再通过他们连接高级指挥层和中低层军官。”

“好。”北月殇晨道。

“我现在跟你说几个名字：蓝翔、湘云……”

蓝翔、湘云，一个是蓝域自由国度的国王，一个是自由国度的国母，在蓝域有着极高的地位。

不过，已经认识多位月神的北月殇晨自然不会因他们地位高而过于震惊，而是非常自然地将灵识丝线延伸到了位于雷城的皇宫，并成功连接了国王蓝翔。

第124章

大军集结

“见过国王陛下。”北月殇晨恭敬地喊道。

“免礼，这些日子辛苦你了，殇晨。”

国王蓝翔是与大长老联系最紧密的人，对各种秘密也非常了解，知道北月殇晨为了此次联盟的建立付出了多少努力。他不禁有些羡慕，要是自己家那臭小子也能这么优秀，让人省心，那该有多好。

“没什么的，陛下。”北月殇晨道。

“那我先不打扰你了，你应该要忙一段时间了。”蓝翔道。

“是，陛下。”

北月殇晨结束与蓝翔的对话后，没有再从幽冥珠中延伸出灵识丝线，而是对蓝翔的灵识世界内的那根灵识丝线进行分叉，让其渗透到不远处蓝翔的妻子湘云的灵识世界。

能够通过被共享者去连接其他被共享者，这是灵识共享这项能力的一个巨大优点。不然北月殇晨要一个个去连接被共享者，那耗费的时间将难以计算。

通过大长老、蓝翔和湘云，北月殇晨很快便与一些身处雷城的大人物连接上了。之后他又连接上了数十名风鹰骑士。在北月殇晨的命令下，他们即刻动身前往蓝域其他城市。

没过多久，北月殇晨便通过风鹰骑士，成功连接十大主城的城主及其他大城的强者、军队高层等。这些强者被成功连接后，也终于知道北月殇晨成为幽冥珠执掌者的事，不由得大感震惊，再也不敢拿他当一个后辈看待。事实上，从后来了解到的信息来看，他们判断自己可能已经不是北月殇晨的对手了，这让他们既高兴又有挫败感。

连接了各大主城的强者之后，那些沿海地区的城主、掌权者开始安排自由者和掌控者的出海事宜，由他们去当使者，帮北月殇晨连接法域、圣域、神圣澄海、生命绿海、无尽蓝海的相关生灵。

北月殇晨就像一粒种子，正在飞快地发芽生长、开枝散叶，在法蓝星的范围内编织出一张灵识巨网。

在灵识共享世界初步形成的时候，北月殇晨开始让那些人同时与自己交流，传输一些信息，他要尝试着处理和分析信息。而信息处理、分析和传递之简单，让北月殇晨有些吃惊。因为幽冥珠的器灵会帮助他，幽冥珠内的世界灵识共享容量几乎是无限大，而且思维如闪电一样敏捷，几乎没有任何延迟便将消息处理完了。难怪大长老说联盟总指挥一职只能由北月殇晨担任。

北月殇晨这才恍然大悟，不过他没有骄傲自满，毕竟他现在处理的信息非常少，只有雷城的部分高层加入了共享世界而已。将来会加入雷城的其他所有高层和相关人员、蓝域的其他主城的相关人员、圣域、法域、妖域、兽域及其他四海的相关人员，他将面对庞大的信息量，希望到那时他也可以轻松处理。

不过这都不是灵识共享世界铺开后最令他吃惊的事。最令他吃惊的是，作为首位灵识共享者，火离姬竟然也有处理和分析信息的能力。不仅如此，她的灵识竟然在迅速地变强。灵识变强，直接作用在元素的修炼上，加上她本身的天赋，才短短一周时间，她竟然就突破成了八阶火圣。这让北月殇晨既高兴又羡慕。

如果要打个比方的话，灵识共享世界是他们的家，北月殇晨是主人，火离姬就是女主人，或者说管家。北月殇晨能做到的事，她基本也能做到。只是北月殇晨没搞懂这一切究竟是为什么，北月殇晨研究了许久都没有答案。

对于这件事，火离姬最高兴的不是自己突破了或灵识变强了，而是她终于可以帮到北月殇晨了，不是一时的帮助，而是时时刻刻的帮助，之后的战争也无法将他们分开。

转眼，一周过去了。

北月殇晨基本上已经将蓝域北部、中部、西部、东北部所有高层指挥者和中低层的军官连接成功。他每天和火离姬一起处理着这些高层的交流信息，不知不觉间已经成为蓝域掌握秘密最多的人。

与此同时，与南部的连接也在进行中，与西部的无尽蓝海和东部的生命绿海也都有了初步的接触。两海的整体实力都比人族三域强很多，他们的族人也在大海中加快移动，甚至利用空间穿梭类的宝物帮助北月殇晨连接更多生灵。

在他们的帮助下，北月殇晨应该很快就可以连接几大海，再通过世界漩涡前往兽域和妖域，届时联盟便算是创立成功。按照目前的进度推算，最多再耗费半月时间。

在这段时间里，北月殇晨需要跟蓝域的一些军事指挥家学习指挥的艺术。虽说开战的时候，会有诸海诸域的优秀军事家在近处帮助北月殇晨，但他自己必须会一些指挥方面的东西，以便他下达一些特别紧急的命令。

好在北月殇晨有一些指挥方面的天赋，虽然做不到一日千里，但日常教学的时候也可以举一反三，让蓝域的军事家们惊喜不已。

其实说实话，蓝域的军事家们也算不得什么优秀的军事家，毕竟他们也没上过战场。自三百多年前大灾变结束后，法蓝星便处于平稳的状态，除了一些特殊地区外，很少有战争爆发，没有机会给他们去实践。

在一天天的学习中，法蓝星的备战氛围也越来越浓。这必然是一场波及整个法蓝星的战争，所有地区、所有种群都需要做好战斗的准备。

时间如流水，十几天转瞬即逝。

在所有生灵通力合作的情况下，北月殇晨的灵识丝线已经覆盖完四海五域，所有高层、强者、指挥层、低中高阶的军官都与北月殇晨建立了联系。而在他、火离姬和器灵的全力运转沟通下，四海五域的高层们已经达成一致意见，将在半个月后于幽灵青海的东海外集结。

由于情况紧急，四海五域将共享大部分的世界漩涡，供各域各海调兵遣将。这无疑是一个巨大的付出，毕竟人族三域没有掌握任何一个世界漩涡，而兽域、妖域、无尽蓝海控制的世界漩涡也远超生命绿海和神圣澄海。

不过从某种程度来说，四海两域暴露世界漩涡所在的位置也没什么，最多不过是在漩涡出口处增派一些军队和强者坐镇。

这场战争虽然波及全法蓝星，但由于层次较高，人族三域并没有广泛宣传，以免引起不必要的恐慌。毕竟普通人去再多也没有任何用处，高层们只是将各域的修炼者集结起来，组成军队。人族三域中，以蓝域的军队数量最少，但个体战力最强，因为元素觉醒后进行修炼是一件比较困难的事。

其次是圣域，圣域的妖神觉醒同样不简单。

只有法域派出的军队数量堪称庞大，因为法域的每一个人都可以成为修炼者。不说能不能修炼，至少他们与生俱来便有天赋，哪怕是最底层的人也是守序者，他们法域称之为智士。

由于天赋能力特殊，法域人极其擅长团队作战。北月殇晨敢保证，要在人族里找出一个合格的指挥者，那必然出自法域。不过事到如今，只能由他来。

在诸域诸海指挥达成一致意见后，人族三域的军队立刻开拔，出发前往幽灵青海东部海域。北月殇晨没有先行，因为灵识共享的特殊性，他即便在雷城也可以做总指挥。不过他还是要去幽灵青海，毕竟许多事情只有当面才能处理好。

在各域各海军队开拔后，北月殇晨就忙着和他们的指挥以及人族三域的指挥团队商议具体计划。在此期间，火离姬一直都担当着他的助手。

显然，四海五域大军首先要做的一件事，就是攻破魔族布下的的结界。这不是一件易事，须知那结界蕴含着大天神级别的力量，而要攻破大天神级别的结界，必须动用大天神级别的力量。

现今法蓝星，兽域、妖域有大天神级别的强者，这是众所周知的事。而无尽蓝海、生命绿海、神圣澄海展露于外的最高战力都是十一阶，但许多势力、种群都怀疑他们已经有大天神级别的强者，只有人族三域从未被怀疑过。

尽管兽域和妖域都有大天神，但因为恐惧魔域强大，两域都还不想贸然开启全面战争，所以他们的大天神不会出手。大天神无法出手，那想要攻破魔域结界，只能靠蕴含大天神级别力量的物品。

在经过很长一段时间的争吵后，妖域和兽域决定各自拿出两件来，无尽蓝海、生命绿海和神圣澄海各拿出一件，至于人族三域？人族迄今为止没有诞生过大天神。

不过毕竟是北月殇晨发起并组建了联盟，且幽冥珠是比大天神级物品更强大的圣物，所以人族也不算没有出力。

在七件神物从各域各族启程出发后，北月殇晨和火离姬也与人族三域的优秀指挥官们一起乘船出海，由离蓝域最近的世界漩涡赶往幽灵青海近海。

约莫半天后，两人便来到幽灵青海东方海域中原属火黎族的一座岛屿上。这座岛屿名为圣火岛，岛屿不大，此时已经人满为患，具体来讲，是会聚了各海各域的众多生灵。他们有的来自妖域，有的来自兽域，有的来自无尽蓝海，有的来自生命绿海，有的来自神圣澄海，有的来自岩浆赤海，其他的自然是来自人族三域。

这是法蓝星有史以来数量最多的一次种群齐聚，其中甚至还包含了来自魔兽星的兽人族。这些生灵原本一辈子都不会有相见和接触的机会，更有甚者是有着宿怨的仇敌，但现在为了对抗魔域，为了对抗幽灵青海和污浊黄海，全都联合了起来。

在他们的努力下，原本略有些荒凉的圣火岛上飞快地兴建起风格迥异的建筑来。这些建筑分区分种群建立，在所有建筑的最西侧，是此次诸海诸域联盟的指挥部。

北月殇晨率众抵达此处的时候，已经有许多生灵在等他。为首的正是刚刚登上狮兽神尊位的狮。因为狮的天赋，以及前任狮兽神势力最后成功惹怒了兽神山一众兽神，前任狮兽神的所有势力几乎都被清除了，一众兽神还给狮一个绝对能够掌控的狮神峰。

当然，因为大部分月神、星神被清除或放逐，狮神峰已经沦为十二兽神山中最弱的一个。但兽神山的所有兽人都相信，只要给狮时间，有朝一日他必将带领狮神峰崛起。

狮此时身穿金色的铠甲，在人群中熠熠生辉。他原本正有些无所适从地被一群兽人包围着，看到北月殇晨后，他立刻面露喜色大步走上来，一把将北月殇晨搂在怀里，亲近之意溢于言表。抱完北月殇晨后，他又向火离姬打了个招呼。

周围的生灵们顺着狮的行动将目光转向北月殇晨，都露出惊讶和审视之色来。不过很快，他们就反应过来这两人是谁了。

第125章

第一拨攻击

“他就是北月殇晨吗？总算见到真人了。”

“果然和传言一样是个七阶裁决者，就是不知道他的灵识境界有多高。”

“就是他连接了我们吗？看上去也没什么出奇的嘛，幽冥珠呢？幽冥珠在哪儿？”

“他身边那个就是‘离’，怎么还戴着面具？什么都看不清啊。”

“我还以为他有三头六臂呢，没想到就是个普通人。”

由于灵识共享世界的诞生，几乎全法蓝星的生灵都知道北月殇晨是幽冥珠的执掌者了，同时他的底细也被挖得清清楚楚。

他在蓝域那些成就当然没人在乎，就算他年纪轻轻就拿下三域大比冠军，那也是人族自娱自乐的活动而已。关键在于他后面的成就。

第一次孤身进入幽灵青海，这才是外族眼中北月殇晨的传奇开端。区区一个元素掌控者，孤身进入幽灵青海，竟然挖出了起源计划，这着实不可思议。所有人都不知道真实内情，但仅凭想象也知道绝对难如登天。

他在污浊黄海戏耍万骨大君、挑拨两海关系的事也已经曝光了。虽然他没有让两海决裂，但芥蒂还是种下了。不仅如此，他为联军的组建赢得了关键的时间！

之后就是传奇部分了。他第二次孤身进入幽灵青海，还穿越了十二阶大天神的结界封锁，将幽灵青海搅得天翻地覆，有多名九阶冥皇因他而殒灭，更有十阶冥神因他而受处罚。演魔城的故事更是犹如小说话本，让人不敢相信。

正是因为他的这些惊人之举，才有了现在的诸海诸域联盟。他虽然是一个人族，但他得到了所有生灵的尊敬！

这些是他们知道的，他们不知道的还有很多，比如他在妖域杀死一名九阶圣妖，并超越所有妖族天才，第一个抵达祖庭之路的终点。由于这件事关系到妖域的尊严，被刻意隐瞒了下来。还有他和狮相交莫逆的事。

此时距离他、火离姬、狮三人冲破重重险阻抵达兽神山也才没多久，一则整个过程在兽域都没完全传开，所以外族不知道也很正常。二则是在来到圣火岛自报身份前，大家根本不知道狮的存在，直到后来询问了解才知道，他竟然是狮神峰的现任执掌者。

须知兽域离人族三域相隔了大半个无尽蓝海，按道理来讲，人族很难认识兽人，更遑论一个兽人族中的高位者。但他们大都是有地位的生灵，不会把所有情绪都写在脸上。

可是即便有这么多不可思议的经历，但在场众多来自诸海诸域的生灵依旧不相信北月殇晨可以成功担当总指挥。他们之所以在这里，完全是上头的决定，是被逼无奈。

在跟狮拥抱完之后，北月殇晨这才有时间去认识其他指挥官。其实北月殇晨和火离姬在灵识共享世界都已经认识大部分了，但仅仅是认识声音，不知道他们长什么样。不管北月殇晨实力几何，他毕竟是此次联盟的总指挥，现场来自诸海诸域的指挥官们都给予了他最基本的尊重。于是从妖域开始，指挥官们一个个自报家门。

“东山曜。”这名来自妖域精怪族的妖域总指挥东山曜年龄颇大，是从大灾变时活下来的资深十阶星神。向北月殇晨报名字的时候，他不卑不亢。

“我是海岚。”在东山曜之后，一个有着蓝色皮肤的巨人走了出来。他是被无尽蓝海众多海族推选出来的无尽蓝海总指挥，来自海巨人族。

无尽蓝海是法蓝星最大的势力区域，其中生活的海族恐怕比所有陆地种群加起来还要多好几倍。没有任何种群可以将无尽蓝海统一，哪怕被称为蓝海皇族的海龙族也不例外。想要从无尽蓝海中找出一个服众的总指挥，绝无可能。

海岚也只是明面上的总指挥，诸海族妥协后的选择，真到了要做艰难抉择的时候，指不定还要北月殇晨想办法去协调。

“火光劫。”东山曜身旁站着一个身披红色长袍的瘦高老者，他的头发、眼睛皆是红色，身体周围的温度也比其他地方高一些，他显然来自火黎族。他站出来的时候，朝北月殇晨身后的火离姬点了点头，又朝着北月殇晨点了点头。

相比起东山曜和海岚，他对北月殇晨表现得最为尊重，这其中肯定有火玄甯在背后帮忙。北月殇晨虽然是名义上的联盟总指挥，但太弱了，弱到在星神面前根本不值一提。

在众多星神的心中，北月殇晨恐怕只是一个收集消息的工具人而已，不过如果有星神支持者的话，那又是另外一回事了，更何况火光劫代表的可是整个岩浆赤海。

“树智。”“白韵。”

来自生命绿海和神圣澄海的总指挥，都是星神级别的强者。他们对北月殇晨的态度和火光劫差不多，这让妖域的东山曜和无尽蓝海的海岚对北月殇晨的看法略有些改变，同时心中猜测他为何可以得到三海的好感。

生命绿海和神圣澄海介绍结束后，人族三域的指挥者们，也都出言介绍。首先是来自法域的孔宁，九阶；然后是来自圣域的谷冥，九阶；最后是来自蓝域的雷皓，九阶。北月殇晨作为总指挥，早前以灵识共享世界联系众多指挥者，人人皆知，自然不需要自我介绍。火离姬作为北月殇晨的助手，灵识共享世界的管家，当然也不需要介绍自己。

在互相认识后，北月殇晨直接切入正题：“接下来我们要找到魔域结界的薄弱点，从外部将其击破，然后联合幽灵青海的天弓、原灵会等势力，向冥廷发起闪电攻击！”

话音落下，顿时引发讨论。击破魔域结界是联军的头等大事，但要找到它的薄弱点，何其难？北月殇晨对此没有丝毫担心。因为关于魔域结界薄弱点的事，兽域和妖域早已在着手调查。他们毕竟是联盟中最强的两域，派出的无不是星神乃至月神境的强者。早在两天前，他们便发现了数十处薄弱点。

幽灵青海是一片广阔无边的海域，即便是大天神级别的强者要用结界将其覆盖，也不是一件轻松的事。更何况魔域的大天神都在三百多年前的战争中受过伤，现在还没有恢复到全盛状态，所以结界有数十处薄弱点不奇怪。不过即便再薄弱那也是相对而言，没有大天神级别的力量，依然攻不破。

数十处的薄弱点，不需要处处攻破，只需要找寻出联结最为紧密的几处即可。但究竟是哪几处，按照诸域诸海强者们的推断演算，有成千上万种排列方法，同时有数万种破界方案。而为了防止消息泄露，北月殇晨会在最后关头选定位置和方案，然后指挥联军前往各处。

魔域结界薄弱点虽多，但都存在危险，不过有的非常危险，有的只是较为危险。较为危险的地方，付出点代价即可拿下。而那些非常危险的地方，则需要一番血战，谁都不想自己的人死，所以自然会有一番争执。不过，目前这只是北月殇晨和火离姬的想象。

真实情况并非如此。兽域、妖域和无尽蓝海的三位总指挥竟然都主动提出要前往极度危险之地。北月殇晨询问并得到答案后，才发现自己犯了一个只有人族才会犯的错误。

兽域、妖域和无尽蓝海的海族们的确非常认真地对待此事，可对他们来说，这次战争并非全面战争，也并非自己本土的战争，所以他们有将这次战争当作一次练兵机会的意思。他们这是在未雨绸缪，准备好了才能直面下一次规模更大的战争。

既然兽域、妖域和无尽蓝海愿意承担危险的任务，北月殇晨和其他域境的指挥者们断然没有拒绝的道理。

于是接下来北月殇晨和火离姬便坐镇圣火岛的总指挥部，与各域派来的智囊团一起。其他指挥者则前往各自的指挥分部，下达命令调兵遣将，具体的命令再由北月殇晨和火离姬从灵识共享世界中转告。

幽灵青海范围极大，而诸域诸海又调动了大兵，因此速度较慢。

在此期间，幽灵青海的沿海城市频频调兵，其中不乏魔族的身影。魔域结界虽然可以阻拦住诸海诸域的联军，但无法遮挡他们的视线。想来此时此刻，幽灵青海的灵体们也紧张得不行。

五天很快就过去了，所有域境的军队都集结完毕，并按照北月殇晨的命令抵达了指定目标点，陈兵结界外，等待北月殇晨下达攻击的命令。

因为大天神级的结界过于强大，要想将它击破，需要薄弱点同时受到攻击才行，早一分晚一分都不行，必须精确到毫秒不差。如果没有北月殇晨，不出动一名大天神或者大天神的分身投影降临，几乎没可能打破这魔域结界。

距离发起第一拨攻势的时间越来越近，北月殇晨有些紧张。他知道自己现在这个联军总指挥的地位很不牢固，尽管现在诸域联军都听他指挥，可只要他犯错，立刻就会被轻看，毕竟他只展现过个人战的才华，从来没指挥过战争。他能坐到这个位置，靠的就是幽冥珠。

火离姬感受得到北月殇晨的紧张，近来不知怎么的，她和北月殇晨在灵识方面的契合度越来越高了，甚至有点心有灵犀的意思。

她不着痕迹地握住了北月殇晨的手，为他加油打气。

北月殇晨回望了火离姬一眼，忐忑的心总算平复了一些。下一刻，他的声音通过灵识共享世界在联军的每一名指挥者和参战者的灵识世界内响起。

“全军就位，三分钟后统一发动第一拨攻击。”话音落下，具体的破界方案也被火离姬告知众多前线总指挥，再由他们传话并主导攻势。

此时此刻，在幽灵青海的东部、北部、南部，上空西北侧和上空东南侧，东南部结界外的沿海地带，一艘又一艘巨大的舰船停靠着。天空上、海洋中，到处都是来自兽域、妖域、无尽蓝海、神圣澄海、岩浆赤海和生命绿海、人族三域的大军。

在这一支支大军的中央，有实力强大的前线总指挥，他们手中有着一件件大天神级别的神物。这些神物有的是镜子模样，有的是利剑模样，有的是树枝模样，有的是长矛模样，有的是宝塔模样，但无一例外，都散发着强大的气息。

当北月殇晨的声音在他们脑海中响起时，这些军队的士兵开始输出自己的能量，将其注入执掌神物的强者身上，再由他传输至神物中。

神物渐渐开始散发出璀璨炽烈的光芒，有代表着生命的绿色，有代表着圣洁的纯白色，有代表着海洋的蔚蓝色，也有兽域的红色光芒和妖域略显鲜艳的光芒。

在光芒闪烁时，魔域结界似乎感受到了危机，也发出了强烈的黑色光芒。

约莫两分钟后，北月殇晨发动攻势的声音响起，所有域境的士兵都疯狂输出能量，让神物爆发出耀眼的光芒。神物陡然间激射出强大的光束，朝着结界的方向而去。这几道光束有的粗有的细，有的能量内敛，有的能量外放，全都强大到极点。

无数士兵心里想着，这个时候即便是月神级强者拦在前面恐怕也会被一击杀死。

“轰！轰！轰！”

一道道承载着无数士兵能量的攻击借助着神物中蕴含的大天神之力，重重地轰击在魔域结界上，就像巨石砸入平静的湖泊中，荡起了一圈圈的波纹。波纹向着四面八方扩散而去，速度极快，有与其他区域的波纹融合的迹象。波纹一旦融合，便会立刻产生巨大的力量，共振并击破魔域结界。

然而，正当波纹蔓延开去时，幽灵青海之中同样有一束束光腾空而起，击中魔域结界。这些光束皆是黑色的。

黑色是魔气的颜色！

第126章

第二拨攻击

磅礴的魔气融入魔域结界，让它显得越发强大，同时也让执掌神物的强者脸色一变，而后第一时间在灵识共享世界中向北月殇晨通报情况。

北月殇晨闻言，知道这是魔域的反击，但他神色不变。

魔域会帮助幽灵青海维持结界，这是所有联盟高层都想得到的事情，自然会有解决方案。这个方案简单粗暴，那就是比谁人多。

诸海诸域联盟一方集结了兽域、妖域、蓝域、圣域、法域、岩浆赤海、生命绿海、神圣澄海和无尽蓝海的庞大力量，相比起它来，幽灵青海与魔域真可说是势单力薄。

联盟的高层们当然都知道，如果真要论起来，即便再加上幽灵青海和污浊黄海，联盟都未必会是魔域的对手，但正如他们不想爆发全面战争一样，魔域也不想。因为魔族的真正强者大都在沉睡，另一方面，魔族不是以族人数量取胜，而是以顶尖强者的数量取胜。

那么，在双方都克制的情况下，魔域拿不出也不肯派出太多的顶尖强者，那么它凭什么从人数方面拼过诸海诸域联军？

不管魔域如何维持结界，攻破它，只是时间问题而已。

可诸海诸域现在最缺的就是时间，因为在诸海诸域联盟大军压境的情况下，必然会让魔域和幽灵青海的研究人员们加快研究速度，推动研究进程。

万一在攻破魔域结界前，他们已经研制成功，那诸海诸域联盟的组建还有什么意义？这一点是诸海诸域至强者们的共识，所以必须在他们规定的时间内攻破魔域结界。

“第二拨攻击。”北月殇晨的声音再度响起。

所有身处前线的强者均取出了随身携带的补充能量的宝物。

岩浆赤海的强者拿出了极炎石，生命绿海的强者拿出了生命精华，神圣澄海的强者拿出了诸阳之光。

在这些奇异之物的帮助下，他们体内消耗的能量在迅速恢复，同时使得他们手中的神物光芒大盛，爆发出比先前更加粗壮的光束。光束轰击在魔域结界上，可依旧无法将其击破。

下达命令后，北月殇晨便将指挥权交给了火离姬，没再去管诸海诸域前线的联军，而是将注意力转向一支支小型船队。

这些船队是独立于诸海诸域主力部队的边缘部队，士兵们都比较弱。他们早在主力部队抵达前便已经抵达幽灵青海外海，等候着北月殇晨和诸海诸域真正的幕后高层的命令，而现在他们终于等到了命令。

得到命令后，前线指挥立刻指挥船队调转方向，前往指定目的地。

这些小型船队有数百支，每一支都很快抵达目的地，因为他们本身距离目的地就很近。

抵达目的地后不久，他们看见一支又一支的船队汇合而来，紧跟着他们听到了北月殇晨的声音，知道了自己正面对着魔域结界的薄弱点。

跟魔域布下的结界比起来，他们太弱了，就算全部加起来，在没有神物的情况下，也只能爆发出星神巅峰的力量。这还是在人数庞大的情况下。

不过，北月殇晨以及与他密切联系的诸多指挥者、诸海诸域高层们自然不会派他们去做无用功。他们会发挥出远超自身实力的作用，因为他们都提前学会了神圣澄海的一种秘法——神圣共振！

如果说法域人族是人族三域中最擅长群体作战的一条分支，那么神圣澄海的光明族便是法蓝星最擅长群体作战的种群。她们一族所修行的是全法蓝大陆独有的一种能量——神圣之力。

在法蓝星的众多能量中，神圣之力是较为克制魔气的一种能量，但那也只是相对而言。神圣之力克制魔气，但也被魔气所克制，双方需要看谁的能量更多。

神圣之力的存在让光明族可以更加清晰地照见己身，进而钻研出共振之法。

所谓神圣共振，便是可以让所有神圣之力产生共振，形成共鸣，然后如同军队士兵一样共进退。

所有力量汇聚起来，变成一股力量，承载攻击，所有的消耗、伤势都可以分化。

作为光明族的秘术，外族要想学习神圣共振可不容易，首先是没有神圣之力，其次是对己身、对友军的认知困难。即便是光明族族长亲自下场教授，联军的众多士兵也不可能那么快学会，但这并不妨碍强大的光明族成员作为主导，将其他能量转化为神圣之力。

神圣之力是世界上最为纯净的力量之一，可以说是所有能量的初始版本，可以演化成万千种力量，也可以由万千种力量演化而成。不过，想要将神圣之力化作其他力量相对容易，而其他能量想要转化为神圣之力则极为困难。

但是，现在是战争关键期，再大的损耗，联军也必须承受。更何况，由于法域人族的存在，事情变得简单了许多。

法域人族擅长群体作战，这一点和神圣澄海光明族很像。他们觉醒法典，修行圣力。圣力这种能量很像神圣之力，可以说这两种能量同出一源。

法域人族皆可修炼圣力，所以这次前来的士兵尤其多。他们配合光明族部分高阶强者，施展法典圣页的种种神异之能，再加上其他诸域诸海的生灵，在此次战争的开局产生了奇效！

那一支支的船队中，是数量庞大的诸海诸域士兵。他们在北月殇晨的命令下，将自己的力量输送向在场的法域执法者们。这些法域执法者全都经过精挑细选，所执掌的法典有转换改变能量的功效。

在他们的圣页天赋的作用下，一缕缕圣力飘向前排的光明族人。

世人皆知神圣澄海光明族全是女性，但她们的天赋、意志、战斗能力丝毫不弱于其他种群的男性，甚至犹有过之。

此次攻破魔域结界的战争中，这些女子肩负着重任，但没有丝毫紧张和忐忑。

承接着身后无穷圣力的灌注，前排的光明族人开始将神圣之力渡向指定的方位。神圣之力宛如一条长河冲刷在魔域结界上，然后撞碎成漫天的水雾散向四方，看上去似乎没有丝毫的作用，实际上却像一柄锤子，缓慢而坚定地砸着高墙。

滴水穿石，河流也可以冲破前方的阻碍。

“锤子”轰隆隆地砸向魔域结界，无法撼动结界，但造成了影响，一处又一处的“锤子”砸墙，总归是引发了连锁反应，与诸多执掌神物的强者一起，开始对魔域结界造成致命伤害。

“咔咔……”

清脆的碎裂声响起，清晰地传入高空，被妖域派遣而来的蝠妖听入耳中。

在自然界，蝙蝠的听觉可以排入前十，而在妖域，经过修炼的蝠妖，其听力甚至可以比肩一些星神级强者，这是他们一族的天赋能力。

一名蝠妖可以监控方圆百里范围，而妖域有成千上万的蝠妖此时正飞行在魔域结界的上空。

与此同时，上千只修炼有成的鹰妖也在空中巡弋着，用他们那一双双锐利的眼睛观察着下方。

很快，他们找到一处又一处内部受损的区域，并将消息传向北月殇晨。

北月殇晨从灵识共享世界得到消息，没有任何犹豫，开始调动就近的部队，让他们前往结界出现破损的区域，尽全力打破结界。即便不能打破，也要为后续的增援部队和主力部队争取点时间。

这次诸海诸域联手，强者无数，一线主力部队足足有上百支。每支主力部队都由一名或者多名九阶强者带队，七八阶强者无数，寻常的士兵都是五六阶。如果以这样的力量来攻打人族三域，人族三域甚至撑不了一天。

上百支主力部队，数百支二线部队和数千支三线部队，浩浩荡荡地包围了幽灵青海。除了这些部队，还有后勤部队、支援部队，也有以星神级强者为首的一线部队。那是真正的主力军。

纵然幽灵青海有魔域帮助，但在诸海诸域庞大的人海优势面前，根本毫无优势可言。整个魔域结界四处着火，而其中的幽灵青海的灵体和魔族生物正在竭力地救火。他们自知绝不是诸海诸域联军的对手，唯一的念头就是拖延时间，拖到魔族完成最后的实验。

其实从一开始，幽灵青海就想引发战争，但冥王所期待的并非这样一场诸域联合、共同围攻幽灵青海的战争。

按照冥王原本的想法，诸域诸海应该各自为战才对。只要短期内无法消灭幽灵青海，幽灵青海凭借着源源不断的灵识和灵造灵体，只会在战争中越来越强。但他万万没有想到的是，北月殇晨竟然可以闯入幽灵青海，找到幽灵青海和魔域深度联手的证据，并且促成了诸域诸海的联盟。

现在这种情况，只要魔域结界被攻破，内有原灵会和天弓组织，再加上前任冥王的残余力量，幽灵青海内忧外患，恐怕无法对联军造成太大的伤害，而缺少死伤的生灵，灵造灵体计划便也成了空谈。

哪怕可用的灵识够多，按照诸海诸域联盟的军队部署，将幽灵青海灵造灵体的研究所摧毁，杀掉研究人员，那也只是时间的问题而已。

作为联盟的促成者，北月殇晨不会知道现任冥王有多么憎恶他。

“轰！轰！轰！”

剧烈的爆炸声不断回荡在魔域结界外。

第127章

御魔族

诸海诸域的联军此时正大力攻击结界。

他们的能量层次低，无法撼动结界，但是他们的人数实在是太多了，合力之下，哪怕是大天神级结界也在轻微抖动，形成共振，继而被最擅长控制这种力量的光明族捕捉，给予更加猛烈的攻击。

渐渐地，结界有的地方开始破裂。

联军的士兵们没有贸然攻入那些破碎口，而是让岩浆赤海的火黎族人上前一步。这些火黎族人的手中全都拿着一个个火球。

严格来说，这些球像是覆盖了一层薄皮的果实，果皮鲜红似血，里面似乎有岩浆在“咕咕”冒泡，不时发出低沉的声响。

这是岩浆果实，岩浆赤海的特产。

它们当然不是岩浆果树结出来的果实，而是人为炼制出来的，里面装的也不是岩浆，而是精纯且狂暴到极致的火元素。

这些狂暴火元素只需要一丁点的火星便可以点着，落地后无论撞击到什么物体，都会产生剧烈的爆炸，宛如火山喷发的岩浆，所以才叫岩浆果实。

那些奋勇上前的也不是寻常的火黎族人，而是火黎族日夜操练的投弹手。岩浆果实在他们手中，将会精准地命中任何一个他们想要命中的地方。

与此同时，他们体内的火元素也能激发岩浆果实更强大的能量，形成能够灼烧灵识的灵识之火。

“嗖嗖嗖！”

不计其数的岩浆果实形成了一片乌云，从天而落，不分先后从不同的方位命中了结界破碎处，而后从幽灵青海的天空上落下，坠落到幽灵青海大陆上。

下一秒，惨叫声不绝，火光冲天而起。原本纯黑色的结界直接被染成了鲜红色，里面有道道影子在消散。那些全都是灵体。

同样的画面在魔域结界下方的各处发生着，但没有一个灵体和一个魔族生物贸然冲出魔域结界，因为那样他们将失去最大的优势，况且他们没有收到命令，所以只能固守于结界中。

他们可没有诸海诸域联军最大的优势——幽冥珠。

在这个消息传递极为困难的世界，灵识共享无疑是最大的利器！

岩浆果实的轰炸使得幽灵青海和魔族生物大量死亡，那些极力修补魔域结界的力量也遭到有效的削弱。

于是很快，魔域结界的破损处越来越多，也有越来越多的火黎族人赶赴各处。

除了他们之外，无尽蓝海的海族们也各显神通，开始利用水对结界内进行冲刷。那足以淹死灵体的海水冲毁了一座又一座城。

通过前线指挥将领们的话语，北月殇晨和火离姬能深切感受到那凄惨景象。

对魔域来说，演魔城的魔族血统生灵武器的制造是他们横扫诸海诸域、一统法蓝的极为重要的一环。因此，魔域派往幽灵青海的总指挥，堪称魔域最强大的军事指挥家！

魔域不同于其他任何域境，他们内部既团结又敌对。之所以说他们敌对，是因为魔族的种群分支极多，不像人类，只有圣域人、法域人、蓝域人这三大类。

蓝域人和法域人除了修炼方向微微有些差异外，几乎没有其他任何不同之处，圣域人因为有妖族血脉，所以差别大些。

魔域不同，魔域内部有数十上百万种分支，他们互相吞噬、互相敌视、互相厮杀，在血腥杀戮中成长，再由那些至强者建立王朝。

在魔兽星时期，魔域的势力范围内足有十七大王朝，每一名王朝大帝都是大天神境界的强者。

而在魔域与兽域协力抵达法蓝星期间，魔域势力大大削弱，再加上大灾变的残酷战争，五大王朝崩溃，余下的十二大王朝占据着广阔的魔域大陆，每天都在因为资源和势力范围的问题爆发战争。

十二大王朝的高层们都认为这些战争是必要的。因为只有战争才会让魔域快速成长，才能让魔族生物保留血性，才能让他们有能力去应对外敌。但是，这十二大王朝有一个共同的目标，那就是一统法蓝，将法蓝星改名为魔星。

为了达成这一目的，他们必须合作。因此，在面对外部威胁时，他们又非常团结。即便他们中很多魔都互相仇视，但在对外战争期间，他们不会将这些仇恨记在脑子里，一切都要等战争结束回到魔域后才解决。

不是说魔族冷血到忘记丧亲之痛、丧友之痛，而是因为他们知道魔族高层的恐怖实力，如果在这个时候乱了军心，那他们的下场会比死更可怕，所以没人敢违逆那些高位者的命令。

这就是魔族。

十二王朝彼此对立，局部甚至发生过大规模的战争，催生出了一名又一名历经生死的强大魔族以及一名又一名天才军事家。灭笛便是其中之一。

灭笛出自御魔族。

御魔族很古老，相传是魔兽星历史上一名魔祖的血脉逐渐发展而成的。御魔族生物没有奇特的长相和通天的能力，有的只是灵识深处对低等魔族生物的压制和驾驭能力，所以他们叫御魔族。

因为他们的天赋，几乎每一名御魔族成员都是天生的指挥家。他们一族是所有王朝大帝都想笼络的，但他们从未真正臣服过某一王朝，因为他们一族只允许臣服于至强者——魔祖。

御魔族自成一派，独立于十二王朝之外，但没有任何一个王朝敢真正将他们当作对手。这些王朝高层都知道，留着他们比耗费心力去毁灭他们更符合王朝的利益。当然，他们能安稳生存至今，靠的也是一名又一名魔祖后裔的家族的庇佑。

恰巧当代便有一名魔祖此时正在沉睡，虽然说不上是魔域共主，但地位在诸位大天神级魔族强者之上，这一代的御魔族接受着这名魔祖的统御。

灭笛年轻的时候纵横捭阖于魔域诸王朝之间，成名后离开魔域，前往其他诸海诸域，用特殊的易容法改变了形态和气息，潜伏在诸海诸域长达五十年，汲取了大量知识。回到魔域后，他开始消化这些知识，但始终没机会将他的知识落于实处。现在，他终于等到了这个机会。

灭笛的履历出众，本身实力也很强，在这次的战争中，他收到了魔域高层传来的命令，只两个字——守和拖。

魔域没想开启全面战争，那就不能动用魔域太多的势力，在这种情况下，面对诸海诸域的联军，那是绝对赢不了的。

因此，只要尽可能地守住防御，拖延时间，让魔域的研究人员能抓紧时间完成研究任务，让魔域有更多的时间去达成他们真正的目标即可。

以这两大命令为前提，灭笛根本无惧灵体和魔族生物的死亡。

如果士兵的死亡能拖延足够多的时间，他不介意牺牲千千万万的灵体和魔族生物，因为他知道魔族付出这样的代价后，将会得到比这珍贵千百倍的回报。

在纯白色的灵识共享世界里，有一个透明的巨大光团。它像一个毛线球，连接着数之不尽的透明丝线。这些丝线的另一端连接着上百万的诸域诸海联军成员。

诸海诸域联军大都在前线，从所有方向包围着幽灵青海，从魔域结界破碎处向灵体和魔族生物发起猛烈的攻势。

法蓝星承平三百多年之久，但没有任何一海一域敢忘却魔域的威胁。所有域境的种群都在默默地积蓄着力量，等待着机会。

这次战争是灭笛的机会，也是诸海诸域的机会。三百多年时间的积蓄和筹备，他们也想试试自己的种群、自己的国家到底可以应对怎样的战争。

首先，所有势力动用的全是类似于岩浆果实的东西。这类物品杀伤力大，三百多年里，诸海诸域不知道准备了多少。

岩浆赤海有岩浆果实，生命绿海也有生命果实，只不过这里的生命指的不是生命力，而是剥夺生命力。

神圣澄海有圣符，无尽蓝海也有深海水弹。

轰隆隆的爆炸声回荡在魔域结界内，大量的魔族生物和灵体死亡，但仿佛无穷无尽的魔族生物和灵体又将轰炸处填满，他们在用生命作为代价修补魔域结界。

随着时间的流逝，诸海诸域联军的强一线部队、一线部队的联合攻击，令魔域结界的破碎处越来越多。

照此趋势下去，过不了多久，整个魔域结界将土崩瓦解，战争也将发展到一个新的阶段。

一个真正挑战北月殇晨指挥才能的阶段！

一个真刀真枪近距离肉搏的阶段！

一个死亡的阶段！

战争在继续。

没过多久，北月殇晨和火离姬接到消息，在幽灵青海海域的某一处，魔域结界如雪崩一样轰隆隆地破碎了。

破碎处像是被撞开的城门，等待着联军的突入，但北月殇晨没有贸然下令进攻，而是第一时间通过幽冥珠尝试联系冥一。

作为一个指挥官，北月殇晨的任务很繁重，诸如组织侦察、研究判断情况、下定行动决心、拟定作战计划、确定作战编制、赋予部队任务、组织协同作战计划和各种保障、督促检查部队完成任务，等等。这里面有很多事情他可以让别人帮忙，有很多事情他一个人也可以做，比如侦察。

冥一可以帮他。

第128章

信息战

作为前任冥王，冥一可以说是最了解幽灵青海的人，不对，应该说是灵体。

魔域结界破损，幽灵青海与外界重新连接，北月殇晨很容易便联系到了不知位于幽灵青海何处的冥一。

北月殇晨先是向冥一问了声好，而后便陷入沉默，因为此时此刻的情境，他不知道该向冥一说些什么才好。

他在率领联军攻击幽灵青海，在杀害冥一的族灵。

冥一同样在沉默。他知道幽灵青海必须经历一场残酷的战争才能清醒过来，但那些死去的毕竟是他的族灵、他的臣民，他心里面当然难受，但仅此而已。

他做了太久幽灵青海的冥王陛下，他的心也在一次次的背叛和内部倾轧中被锻炼得坚如磐石。

“说说你们的计划吧。”冥一的声音率先响起。

“不惜一切代价，以最快的速度攻破演魔城！”北月殇晨坚定地道。

“这不是计划。”冥一的声音传来。

“计划就是先找您。”北月殇晨的声音略弱。

冥一沉默了一小会儿，道：“要想去演魔城，必须先到第十四层。你们要么打穿地脉，要么用魂穿法阵，后者不太现实，驻守中央城的军队和魔族一看守不住，必然会毁掉魂穿法阵，所以你们只能选择前者。”

幽灵青海的冥土层虽然厚，但也拦不住星神级强者。不过，要前往幽灵青海第十四层的可不只是星神级强者而已，还有千千万万的低阶士兵，他们才是这次战争的主力军。

他们想要前往第十四层，必须得有一个巨大无比的深洞才行。那么大的洞，哪怕是星神出动，也需要很长一段时间才挖得出来。如果灵体和魔族生物从中阻挠的话，需要的时间会更多。

好在冥一会帮他。

“第十八层通向第十七层最薄弱之处在最东边的听荒城，但那里现在有重兵把守。另外三个薄弱之处，也都有数不清的灵体和魔族生物驻扎，同时十七层也有军队驻守等待，所以你们从这里挖洞最合适。”

冥一的话音落下，北月殇晨眼前出现了一幅地图样式的虚影。

北月殇晨不得不发出感慨：冥一不愧是全天下最精通灵识一道的大天神级强者，即便是幽灵青海也拦不住他在此投下虚影，幸好他是友非敌。

冥一呈现给北月殇晨的地图虚影中，有一个发光的标记点，位于十八层陆地的中南部荒原上。荒原中心有一个巨大同时深不见底的坑洞，时时刻刻在燃烧着蓝紫色的火焰。

北月殇晨通过幽冥珠“认识”了许多灵体，因此知晓这里便是灵体族口中的永恒火海。

永恒火海不是真的永恒，只是因为那处荒原底下有着丰富的矿石资源。那种矿产极易燃，自从两百多年前的一场落雷后，就再也没有熄灭过，也没有任何灵体敢去熄灭它，因为那蓝紫色火焰中蕴藏着烧灼灵识的力量。

不过这对诸域诸海联军而言不是阻碍，因为岩浆赤海的火黎族是全法蓝星最擅长控火的种群。

关键在于要怎么才能让火黎族的部队悄无声息地抵达永恒火海。

诸域诸海联军的目的很明确，明确到灭笛用脚指头也能推断出联军的动向，打破魔域结界的联军势必会去寻找通往第十七层的路。去往第十七层的路不多，所以在每一条路上灭笛都可以布下重兵。

尽管按照冥一的说法，灭笛不知道永恒火海是通往第十七层的最薄弱之处，可一旦他看见诸海诸域联军调动兵力，必然会起疑，而后积极应对。

北月殇晨与诸族精英指挥们商议过后，决定派遣多支部队前往十八层各地，掩护火黎族前往永恒火海。

魔域结界实在是太大，哪怕像玻璃般破碎砸落在地，也需要很长一段时间。

在这段时间里，诸海诸域联军成功登陆，攻占了一些小型城池和山谷幽地，就地扎营休整，等待着北月殇晨的命令。

灵识共享世界内，北月殇晨时时刻刻都能接收到庞杂的信息碎片，再分散给火离姬和幽冥珠的器灵，一起艰难地分析着这些信息碎片，继而推断出一个又一个值得信赖而完整的信息，再将它们传出去。

按照诸域诸海联军目前的进度，那些距离指定城池较近的部队要想全部登陆，至少得三天，所以计划要三天后才能开展。

不过在这三天时间里，北月殇晨和一众指挥可没闲着，他们想了许多办法，能够出其不意地将火黎族人送往永恒火海。

这其中最便捷的，自然是齐灵的火焰穿梭之能。它每次只能带少许火黎族人前往，但它带去的都是八九阶的强者。

有他们先行抵达，埋伏在那里，一旦出现意外，必然会给魔族和灵体族带去巨大的“惊喜”。

在这场大战中，诸海诸域一方虽然占优势，但必须谨小慎微。

三天的时间转瞬即逝，数十支主力部队向四面八方出发，有的去了位于东方的听荒城，有的去了南方的三元城，有的去了中央城，有的去了虢水城。他们无一例外都是在转移魔族和灵体族的视线，好为火黎族人制造机会。

在魔域结界被破、诸海诸域联军出动的同时，一直以来便坚定地反对当朝冥廷的原灵会、天弓组织等势力全都走了出来，开始在幽灵青海大陆诸城搅动风雨，欲从战争中谋取利益。

他们以后或许会是诸海诸域联军的敌人，但至少现在是朋友。

一夜之间，幽灵青海大陆乱了，到处都是烽烟，到处都是战火。数不清的灵体在消散，数不尽的生灵在死亡。

由于这里是幽灵青海大陆，诸海诸域联军的指挥们不敢让他们的族人留在此处，所以专门派遣了一支精通灵识之道的部队收取他们的灵识，等出了幽灵青海大陆后再送回各自的故乡。

在战火的掩盖下，本该如熊熊烈火燃烧的火黎族人悄然潜向永恒火海。

如果人很少的话，从登陆点到永恒火海用不了多久，毕竟人少便于隐藏，而在人多的情况下，速度便慢得多，因为前线指挥要兼顾可能存在的危险、前方的城池、敌方的斥候，等等。

因此，火黎族人从登陆点最终抵达永恒火海，竟用了四天时间。在此期间，数百位被齐灵送来的火黎族强者已经开始灭火。

与其说是灭火，不如说他们是在吸火。

每一个正在吸火的火黎族人，脸上都露出了笑意。

这片荒原下蕴含的矿藏是极为稀有的灵火矿。灵火矿经过炼制提纯后，可以燃烧出精纯的灵火，帮助火黎族人修行。

由于灵火矿数量很少，哪怕是八九阶的火圣也不能天天汲取灵火矿中的灵火，但此时此刻此地，永恒火海中喷发的尽是灵火。

后续部队的到来让火黎族人陷入疯狂，在其他种群的护卫羡慕的目光下，他们开始吸收永恒火海中的灵火。

数以万计的火黎族人齐心协力，将原本熊熊燃烧的火海分成了数万道火蛇，那些火蛇汇入他们的体内，飞快地消失。

人群当中，不时便有喜悦的喊叫声响起，那是一名又一名火黎族人突破了境界。

齐灵也在永恒火海中，但它没有吸收这些灵火。

对它来说，这些灵火过于低级了，如果吸收，只会污染它高贵的身体。它在永恒火海里，只单纯觉得暖和舒服而已。

在数万火黎族人吸收灵火，接连突破的时候，灭笛终于发现了不对劲。按照前线反馈给他的消息，各大部队里的火黎族人少了许多，哪里需要那么多火黎族人？

只是一转眼，灭笛便猜出了缘由，而后传令下去，让魔族和灵体族的部队赶往永恒火海。

可现实是，虽然他的命令刚刚说出口，手底下的部队便会应声而动，但他的下属要先将消息下发到魔族中速度最快的影魔族那里，再由影魔族将消息传给前线的指挥们，再由指挥们传给军队的将领队长，这才能调动部队。

太慢了，相比起北月殇晨一方，这样的速度实在是太慢了。

在永恒火海灵火渐渐熄灭的同时，北月殇晨已经通过灵识共享世界下令，让所有部队向永恒火海的方向集结，然后他们立刻响应，比魔族和灵体族的军队不知快了多少倍。

诸海诸域联军从四面八方赶往永恒火海，魔族和灵体族紧紧跟随，宛如草原中的狼群。他们不时发动一次攻势，但都被联军死死地防住了。

这场集合持续了四天多。在这段时间里，永恒火海的火焰已经彻底熄灭，数十万联军士兵开始在火海的深坑中挖洞。

不仅如此，他们还在荒原挖掘灵火矿。这些矿石当然不是给火黎族人吸收用的，而是另有他用。

第129章

战争古树

在没有任何阻碍的情况下，本就是深洞的火海洞很快就被挖通，有火黎族人跌入幽灵青海大陆第十七层，但并没有遇到危险。

魔族和灵体族传递消息的速度太慢了，现在他们的信使还没抵达中央城，还没踏入魂穿法阵，又如何传信给下一层的部队让他们阻截呢?

通往十七层的洞被挖出来后，生命绿海的树海族和神圣澄海的光明族强者们率先跳入深坑中。

几分钟后，这些强者便落到了地面。

永恒火海下方同样是一片荒原，荒原上杂草丛生，偶有山丘隆起，除此之外再无他物。

树海族和光明族的强者们不是来赏景的，他们落地后，第一时间开始用生命之力和神圣之力编织起来。

渐渐地，两张蜘蛛网状的大网形成，平摊在了荒原上。接下来的两天，这两张大网将真正成为诸海诸域联军的生命之网。

编织生命之网和神圣之网不难，只是需要耗费大量的能量，不过在场不只有八九阶乃至十阶星神境界的树海族人、光明族人，还有千千万万四至七阶的中低阶境界族人。

在这些族人跌落在网上，参与编织后，编织的速度就快了许多。

生命之力和神圣之力是法蓝星最强大的几种力量，同时也是最温顺、醇和的，没有任何生灵因为跌落在网上而受伤。

于是很快，第十七层的荒原上集结满了诸海诸域联军的部队。

与此同时，北月殇晨继续与冥一联系，通过冥一知晓了第十七层通往第十六层最薄弱之处，然后北月殇晨与指挥们一番商讨后，做出部署。

另一边的灭笛这时刚刚得到永恒火海深坑被打通的消息，还来不及调兵遣将，北月殇晨已经下令去寻找通往第十六层的路了。

这种信息上的不对等让灭笛处处落后，心里无比憋屈，但他偏偏又没有任何办法。因为那是幽冥珠，是七神珠之一，是当初阻挡了魔兽星的神物，是诸多月神、大天神执掌过的真正神物，是他们魔族的克星。

正是因为七神珠的种种奇效，才导致魔族费尽心思，一定要将它们掌握在自己手中，或者毁掉！

片刻后，灭笛从焦躁中平复过来，想通了，也想到了对策。也不能说是对策，只能说是没有办法的办法。

既然在信息传递方面比不过诸海诸域联军，导致调兵遣将方面也处处落后，灭笛决定索性将所有兵力都收缩在放逐之地，以己之长，攻敌之短。

放逐之地中到处都是失败的灵造灵体，他们没有灵智，无法为灭笛所用，但灵体族毕竟是制造者，做出相应的引导还是不成问题的，到时候再根据他们的分布排兵布阵，埋伏陷阱，肯定能起到极大的作用。

灭笛立刻传令下去，让幽灵青海所有参战的灵体族和魔族全部向第十四层的放逐之地聚集而去。

这条消息经由可以融入阴影的诡魔族传递，只用了三天时间，便散布幽灵青海大陆的每一寸土地。所有指挥者、将军、统帅再传令向自己的部队，而后整座幽灵青海大陆都动了起来，大军开拔，向放逐之地而去。

因为前任冥王冥一，北月殇晨在幽灵青海大陆有许多的眼线，可以轻易得知幽灵青海大陆上下十八层大部分城池的动向，立刻判断出他们要集中在放逐之地，严阵以待。

关于魔族指挥的决定，北月殇晨和联军的指挥们没有感到惊讶。早在开战之前，他们就猜到魔族指挥可能会做出这样的决策。毕竟在信息全面落后的情况下，魔族指挥如果硬要拉长战线，溃败是迟早的事。

没有了魔族生物和灵体的阻碍，诸海诸域联军轻松穿越第十七层、第十六层、第十五层，抵达幽灵青海大陆第十四层，同时也陷入了灵体族和魔族的包围圈中，但联军中的生灵没有惧怕之心。

这是早在他们决定攻打演魔城的时候便注定会发生的事，他们有充分的应对之策，不会那么轻易被包围而后被绞杀。

再往西，便是灵体族修建的用来隔绝失败灵造灵体的围墙。

围墙内此时正驻守着一眼望不到边的灵体和魔族生物，他们摆出的阵势显然是要防守，拖延时间。他们认为等到魔族的研究结束，诸海诸域带来的威胁也便不存在了。

五天后，最后一支诸海诸域联军也抵达幽灵青海大陆第十四层。与此同时，幽灵青海大陆的原灵会、天弓组织等的领袖也都来到了诸海诸域的联军中。

他们虽然是灵体族，但与这一届的冥廷不对付，所谓敌人的敌人就是朋友，诸海诸域联盟需要他们的帮助。

更何况，幽灵青海大陆广袤无边，诸海诸域不可能将每一寸土地都占领，将每一名灵体都杀死，这是不现实的，所以他们将来肯定会需要一个与他们关系友好的冥廷。原灵会或天弓组织是最有可能取代现任冥廷的组织，与他们交好，于现在、于未来都是百利而无一害。

不过原灵会和天弓组织虽然都反对现任冥廷，但他们其实也是竞争对手，在过往的岁月里冲突不断，只不过现在情况特殊，他们暂时放下了仇怨，一心对敌。

此时此刻，在位于联军中央的指挥帐篷中，正坐满了此次诸海诸域联军的诸位指挥。他们有来自无尽蓝海的海岚、岩浆赤海的火光劫、生命绿海的树智、神圣澄海的白韵、妖域的东山曜、兽域的狮、法域的孔宁、圣域的谷冥、蓝域的北月殇晨，以及天弓组织的领袖之一天戈、原灵会的最高领袖棋邪。

这一众指挥，除了北月殇晨及他的助手火离姬、孔宁、谷冥、狮之外，无一不是星神级别的强者。

但面对他们，北月殇晨和狮脸色如常，没有丝毫紧张。哪怕地位最低，境界稍差，在众多指挥当中无甚出彩的孔宁，也在前段时间的战争中，逐渐习惯了星神无时无刻不在散发着的强者气息。

众多指挥齐聚，自然是商量战事。

“接下来我们要怎么突破重重阻碍，抵达演魔城？”在众多指挥当中，岩浆赤海的火光劫率先发问。

话音落下，诸指挥环顾众人，没有谁先开口。

片刻的沉默后，来自妖域的东山曜道：“不论用什么方法，我们都无须担心再有大天神级别的力量阻拦，我妖族祖庭和兽域的兽神山可以保证这一点。”他说完转头望向狮，众人的目光随他而动。

狮当即点了点头，确认了这一说法。

听了他们两人的话，现场的气氛顿时轻松了一些。

毕竟人人皆知幽灵青海的冥王是一名大天神，虽然在这一境界上他是后来者，但据许多可靠消息称，他的实力不弱于一些老牌大天神。

如果只是十一阶月神的话，无论是原灵会、天弓组织，还是大部分诸域诸海联盟成员，都有多名，只是这等强者不会轻易出现。

“魔族明显是要拖延时间，所以我们要快，把主力军化作一柄尖刀，直插进去。”在略显轻松的气氛中，海岚站起身，开口道。

“不妥，我们现在深入敌军，如果前方遇到强大对手，被包围的话，后果不堪设想。”树海族的树智立刻道。

“那你说怎么办？”海岚转头望向树智。

“稳扎稳打。”树智道，“我树海族从生命绿海携带了大量战争古树的种子，只要有几场大的胜利，用魔族的血肉、生命力滋养古树，就可以用它们来开路。”

“几场大的胜利，太久了，不行。”东山曜也摇头，“不过使用战争古树开路的方法可以用。”

“可以利用失败的灵造灵体。”棋邪一针见血地道。

“他们没有灵智，又被魔族当作帮手，我们的确可以借用他们的力量。”天戈转头看向北月殇晨。

“可以尝试。”北月殇晨自然知道他们是什么意思，点了点头。

这段时间以来，北月殇晨作为联盟总指挥，各方面的指挥调度有序且实用，已经渐渐稳定了他们的心。

之后，几名指挥又讨论了多种方法。除了他们之外，诸海诸域联盟的一众智囊也提供了许多建议，确保联军可以在最短的时间内攻破演魔城，避开潜在的威胁。

讨论到深夜也没个结果，但时间不能浪费，利用中场休息的时间，北月殇晨将灵识沉入幽冥珠当中，寻找放逐之地内的灵爆现象。

作为幽冥珠的执掌者，他有太多方法可以探听敌方的消息。其中最简单的方法，就像上次他灵识夺舍玄渊魔王一样，利用灵识寄生碎片和游魂转生，再夺舍魔族的一个高层。

尽管这一能力已经被魔族得知，他们肯定会有所防备，但魔族高层那么多，他们不可能每一个都防备着。

不管有没有用，反正试一下又不会吃亏。北月殇晨这样想着，同时全神贯注地关注着灵识世界的灵爆现象。

第130章

红月魔王

灵爆现象有很多，但暂时没有一个真正吸引了北月殇晨的注意力。

北月殇晨也不急，除了灵识夺舍外，他有很多事情要做，比如厘清无数联军成员提供的消息，仔细研究失败的灵造灵体。

此时的放逐之地已经成为真正的禁地，再想要从中抓取失败的灵造灵体，难度极大。

不过原灵会和天弓组织在幽灵青海大陆经营了那么多年，自然不会连几个失败的灵造灵体都拿不出来。

现在的北月殇晨与刚得到幽冥珠的北月殇晨相比，已经有了天翻地覆的变化。再利用灵视和灵识去观察灵造灵体，他立刻便看到了更多更细微的东西，比如灵识的缝合处，比如它们的记忆最深处的画面，它们灵识导致的性格和行为模式，等等，可这些用处都不大。

如果只是想要控制灵造灵体的话，北月殇晨只要修改他们的记忆就行了，但关键在于放逐之地有太多失败的灵造灵体了，他不可能一个个地去修改。

哪怕成批成批地修改，意义也不大，须知这是场战争，魔族生物和灵体多不胜数，哪怕有十几万的失败灵造灵体也无济于事。

必须从根源解决才行，北月殇晨一边研究一边沉思。

忽然间，灵识世界中亮起一道猩红色的光，吸引了北月殇晨的注意力。他顿时朝那道光芒望去，紧跟着产生一阵心悸的感觉。

他确定这道光芒的对象是不可能被他夺舍的，对方一定是魔族的大人物。如果能夺舍对方的话，必然可以掌握魔族的动向。

北月殇晨心中有些不甘，几秒钟后，他的目光被猩红光芒旁边一道稍微暗淡的红色光芒吸引了。

这道光芒虽然没有刚才那道猩红光芒那么明亮，但也没弱到哪里去，只是被猩红光芒掩盖了光芒而已。

两道光芒距离很近，如影随形，而且这道光芒没有给北月殇晨心悸和无法操控的感觉。他心神一定，当即触动了它。

下一秒钟，北月殇晨与这道光芒的主人建立了联系，眼前浮现对方的记忆。

记忆画面中呈现一个纯黑色的空间，天空中悬着一轮硕大的红月。红月映照着大地，地上怪石嶙峋，是一片石林，无数魔族生物在其中生存。

“魔域，红月……”北月殇晨心中一动，猜测到了什么。

从他所处的方位和红月悬挂的地方，北月殇晨判断“自己”是一颗星。

时间如水流逝，这颗星跟着红月一起升落，度过了无尽岁月。

第二幅画面显现。

一个身穿血红色大氅的青年正行走在荒芜的平原上，而她寸步不离地跟着，红衣青年去杀人，她便去杀人，红衣青年去喝酒，她便去喝酒，红衣青年修炼，她便去修炼，她仿佛是红衣青年的影子。

没错，不是他，而是她。这次北月殇晨灵识匹配到的是一名女魔族生物。

第三幕画面显现，这名女魔族生物和红衣青年出现在了一个让北月殇晨觉得很眼熟的地方。他几乎转瞬便反应过来，这里是魔兽战场。

红衣青年的身体矮小了许多，气势也弱了很多，他在魔兽战场中厮杀成长，其中有一个对手让北月殇晨瞳孔微缩。

狮！

狮的出现证实了北月殇晨的猜测。这名红衣青年正是红月魔王的转世灵童，而这名女魔族生物正是他的伴生月仆星凌。

狮在魔兽战场中曾多次与红月魔王交战，对红月魔王有一些了解。

红月魔王的身旁一直跟着一个绝美的黄衣女子，这名女子的实力略逊于红月魔王，但危险程度与红月魔王相比，有过之而无不及。按照狮的说法，倒不是她真的比红月魔王强，而是她有一种心态和信念，一旦红月魔王遇到危险，她会立刻毫不犹豫地燃烧自己，为红月魔王打破困局。她是红月魔王的保险，也是红月魔王最信任的人。

得知星凌的身份后，北月殇晨有些犹豫。此时的红月魔王的转世灵童显然也有九阶实力，星凌即便不是九阶也是八阶巅峰，他不知道自己能不能无声无息地夺舍成功，更不知道可不可以在红月魔王面前成功地伪装。

他需要一些时间准备，同时需要狮的帮助。

前期准备很简单，北月殇晨只需多看几遍星凌的记忆即可。

这些记忆里面有她和红月魔王的日常对话、相处习惯以及她的口头禅、说话习惯、走路姿势等。北月殇晨得琢磨透了这些才敢夺舍她，潜伏在红月魔王的身边。

与此同时，他觉得如果有机会的话，利用星凌重创红月魔王是一个不错的选择。

狮肯定知道红月魔王的弱点！

灵识归体后，北月殇晨第一时间去找狮，告诉了他自己灵识匹配到星凌的消息。

狮闻言忍不住大喜："总算有机会回击红月魔王一次了，你不知道他有多狡猾！"

"正想听你跟我仔细讲讲呢。"北月殇晨道。

"红月魔王能力无穷，变化多端。"狮道，"他可以变成真的红月，所照耀的一切都会变异，听他号令。他可以隐藏在各种光线里面，他在月光下的实力比正常情况下要强五成不止，他为了杀我，曾经还伪装成一个女兽人。"

说到这里，狮的脸罕见地变得有些红，他指了指自己左胸的伤口："这就是他给我留下来的，我这辈子都不会忘记！"

说到最后，狮已经咬牙切齿。

北月殇晨知道狮被女兽人伤过，但万万没想到竟然是被红月魔王伪装的女兽人伤的。北月殇晨换位思考想了想，如果红月魔王变成火离姬来骗自己，并且伤了自己的话，自己肯定也很受伤。他忍不住为狮哀伤了几秒钟。

"他很怕光！如果你可以把阳光采集起来对付他，应该会有奇效。另外，他是真的很相信星凌，可以交付性命的那种相信。"狮兴奋地道，"如果利用得好，你说不定可以送他去一次轮回！"

魔域的魔王很难杀死，除非具备大天神级别的力量，从世界本源的层面上抹除他们。否则的话，即便死去，他们也会再度轮回转世，直至重新走上他们的神座，执掌属于他们的权柄。

不过每次转世轮回、成长都是一个漫长的过程，且走上巅峰的概率也会降低，所以死亡对转世灵童和成年魔王来说也是很危险的事情。

北月殇晨与狮聊了许久，从他这里得知了大量关于红月魔王和星凌的细节，加上对星凌记忆画面的分析，北月殇晨渐渐有了把握。

五小时后，北月殇晨终于下定了决心，这才回到住处。

“帮我护法。”

火离姬正利用灵识共享世界处理事务，听到北月殇晨的话，她立刻点了点头，守在他的身边。

最近这段时间，火离姬的灵识飞快壮大，元素境界每天都在飙升，现在她已经达到了八阶中段，震惊了不少人。

在她的守护下，北月殇晨开始在空中勾勒灵识穿越神纹。

神纹勾勒完成后，北月殇晨携带着以他自己灵识碎片培育而成的灵识寄生碎片，穿越到了被他标记过的星凌的周围。

北月殇晨找的时机很好。此时正是白天正午太阳最炽烈的时候，星凌在红月魔王左侧的帐篷内睡觉，灵识世界一片安宁。

北月殇晨的灵识寄生碎片的到来让这片世界微微有些颤抖，但没有引起太大的动荡，在灵识世界中央沉睡的星凌的灵识也仍然暗淡。

星凌的灵识呈现为一颗不规则的灰色星星，北月殇晨到来的第二秒钟，这颗星星有亮起的趋势，竟浮起了昏黄的光。

北月殇晨立刻控制灵识寄生碎片快速冲向那颗星星，在黄色光芒彻底亮起之前，用寄生碎片里蕴含的神阶灵识之力将其包裹。

后者的灵识光芒亮起，灵识苏醒，但它已经被神阶灵识之力所笼罩，无法出去。

北月殇晨的灵识寄生碎片开始破碎，融入黄光之中。

时间一秒秒流逝，也不知道过去多久，星凌的帐篷中猛地亮起一道黄光，转瞬又暗淡了下去。

深沉的夜空下，无数帐篷拱卫的中央区域依旧寂静无声，仿佛什么都没有发生。

夜幕降临，明月高悬，星凌睁开了眼睛，她起身洗漱，走到隔壁红色帐篷外站定。

不多时，已经修炼至九阶巅峰的红月魔王转世灵童从帐篷中走了出来，看见星凌，朝她点了点头。星凌也回之以点头。

红月魔王的夜晚相当于人类的清晨，是他一天中最精神、修炼效率最高的时候，同时也是魔族和灵体族指挥们碰面的时候。

在红月魔王居住的帐篷不远处，有一座山丘似的巨大黑色皮帐，帐篷里此时坐满了魔族生物和灵体。

这些魔族生物、灵体无一不是天才指挥家，灭笛坐在上首。

红月魔王到来后，在其他魔和灵体安静或恐惧的目光的注视下，走到灭笛的左侧首位。

此时他的正对面，即灭笛的右侧首位，正坐着一个人形生物。

这人身披黑袍，遮盖住了全身，连眼睛都隐藏在黑暗中，但已经被北月殇晨暂时掌控身体的星凌能感觉到，四周的生灵对他的敬畏和恐惧，甚至比对红月魔王的转世灵童更甚。

北月殇晨心中一惊：不会吧……

“那边的探子怎么说？”红月魔王语气随意地问对面的黑袍人。

“他们自己都没讨论出结果。”黑袍人的声音如刀划玻璃，声声刺耳，但在座众位没有一个敢露出丝毫不耐烦的表情。

“那我们该怎么做？黑袍，你知道的，我不擅长这些。”红月魔王道。

第131章

黑袍魔王

“拖。”黑袍人就回了一个字。

“怎么拖？那个北月殇晨有幽冥珠，灵识层面的能力层出不穷，谁知道什么时候就被他给打探到消息或者看穿了。”红月魔王的话音未落，四周的空气忽然冷了下来。红月魔王知道这是黑袍在瞪他，当即打了个哆嗦。

北月殇晨注意到这个细节，心中无比震惊，是谁？居然可以让红月魔王的转世灵童打哆嗦？

“不要说这种事。”黑袍人很警惕。

“明白明白。”红月魔王无奈地道。

北月殇晨闻言，心中一惊，什么意思？那黑袍人害怕自己利用幽冥珠的能力，从这群指挥的口中探听到什么？可红月魔王刚才那句话也没有透露什么呀，不就是说了拖？这一点任谁都看得出来吧，除非他们拖延时间不只是为了演魔城，或者说不是为了演魔城。

北月殇晨毛骨悚然，隐约觉得自己发现了什么，但又不清楚内情。正当心中思索的时候，他忽然感觉有一道目光望向自己。这道目光冰冷如刀，如冬天凄冷的风狠狠刮过，让北月殇晨感到强烈不适，眼中忍不住流露出恐惧。

“不对！”那黑袍人忽然冷冷地道。

“什么不对？”红月魔王愣了愣。

现场所有指挥，包括灭笛在内，全都愣住了，转头望向黑袍人。黑袍人猛地站起，也不知道从哪里掏出一个碗状物，朝上空掷去。那碗状物飞快地扩大，一道水幕似的光芒倾泻而下。

北月殇晨刹那间感受到了极致的危险和恐惧，当即直接将自己种植在星凌灵识世界的灵识寄生碎片打得粉碎。在接下来的一秒钟里，那碗状物已经倒扣在指挥主帐区域。

北月殇晨失去了星凌身体的控制权，灵识寄生碎片破碎，视野和思想都回归了本体。他猛地睁开眼，心中一阵惊悸。那黑袍人到底是谁?

如果不是他刚才反应快，此时恐怕已经陷入了危险之中。虽然灵识寄生碎片脱离了他本身的灵识，不会被顺藤摸瓜，但谁知道魔族有哪些诡异手段呢!

不过，那黑袍人到底是谁?他们要拖延的事，又究竟是什么?一定要搞清楚!

此时，在魔族与灵体族的前线指挥大帐中，所有魔族生物与灵体都陷入了极度的不信任当中，他们环顾四周，眼中全是警惕。

坐在灭笛右侧的黑袍人已经站了起来，死死地盯住星凌，后者正从灵识沉睡中苏醒，神色迷惘。一旁的红月魔王望着她，也有些紧张。

片刻后，黑袍人收回了目光，红月魔王原本紧绷的身体也松了下来，紧跟着心头升腾起滔天怒火。

“北月殇晨！”他的声音如炸雷般在大帐篷内响起，语气中的恨意几乎可以化作滚滚洪水。

黑袍人此时正在扫视全场，好半晌后，他才出声道：“无须担心，他现在不在这里，也看不到这里。”

在场众多强者对黑袍人发自内心地恐惧和尊敬，听到他的话后，竟全都放下心来，不再相互戒备。

“刚才怎么回事？”红月魔王坐在高椅上，望向长桌对面的黑袍人。

“跟玄渊的情况一样。”黑袍人道。

“北月殇晨！此子乃我魔族心头大患，若不在幽灵青海大陆除掉他，我红月誓不为魔！”红月魔王咬牙切齿地道，说话的时候他不时关切地看向星凌。

星凌被灵识寄生碎片寄生夺舍，虽然北月殇晨最后来不及重伤她，但多少还是给她留下了点伤，这让红月魔王愤恨不已。

“不是北月殇晨，是幽冥珠。”黑袍人强调道。

听到“幽冥珠”三个字，红月魔王脸色更加难看，因为当初大灾变时，巅峰时期的他便是被七神珠之一的苍穹珠重创，后又被无双珠杀死，这才陷入了无尽的转世轮回当中，直到现在仍旧没有再登神座，重执权柄。

“刚才你的话可能已经让他有所猜想。”黑袍人道。他说话的时候看向红月魔王，目光有些冰冷。

红月魔王竟微微低头，有些惧意。

“那敢问魔王，现在该怎么做？”不远处有一名十阶魔神看向黑袍人，眼神恭敬。

“你觉得呢，灭笛？”被称为魔王的黑袍人转头看向灭笛。

“很简单，拿出足够诱人的诱饵，再加上我们之前商讨的处理方法，应该可以拖到那天。”

虽然在短短的几分钟内发生了许多事情，但作为现场总指挥的灭笛依旧平静，哪怕是面对让红月魔王隐隐惧怕的黑袍魔王，也依旧如此。

“那好，让玄渊来，再散布我在幽灵青海大陆的消息。”黑袍魔王淡淡地道。

“魔王大人，万万不可！”黑袍魔王话音落下，不远处响起恐慌不已的声音。

黑袍魔王转头望去，那是一名魔族的九阶魔皇。那名魔皇感受到黑袍魔王的眼神，心中恐惧到了极点，刚想补充点什么，忽然听见了自己的心脏怦怦跳动的声音。下一秒，他眼前已经一片黑暗，死神降临，剥夺了他的生命。

黑袍魔王站在那里，声音让人不寒而栗：“还有谁？”

全场灵体和魔族生物都噤若寒蝉，连有反对之意的红月魔王都不敢出声反对，只能小声地向星凌嘀咕道：“也就敢在我们面前这样，有本事去魔祖面前问还有谁？”

星凌脸色苍白，略微恢复了些精神，听见他的话，转头看了他一眼。

红月魔王自讨没趣，索性不再说话，背靠高椅，双脚叠架在长桌上，闭上眼睛，脸上露出一抹冷笑：“北月殇晨。”

放逐之地外，北月殇晨一身冷汗，满脸惊悸之色。

“怎么了？”火离姬第一时间察觉到了不对。

“出事了，走，去中军主帐。”北月殇晨一边匆匆招呼火离姬，一边在灵识共享世界内将诸海诸域一众高层、指挥召集到中军主帐。

“出什么事了？”北月殇晨的突然召集自然让所有指挥疑惑，但他们没有觉得不满。

“我刚才看到了魔族、灵体族联军主帐中的画面了。”北月殇晨的话如惊雷般震撼了现场所有人。

“他是怎么办到的？”

“这究竟是种什么手段？”

幽冥珠的神异能力竟然恐怖到了此等地步。

在场除了人族指挥、狮和火离姬以外的其他生灵，都忍不住对北月殇晨产生了忌惮之心，尤其是妖域。

虽说现在人族不是妖域的对手，但漫长的统治让妖族学会了很多道理，其中一点就是不要轻视任何种群，尤其是人族。

其他诸海诸域的高层强者也都各自心有所想。

在他们思绪纷呈的时候，北月殇晨将先前的所见所闻讲了一遍。

狮听见北月殇晨提到黑袍人时，当即喊出了声："黑袍魔王？"

来自兽域的狮虽然在魔兽战场长大，但对魔域的了解一点都不少。在这点上，妖域的东山曜亦不如他。

而东山曜听见狮略有些惊讶的喊声后，也反应过来，随即脸色大变。

在他之后，海岚和白韵也想起黑袍魔王是谁了。树智、天戈、棋邪、孔宁四人虽然不知道，但仅凭"魔王"二字，也能猜出对方的身份。

"他果然是一名转世魔童。"北月殇晨呢喃了一声。

"黑袍魔王虽然不是十二名魔王中最强的，甚至排不进前三，但他对魔域的重要性比排名前三的魔王更甚。据传，法蓝星的位置便是他在星空中寻到的，也是他推动了魔兽星的联合，继而使魔兽星坠落到法蓝星。他足智多谋，大灾变时不知有多少星神、月神因他而殒灭。如果要列出诸海诸域最想杀的一个魔，他绝对可以排入前三！只不过他的行踪和能力过于神秘，甚至他的存在也是大灾变战争结束后才被发现的，那时大部分隐约知晓他存在的生灵都已经殒灭了。"东山曜环视了一圈，见没人开口，便开始低声讲述，"大灾变结束的第十三年，我妖域祖庭的一名大妖亲自出手，不惜耗费自己的心血将其镇压，使之堕入深层次的轮回当中，让他极难被魔域找到。现在看来，我族大妖的封印已经被破除了。"

通过东山曜的讲述，一众强者皆对黑袍魔王有了些了解，心中皆震惊，但他们不解的是，魔域这样一名真正大魔物前来幽灵青海，所为何事？他们不相信黑袍魔王是为了魔域的研究。那虽然重要，但仍然不够资格让黑袍魔王亲自驾临。

除非他们有更大的阴谋！

联想到刚才北月殇晨说他们想拖延时间，一众指挥越发确定他们有更大的阴谋。同时，一众指挥全都很庆幸北月殇晨的存在，而且他在正确的时间做出了正确的决定，这才能从红月魔王的口中听到有极大可能性存在的阴谋。

“看来我们接下来的首要任务要变一变了，一定要查清楚红月魔王口中的那件事是什么。”东山曜环视众人，道。

众人皆点头。

“辛苦你们了。”东山曜最后还朝北月殇晨和火离姬看了一眼。

北月殇晨和火离姬都知道他在说什么。

虽说大家都要努力查清魔族的阴谋是什么，但要说最终真正可以查出结果的，最大可能还是北月殇晨。毕竟北月殇晨执掌幽冥珠，能力非凡，而火离姬是他的助手，可以帮到他。

众指挥都是各自域境的高层，散去后，第一时间联系比自己地位更高的存在，让他们帮忙在魔域查些东西。

第132章

阳谋

因为涉及诸海诸域在魔域安插的眼线，这些消息不能经由北月殇晨的灵识共享传递，所以速度较慢。

北月殇晨回到自己的帐篷后，便让火离姬为他护法。

“你要去放逐之地？”火离姬有些担心。她当然相信北月殇晨，相信幽冥珠，可对手毕竟是黑袍魔王。

“没事，我不会冒险的。”北月殇晨安慰道。

“一定要小心。”火离姬略作沉默，只能妥协。在这场战争中，北月殇晨太重要了，根本无人可以替代。

“放心吧，我会的。”北月殇晨朝火离姬笑了笑，这才用神阶灵识之力包裹住灵识，出窍前往放逐之地。

他不害怕自己会被发现，毕竟他出窍的灵识是完全体，而不是一小块灵识寄生碎片。即便是黑袍魔王，在没有恢复到巅峰状态的情况下，也绝不可能发现他。

而且狮和东山曜都向他保证过，这场战争中绝不会出现超过十一阶的力量。

如果对手只是十一阶月神的话，北月殇晨有信心自己能够灵识归体。

他灵识出窍，自然是想前往放逐之地打探消息。虽然他知道地位低微的魔族不太可能知道魔王才知晓的秘密，但万一呢？万一他从蛛丝马迹中推断出了内情呢？这都是说不准的事。

已经是七阶裁决者的北月殇晨，执掌着恢复了四成威能的幽冥珠，无论是灵识出窍后飞行的速度还是灵识能够承载的重量、灵识的凝实程度，都有了显著的提升。

只不过半小时，北月殇晨便深入了放逐之地，看见了那游荡在放逐之地内的众多半成品灵造灵体、巡逻的灵体和魔族生物。

他巡弋了片刻，没有找到落单的魔族，对方最少也是三人一队。

北月殇晨想了想，猛地朝下方冲去。灵识没有重量、温度和气息，这三名实力俱在七阶的魔皇没有任何反应。

其中一名被北月殇晨灵识入侵，继而被北月殇晨翻找出了所有的记忆。他出生后的记忆和他对魔域的一切认知，都被北月殇晨掌握了。

北月殇晨没有发现任何不对劲的地方，而正当他想要抽离灵识的时候，这名七阶魔皇的灵识世界忽然猛地颤动起来。

北月殇晨心中一惊，忙抽离灵识，飞向高空。

下一刹那，那名七阶魔皇的灵识世界猛地爆炸，无形的灵识风波将另外两名七阶魔皇席卷。他们根本没有防备之心，也没有反应过来，灵识便被炸成碎片。

北月殇晨低头看着下方，心中思绪万千。

魔族果然够狠，为了防备自己的灵识入侵，探知到魔域的消息，竟然不惜牺牲自己的族员！

他是随机挑选的入侵对象，对方却突兀地自爆，想必其他所有魔族亦是如此。

那名黑袍魔王是怎么做到的呢？北月殇晨皱眉沉思。

虽然不知道黑袍魔王是怎么做到的，但经验告诉他，必须立刻离开此处。

只见他动念间，灵识如一只穿梭云间的雄鹰，刹那便消失无踪。

果不其然，在他离去的十几分钟后，足足上百名魔族骑兵踏着烟尘汹汹而来。他们每一个都戴着特制的单片镜片，手中握着长弓，背着满满一大袋的利箭，而无论是镜片、长弓或是利箭，全都散发出浓郁的灵识气息，显然是有备而来。

为首的魔族生物背生双翼，头上长角，眼睛有竖瞳，呈猩红之色，率众在三名灵识尽灭的七阶魔皇面前停下，脸色沉重。

几分钟后，又有一队成员上百的骑兵奔驰而至，然后是越来越多的魔族骑兵。

“逃得倒是真快。”

除了最先抵达的那队魔族骑兵外，其他的魔族骑兵都是在数十里的范围搜查过后才来会合，诸多为首的九阶魔皇均神色不善。

“分开，继续等待机会。”

这些魔族骑兵队大都是由风魔族组成，他们驰骋万里，来去如风，接到总指挥灭笛的命令后，便一直在放逐之地巡逻。

他们不知道灭笛此举的用意，但士兵的天职是服从命令，因此他们什么都没问，什么都没说，继续执行自己的任务。

北月殇晨在远离那三名七阶魔皇区域的时候，从天空俯瞰下方，看到大量的骑兵踏着滚滚的烟尘赶去。他们为首者只有九阶，从者大都是五六阶，但北月殇晨感受到了强烈的威胁，他甚至看见有一名九阶魔皇抬头朝他看了一眼。

北月殇晨低头看他时，他眼睛上架着的镜片似乎闪烁了一下光泽。

北月殇晨若有所思，不敢再在放逐之地寻找魔族来打探消息，而是回到中军大帐。放逐之地内魔族们的变化让诸海诸域的高层们都心生警惕，不敢再让北月殇晨去冒险。

北月殇晨毕竟是诸海诸域联盟的总指挥，是幽冥珠的执掌者，虽说他现在是幽冥珠的主人，但按照当初炼制七神珠时立下的规矩，七神珠其实是全法蓝星种群共同的宝物。

北月殇晨不能再入放逐之地，打探消息的重任自然落在了诸海诸域众多间谍、探子的身上，这其中又主要依赖于兽域和妖域。

妖域是法蓝星曾经的主人，从冰河时代结束至今，一直想着恢复当年的辉煌，自然不会放任魔族肆意成长。

在过去的三百多年里，妖域不知道策反了多少魔族生物，又以特殊手段送了多少自己人去魔域。

兽人族是魔族的宿敌，双方的恩怨纠葛已经持续了数万年之久，有一些埋伏极深的间谍甚至已经坐到了魔族的高位上。即便如此，兽人族和妖族依旧铩羽而归，没有得到太多有用的情报。

妖域和兽域毫无收获，这让所有域境的高层心中惊疑不定。

既然兽域埋伏极深的高位探子都没有窃取到情报，只能说明两个问题，要么是北月殇晨在说谎，要么是那份情报的机密等级过高，无法被神级以下的存在知晓。如果真是那样，事情可就麻烦了。

在诸海诸域的高层们因红月魔王的一席话而蠢蠢欲动的同时，红月魔王、黑袍魔王以及玄渊魔王集体出现在放逐之地。

这三名魔王皆是转世魔童，实力最高也才九阶，但隐隐有突破的迹象，将来势必会成为法蓝星众多域境的心头大患。

平日里，他们要么藏身在阴暗处，要么在魔域内，没有机会杀死他们，但现在他们明目张胆地出现在放逐之地，更摆出了将自己作为诱饵的姿态，顿时吸引了许多域境高层的注意力。许多强者都渴望着杀死转世魔童来扬名立万。

这些强者原来没有加入诸海诸域联军，此次来也只是为了一己私欲，但他们的到来，无疑会加剧两大阵营之间的冲突。

其实这些为了利益而来的高手倒还算了，关键在于法蓝星上有太多憎恶黑袍魔王的生灵，他们全都恨不得黑袍魔王永堕轮回，这一世轮回成猪，下一世轮回成狗，而想要做到这点，必须将其杀死！

于是，数不清的与黑袍魔王有旧仇的生灵齐聚幽灵青海，他们的地位极高，实力也极强，诸海诸域联军中不少高层都是他们的后裔。

他们的到来让诸海诸域联军的内部产生了分歧。有的生灵想的是尽快查明红月魔王口中的秘密，而有的生灵则想在放逐之地杀死黑袍魔王，双方因此争执不休。

北月殇晨虽然是联盟的总指挥，但他的实力太弱，根本无法调解这些矛盾。

毫无疑问，灭笛和黑袍魔王的计谋成功了，他们用的是阳谋。

眼看着联军军心涣散，诸海诸域的指挥们各自为政，北月殇晨感到很痛心，但他也束手无策，此时的放逐之地危险重重。

到了最关键的时刻，北月殇晨想到了冥一。

作为前任冥王，也是最关心灵体族、幽灵青海大局的灵体，冥一迫切地希望魔族撤出、现任冥王受到诸海诸域联军的制裁，自己的手下即天弓组织重掌大权，所以他肯定会帮忙。

事实的确如此。

“其实，你完全可以顺势而为，既然所有人都想杀黑袍，那你也跟着去杀黑袍。要说秘密，谁知道的秘密能有黑袍多？”冥一的声音在幽冥珠内响起。

北月殇晨没有说话，只是沉默。

他意思很明确，黑袍要是那么容易杀的话，当初也不需要大天神级的妖神亲自出手，而那时的黑袍也仅仅是十一阶月神。

“黑袍此魔，深不可测，不只是说他的实力，也是说他的谋略。”冥一道，“此次他来幽灵青海，表面上是为演魔城保驾护航，可实际上呢，他吸引了那么多星神、月神赶来。万一出现意外，不说诸海诸域的防备力量大减，被困在幽灵青海的星神、月神们也会遭难，而且我怀疑他也在引诱我。”

“引诱您？”北月殇晨语调升高。

“他应该已经知晓你可以和我联系，想引我出来。我虽然是一个将死之人，但百足之虫尚且死而不僵，更何况我？魔族害怕我临死前做些什么，不然演魔城此时为何还在，而没有早早撤走？别说什么特殊原因无法撤走，那是魔族，他们总有办法。”冥一嗤笑道。

“那您呢，您打算怎么做？”北月殇晨沉默良久后，问道。

“我自从退位以来，每天都没什么事做，所以一直在练习推演。既然他阴谋、阳谋一起来，那我也便不客气。”冥一似乎找到了临死前的挑战，语气有些兴奋，“我倒也不想杀他，毕竟那太容易而且没意义，他总会复活。”

“您也无法彻底抹除他吗？”北月殇晨震惊了。

第133章

天狼北望

“谁也不行，因为魔域和兽域内有外星的法则，除非抹消他们从属的法则之源，否则的话，他们哪怕没有留下任何的血肉、筋骨甚至气息，都能从法则本源中重生，再度轮回。”冥一道。

“原来是这样。”北月殇晨总算明白为何十二名魔王那么特殊了。

“这次的目的，是从他的脑海中挖取到足够多的记忆。”冥一道，“他吸引了那么多的星神、月神来，正好为我们所用。”

“您打算怎么做？”北月殇晨道。

冥一道：“这你无须担心，你就负责读取他的记忆。”

“好。”北月殇晨放下心来。

黑袍魔王的到来使得幽灵青海风云变幻，他的确成功为演魔城的研究进程争取到了时间，但灵体族和魔族的伤亡开始直线飙升。

这些伤亡根本不是士兵们造成的，而是诸域诸海的强者造成的，他们为了找寻黑袍魔王的踪迹，在放逐之地中肆意猎杀。

黑袍魔王、玄渊魔王、红月魔王三名魔王也经常露面，击杀一些前来猎杀他们的强者。双方你来我往，好不热闹。

北月殇晨除了等待冥一启动计划外，也在与前线指挥们一起商讨战事，利用众多突入其中的强者做掩护，开始朝演魔城发起进攻。

数天后，一个振奋人心的消息传来——黑袍魔王被具备大天神力量的结界封印在一处峡谷。

消息一出，顿时吸引了成千上万的强者。这里面大都是八九阶的高手，星神和月神也有不少。

谁也抵不住杀死黑袍魔王的诱惑。那样不仅可以扬名七海，更可以收获无数强者的好感和善意，那是在为他们的祖辈报仇！

毫无疑问，这是冥一的手段。

不过北月殇晨也知道，冥一在出手的时候也面临着危险，黑袍魔王拿他自己作饵，冥一又何尝不是呢？

在众强者赶往峡谷的时候，北月殇晨也灵识出窍前往。为了掩人耳目，他除了火离姬之外没有跟其他任何人说。

一个多小时后，他抵达了目的地。

此时，残阳如血，洒下昏黄的光芒。不断有强者从远处飞来，北月殇晨轻易就混入了其中。

峡谷名为落神峡，据传在大灾变结束后的第三十多年，一名魔族月神潜入幽灵青海，欲行不轨之事，被前任冥王一击斩落于此。蕴含着神力的魔血倾洒在落神峡，让此处的岩石、植被尽数魔化，这里也成了一处禁地。

时隔三百年，落神峡再次热闹起来。

北月殇晨的灵识从峡谷上空掠过，从上俯瞰，看见在峡谷深处的地方，浑身笼罩在黑色大氅中的黑袍魔王正被众多强者围攻。

他被困在一个淡蓝色的结界当中。淡蓝色结界不断缩小，他则一直释放出磅礴的魔力对抗。

短期内，这结界将他封禁了，但也将他与众多强者隔绝开来了，对他而言这结界既是监牢亦是保护伞。

随着诸海诸域赶来的强者越来越多，结界终归会被破除，他也会被围攻而死，但北月殇晨无法从他的灵识状态感受到哪怕一丝一毫的恐惧，他的灵识平静得像一汪深潭。

黑袍魔王身陷重围却智珠在握的模样让北月殇晨暗自警惕，所以北月殇晨只是在高空远远看着，没有也不准备马上下场。

结界外，诸海诸域的强者们纷纷出声谩骂黑袍魔王，污言秽语不断。

这些强者平时素养绝对算高，但在黑袍魔王面前根本忍不住，由此可见当初大灾变时期，究竟有多少强者直接或间接死在他手中。

约莫半小时后，北月殇晨猛地转头向西边望去，只见一道深紫色的光芒如流星般袭来，拖拽着长长的尾焰，越来越亮，越来越炽烈。

如果北月殇晨不是处于灵识状态，此时恐怕已经因为直视那道光芒而瞎了眼睛。事实上，在场的确有不少转头望向光芒方向的强者因此而瞎了眼，发出了凄厉的惨叫声。

那光芒中有一道人影。那人毫无疑问有着十一阶月神级的战力！

流光瞬息而至，来到落神峡上空，显现出了一道身影。

那人身材高大，长着一颗狼头，眼神冷酷。

“兽人族！”下方人群中响起惊呼声。

“似乎是北天狼氏族……”

“果然是北天狼氏族的月神最先到……”

所有知晓内情的生灵都因为“北天狼氏族”五个字而面有异色，包括北月殇晨。

须知狼人族曾经是兽域的巅峰种群之一，执掌一座兽神山，而北天狼氏族更是狼人族共尊的最强氏族。在兽人族中，北天狼氏族的血脉是仅次于醒狮血脉的顶尖血脉。

按道理来说，北天狼氏族肯定会在大灾变战争中大放异彩，然而并没有，因为他们一族在魔兽星坠落法蓝星时，便被魔族施计灭绝大半，从而丢失了属于他们一族的狼神山，地位大大降低。在此后的两百多年时间里，北天狼氏族一蹶不振，直至北望出现。

北望是当初仅存的两名北天狼氏族成员的直系后裔，天赋超绝，只用了短短七十多年便修至月神境界，是兽域目前最有希望突破成为大天神的至强者。

近些年来，北望为了重现狼人族昔日的荣光，一直在想方设法夺回狼神山的位置，因此与其他氏族战斗不断，屡战屡胜，声名远扬。

有传言说狮啸氏族的没落和狮蛮氏族的弱小让北望产生了希望，他希望通过碾压狮来夺取狮神山的位置。

不过北月殇晨从狮那里知道这是不可能的事，因为北望很欣赏狮，而且北望的尊严也不允许他欺凌弱小。

不过，击杀孱弱期的黑袍魔王可不算！

“轰！”

这名来自北天狼氏族的狼人月神来到落神峡上空后，猛地下坠，如流星一样砸落在结界上。

那明显具备着大天神威能的结界被其撞击，竟浮现细密的裂纹，紧跟着发出清脆的爆裂声，炸成了漫天的结界碎屑，纷乱地刺入围观者和岩壁之中。

面对让自己一族从巅峰跌落的仇敌，北望没有多言，只见他身体猛地膨胀，根根金色的狼毛刺破衣服，落脚如山崩般朝黑袍魔王冲去。

黑袍魔王见到月神带着杀机朝他而来，依旧没有任何恐惧，似乎胸有成竹。

就在北望即将抵达他身前的那一刻，黑袍魔王右手前伸，那双带着黑色手套的手掌似乎穿梭到了未知的时空。

只是一刹那，那手臂便缩了回去。与此同时，黑袍魔王手中多出了一团精纯到极致的黑色神力。

“嘭！”

黑袍魔王捏爆那团神力，将其全部吸入体内，他的气息直线提升，竟也达到了十一阶月神的强度，紧跟着他原地消失不见了。

这时，北望的拳头轰击而至，疾风呼啸，蕴含着毁灭的力量。

北月殇晨从天空俯瞰，心中却很平静。

黑袍魔王不愧为魔域的智囊，哪有那么容易被击杀？他能够以九阶之身爆发出十一阶战力，根本没有让北月殇晨感到意外，而是觉得理所当然。

原本围攻黑袍魔王的强者们却不这么想，他们全都冷汗涔涔，心想如果不是自己层级不够，现在恐怕已经成了黑袍魔王的手下亡魂。

看到黑袍魔王借来了十一阶战力，北望毫不在意，只见他眼神锁定黑袍魔王，有一个血红色的环状物以他为中心向着四面八方扩散而去。

见者全都惊呼着退却，因为所有人都认得那是场域，而且不是寻常的场域，是蕴含着北望长久修炼的法则之力的场域。

北望的场域扩大，要将黑袍魔王覆盖，但黑袍魔王同时动用了自己的场域。

黑袍魔王的场域无色无形，飞快扩张，抵抗住了北望的场域。

与此同时，黑袍魔王左手前探，猛地一握，将先前破碎的结界凝聚成一个圆形球体握在手中，也不知是为何。

两种不同的场域相撞，就像是水遇火，那种强烈的不相容完全体现出来。

只听见震耳欲聋的撞击声响起，携带着两种不同场域力量的波纹向着四面八方扩散而去。

被黑袍魔王的场域波及的一切事物，要么飞快地生长，如一株地面的小嫩芽，眨眼便成了参天巨树，而后又枯萎死亡；要么飞快退化，从一只翱翔于苍穹的飞鸟变成一只幼鸟、一颗鸟蛋，从天空中坠落，然后消失不见。

看到这一幕，北月殇晨大约猜出黑袍魔王修炼的法则可能跟时间有关。

既然他可以加速和倒流时间，那从过去拿回自己的力量来用，也是理所当然。

难怪他有恃无恐!

北月殇晨不免有些担心。不是担心北望，而是担心冥一。

这次黑袍魔王之所以被困，正是因为他和冥一合谋，让冥一出手，拿自己作饵。

而从黑袍魔王刚才凝聚冥一的结界力量的举动来看，果然不出冥一所料，黑袍魔王同样在拿自己作饵，而且似乎占了上风，否则的话，他不会主动留住冥一。

不过这也不是绝对的事，毕竟冥一也是大天神级别的强者，黑袍魔王哪怕是在巅峰时期，也不是大天神。

北望与黑袍魔王大战的区域周边已经看不到生灵，只有北月殇晨飞在高高的天空俯瞰下方，寻找黑袍魔王的破绽。

第134章

天启之日

即便黑袍魔王是天纵奇才，在九阶状态下，也不可能从过去借来太多时间和能力。北望则不同，他是真正处于巅峰时期的十一阶月神。如果双方长时间对战下去，黑袍魔王必然会露出破绽，到那时，北望便可以进入黑袍魔王的灵识世界，窥探黑袍魔王的记忆。北月殇晨只希望北望的动作能快一点，冥一可以支撑得久一些。

时间一分一秒地流逝，北月殇晨紧盯着黑袍魔王，像是一只耐心的猎豹盯住自己的猎物。突然间，北月殇晨的耳畔响起了一个声音。

“要多久才能找到？”

北月殇晨顿时一惊。须知他是借助幽冥珠的力量灵识出窍，身上有多重压制气息的法阵和禁制，特别是神隐法阵，哪怕是月神级别的强者也要仔细观察才能发现他。下方无论是北望还是黑袍魔王，都不太可能发现他，那会是谁？

正当北月殇晨思索之时，下方的北望忽然抬头望天，似乎在看他。

“居然真的是他！”北月殇晨没有想到，正在激烈交战的北望竟然发现了他。那北望真正的实力该有多强？怪不得北望可以成为兽域最有希望晋升大天神的强者。

“不知道，没看出他有疲惫的迹象。”既然北望想与自己合作，北月殇晨断然没有拒绝的道理，他略微沉默后出言道。

“那我就让他疲惫！”话音未落，北望的场域猛地收缩，然后剧烈地扩张，狠狠地撞击黑袍魔王的场域。

北月殇晨死死地盯住黑袍魔王，同时向北望问道：“我想知道您是怎么发现我的。”

“我没有发现你，我是猜的。”北望语气平淡，仍有余力回话。

北月殇晨沉默了。正当他打算继续询问北望是根据什么猜测时，下方的黑袍魔王突然呆滞了一下。北望当即抓住这个机会，将自身场域凝成一杆长枪，猛地刺入黑袍魔王的场域中。

下一秒钟，北月殇晨毫不犹豫地向黑袍魔王冲去。

“嘭！”在北望的场域长枪刺破黑袍魔王的场域的那一瞬间，北月殇晨已经抵达黑袍魔王的场域外。他穿梭于黑袍魔王的场域碎片间，像一只灵活的飞鸟，眨眼间便来到了黑袍魔王的面前。

此时黑袍魔王已经脱离了呆滞状态，他当即收缩场域，将其遍布于身体周围，让时光倒流，将近在咫尺的北望“推回”到先前的位置。但这一举动消耗了他当下所有的场域之能，毕竟北望是一名处于巅峰期的月神。

北望回到原本的位置后，北月殇晨恰巧抵达黑袍魔王面前，趁他短时间内无法再次动用场域，将神阶灵识之力凝成一根针，狠狠地刺在他的灵识上。

黑袍魔王吃痛之下叫出声来，北月殇晨趁势灵识入侵到黑袍魔王的灵识世界中。

黑袍魔王的灵识世界内一片黑暗，中央有一个黑洞。那个黑洞似乎有着强大的吸引力，拉扯着北月殇晨向它而去，但北月殇晨的注意力不在那个黑洞上。

他知道那是黑袍魔王尚未觉醒的魔王灵识本体，他现在要寻找的是黑袍魔王转世魔童的灵识。倒不是他不想窥探黑袍魔王灵识本体的记忆，而是那样做太过危险，毕竟他现在还很弱小，稍有不慎便会万劫不复。

北月殇晨悬在黑袍魔王的灵识世界里，挥洒神阶灵识之力，勾勒出一条灵识神纹。这条灵识神纹名为灵识之光。

在灵识之光神纹形成的瞬间，黑袍魔王原本黑暗的灵识世界瞬间光芒绽放，被照得亮堂堂的。与此同时，北月殇晨看到一道躲在黑暗里的人形身影正悄无声息地朝他靠近，在被灵识之光照耀到的那一刻，对方似乎愣在原地不知所措。

北月殇晨转头望向他，下意识地勾勒出第二条灵识神纹来——锁魂！

神阶灵识之力挥洒自如，形成一条淡蓝色的锁链，向近处的黑袍魔王转世灵童的灵识旋转而去。

黑袍魔王转世灵童的灵识反应很快，也不见他有任何动作，北月殇晨竟感觉神阶灵识之力倒流入自己的身体，原本勾勒成形的灵识神纹也归于虚无。北月殇晨没有因此而慌乱，因为他知道灵识具备本体的一定能力，特别是像黑袍魔王这等智士的灵识。

黑袍魔王必然预料到了北月殇晨的种种行为，提前准备了应对方案。不过，黑袍魔王如此，北月殇晨又何尝不是呢？谁说灵识神纹只能同时勾勒一条？谁说灵识神纹只能右手勾勒？在锁魂灵识神纹被消除的同时，北月殇晨背后另外一条灵识神纹化作一个音符，向黑袍魔王的转世魔童的灵识飘去，令人头晕目眩的灵识之音响起。

黑袍魔王的转世魔童的灵识刚想有所应对，却再度停滞在原地。北月殇晨猜测他应该是受到了外界的影响，当即不再迟疑，以灵识神纹束缚他，紧跟着用神阶灵识之力包裹住他的灵识，读取他灵识深处的记忆。

一幕幕画面从北月殇晨的眼前闪过，有黑袍魔王刚出生被找到的画面，有他成长的画面，有他主导一桩桩阴谋的画面，有他预言的画面，有他在星空中找寻法蓝星的画面，也有他面见魔域大魔物的画面。可就在那名大魔物要告诉他一件很重要的事时，不远处黑袍魔王的本体灵识忽然剧烈地震颤起来，传出强烈的拉扯之力，让北月殇晨心中微悸。

北月殇晨情知不好，不敢再继续观察黑袍魔王转世魔童的记忆，甚至不敢停留在他的灵识世界。因为北月殇晨明显感觉到了黑袍魔王来自灵识深处的抗拒，其灵识本体有觉醒的迹象。

到底是什么让他如此抵抗？北月殇晨深感疑惑。

“怎么样？”北月殇晨的灵识从黑袍魔王的灵识世界内遁走后的第一时间，便听见了北望的声音。

“他的灵识戒备等级过高，需要让他更疲惫才行。”北月殇晨道。

“已经探知到的东西呢？”北望问。

“有不少。”北月殇晨道。

“那就好！那我就让他更累一点！”北望话音未落，凄厉的狼啸声响起，眨眼间便传到上百里之外。声音如浪，震碎流云，掀飞乱石。

只见正在与黑袍魔王激战的北望飞快地转化为一头金色巨狼。巨狼长三丈多，高有两丈，站在那里像是一座小山包。它浑身上下都喷发着金色的气流，那气流不是他物，正是凝缩到极致的场域力量。它双脚猛地蹬地，向着不远处的黑袍魔王撞去。

黑袍魔王右手再度前探，从过往的岁月里抓出更多的神力，补充自己的场域，然而他的场域却被北望撞得稀碎。那些散落的场域力量或多或少影响了北望，让他的场域之能时而因过久的消耗而消失，时而因尚未勃发而消失。这都是时间的妙用。

屡次动用时间之能对付北望，黑袍魔王那紧握的左手有些不自主地颤抖起来。他这只手中所握之物，是先前封禁他的结界碎片。

这结界碎片大概率是前任冥王冥一的手笔，黑袍魔王握住这些结界碎片，无非是想确定冥一的位置，给予己方强者以时间、机会。可以此时的局势，他若继续握紧结界碎片，自身恐怕都要殒灭。

用一个好不容易才从深层次轮回中苏醒过来的黑袍魔王，去换一个濒临死亡的大天神，也不知道魔域高层觉得这样的交易值不值。

北月殇晨悬在高空，低头俯瞰下方，寻找机会，同时脑海中思绪万千。

月神级强者的大战激烈如世界末日，原先在落神峡内的生灵们此时早已退到数十里外，否则都会受场域神力波及而死。而北月殇晨处于灵识状态，又有幽冥珠庇护，才能置身于战场中。

约莫两分钟后，狼形北望在一次扑击中成功划过黑袍魔王的后背，差点将他撕成两半。北月殇晨借此机会，忙向黑袍魔王冲去。不过他没有故技重施，用灵识之针刺痛黑袍魔王，而是直接凝成灵识长剑斩向黑袍魔王。

身受重伤的黑袍魔王被斩中了，北月殇晨得以再度进入他的灵识世界内。

经过一段时间的平复，黑袍魔王的灵识本体继续陷入沉睡，而在纯粹的黑暗中，转世魔童的灵识正冷冷地看着北月殇晨。感受到他的目光，北月殇晨心如止水，开始勾勒起灵识神纹来，不消片刻便将转世魔童的灵识控制住了。

随着外界狼形北望的攻势一拨接一拨地变得疯狂，北月殇晨对转世魔童灵识的控制也越发严，让对方无力抵抗。

第135章

入魔域

第二次读取黑袍魔王的记忆，北月殇晨看到了更多、更详细的内容，也再次触及了黑袍魔王灵识深处的秘密。黑袍魔王的灵识本体再一次震动起来，强烈的不稳定带给了北月殇晨危机感，但他强忍着恐惧没有逃离，终于从那大魔物的口中听到了一个词语——天启之日。

下一刹那，黑袍魔王的灵识世界寸寸崩碎。北月殇晨早有准备，瞬间便撤出黑袍魔王的灵识世界。在完全回归现实世界之前，他似乎看到了一双眼睛，一双巨大的、纯黑色的、不带丝毫感情的冰冷眼睛。他知道，那定然是黑袍魔王的眼睛！

北月殇晨再度回到现实世界后，却没有听见北望的声音。他有些意外，转头望向战场最中央，发现狼形北望居然被定在了空中，北望挣扎着想要移动，但只能微微颤抖。

在北望的对面，黑袍魔王像是换了一个人。北月殇晨只是看了他一眼，便被深深地震慑了。只见他右手飞快地探出两次，便从虚空中抓出了两个人来。

不对，是两名魔！一名正是狮堪称宿敌的存在——红月魔王，另一名则是此前曾经被北月殇晨寄生过的玄渊魔王。这两名魔与先前相比皆有不同，因为他们浑身上下散发出来的气息都向世人展现着他们的实力——月神级！

三名月神级强者降临，即便是狼形北望，也绝不是他们的对手。

不过值得庆幸的一点是，在召唤出两名月神级强者后，原本气息大变的黑袍魔王气势飞快减弱。

即便如此，他仍然是月神级强者！

眼见三名魔朝自己包围而来，狼形北望爆发了自己的最强战力，浑身金光大亮。它似乎不经意间看了北月殇晨一眼，眼中的意思只有一个——逃！

事实上，根本不用北望提醒，北月殇晨知道事不可为，已经转头逃离了。在他身后，红色的光、黑色的光、金色的光如同朝阳升起，映照万物，轰隆隆的爆炸声响起，似天崩地裂。

北月殇晨根本不敢回头看，只一个劲地向着放逐之地外逃去。

约莫五分钟后，他看见数道流光激射而来，猛地停在了他的面前。那些光芒中的，赫然是各海各域派来的指挥——妖域的东山曜、无尽蓝海的海岚、岩浆赤海的火光劫、生命绿海的树智、神圣澄海的白韵、天弓组织的天戈和原灵会的棋邪。他们来到北月殇晨面前后，都神色复杂地望向更远的地方，好一会儿才回过神来。

“发生了什么？”所有人都将目光转向北月殇晨。

“黑袍魔王以自身为诱饵，引出冥一大人，又利用时间法则的力量，将玄渊和红月两名魔王恢复到月神级。此时他们正与兽人族的北望狼神激战。”北月殇晨道，“北望狼神发现我后，为我制造机会，让我有机会看到了黑袍魔王的一些记忆。”

“记忆？哪些记忆？”

听到北月殇晨前面说的话时，一众星神级强者的神色都有些凝重，可当北月殇晨说出后半段话时，他们的注意力顿时被转移，眼睛全都亮了起来。要知道，黑袍魔王可以说是全魔族知晓秘密最多的大魔物之一！他的强大，不完全在于其本身的实力，也在于其知晓的秘密。

“很多。我会整理成书面资料传给你们。”

联军共享兵力，共享信息，也共享收获。北月殇晨从黑袍魔王灵识中看到的记忆，绝对算是开战以来最大的收获！

得到北月殇晨的承诺后，这些星神才开始去担心别的事。

“冥王大人会无恙吧？”

按理来说，一名大天神级的强者根本轮不到这些星神来担心，但他们所有人都知道冥一濒临死亡，而黑袍魔王又是处心积虑。

“这是黑袍的局，又何尝不是冥一大人的局？”北月殇晨的回答安定了他们的心，“至于北望大人，我相信他能够脱身。”

众人闻言面面相觑，心中有些警惕。

“这样说来，黑袍的布局竟全无收获吗？我不相信他没有算到这一步，此事背后必有阴谋！”东山曜肯定地道。

“的确很蹊跷。”树智摸着下巴，眉头轻轻皱起。

“还是先回去再说吧。”白韵提议道。

“也好。”众人点头应允后，立刻启程返回。

北月殇晨是灵体，速度要比他们快许多，但有一道金色流光比他更快，自天穹划过。正是北望狼神，观其速度、气息，应该没有受太重的伤。

等北月殇晨灵识归体，和火离姬一同走入军营主帐中时，北望狼神已经在静静等候了，而自北月殇晨走入帐中，他的眼神便未曾从北月殇晨身上挪开。

“交与我吧。”

北月殇晨知道他在说什么，当即在空中勾勒出一条灵识神纹，将先前从黑袍魔王的灵识世界中看到的记忆灌注其中，然后送到北望狼神的面前。

北望眼中迸发出两道金光，将灵识神纹融化后吞入腹中。几分钟后，他便将灵识神纹内所蕴含的记忆全部消化了，长长地呼出一口气。

他一个兽人族的十一阶月神，甘愿和北月殇晨合作，为其制造机会，所为的，正是当初黑袍魔王全灭北天狼氏族的全部细节。北月殇晨方才交给他的记忆虽然不是全部的细节，但已有不少信息。

在北望消化记忆时，一众联盟指挥也都回到军营主帐，恰巧听到他皱起眉头说了四个字：“天启之日？”

“敢问狼神，什么是天启之日？”妖域的东山曜望向北望狼神。

“没有具体信息，只有这四个字吗？”北望狼神望向北月殇晨，期望着他可以说出更多的信息。

“这四个字就是黑袍魔王的灵识不惜损伤自身也要守护的信息。”北月殇晨道。

“那必然极为重要。”在场所有人都神情凝重。

“诸位真的都不知相关信息吗？”东山曜环顾众人，问道。

棋邪、天戈、白韵、树智、火光劫、海岚等人纷纷摇头。

“那就把此事上报吧。”东山曜转头望向北月殇晨。

北月殇晨闻言当即闭目，在灵识共享世界中，将从黑袍魔王灵识世界中看到的记忆传向诸海诸域的真正高层。不多时，那些高层的消息便传了回来。

兽域的兽神山不知道天启之日为何，妖域的祖庭不知道，神圣澄海的天堂岛不知道，生命绿海的碧天岛不知道，无尽蓝海、岩浆赤海和人族三域都不知道。当北月殇晨将这消息转达给在场众人时，众人的神情越发凝重了，心中皆有不祥的预感。

“这天启之日必然代表着极大的阴谋，一定要搞清楚。这消息既然是从黑袍魔王那里得来的，寻常魔物肯定不知道，即便知道，也应该不会知道具体内容。想要弄清楚天启之日究竟代表着什么，必须从转世魔童或者十阶魔神入手！”东山曜沉声道。

“十阶魔神都未必知情。”海岚轻声一叹。

“也不知道黑袍魔王知不知道天启之日的消息已经泄露。如果知道，无论是十阶魔神还是转世魔童，都必然会万分小心，不会给我们机会。”白韵道。

“除非……做一些超出他们想象的事。”狮道。

“比如？”众人都有些不解。

“入魔域打探消息。”狮扫了一眼众人，道。

话音未落，满堂皆惊，旋即陷入了良久的沉默当中。

要说在大灾变之前，法蓝星有多少极其危险之地，哪怕是三岁小孩也能说得上十处，但在魔兽星坠落后，法蓝星上的生灵尽知，全天下最危险的地方莫过于魔域！那里是真正的地狱，而现在，狮居然建议进入魔域。

不愧是在魔兽战场长大的！众人心中皆感叹。

“入魔域打探消息，何其难！”东山曜看了狮一眼，眼神有些复杂。

要说世间哪一族最了解魔族，非兽人族莫属，毕竟他们两族是数万年的宿敌。狮自小在魔兽战场长大，没有接受过系统的教育，有些知识不知道也正常。

除兽人族之外，当然是妖域最了解魔族。魔族的魔，无论是身体还是灵识，天生都要比法蓝星诸族的生灵更强，而且魔族生物修炼的魔气独立于法蓝星的能量范围之外，诡异而且强大。

想要潜入魔域，非得是灵识特殊而且身体强大，能够修炼或者模拟魔气才行。当然，除此之外，如果一个人的潜行能力逆天到了极点，也是可以的。不过，上哪里去找这样的人？而且就算有这样的人，实力太强也不行，否则对冲的法则力量必然会让魔族生物知晓。

简而言之，入魔域之事难如登天！

“我可以去。”正当东山曜等人思绪万千，欲将此事否定的时候，北月殇晨忽然出声道，“我脑海里有黑袍魔王的记忆，知晓魔族许多内情，虽然没有逆天的潜行能力，也不能修行魔气，但我灵识特殊，只要不近距离碰到月神级强者，应该没有魔可以发现我。另外，也只有我才最可能从魔族脑海里提取出信息。”

火离姬看着他道："绝对不行！"

北月殇晨看了她一眼，见她眼神坚决，默默叹气。

她说完后，东山曜也站了出来，道："不能让你冒这种险！"

"你现在所代表的，可不仅仅是你自己。"树智同样拒绝。

"说不定这正是黑袍魔王的阴谋，引你入魔域，夺取幽冥珠！"白韵一语惊醒梦中人。

"这样说来倒也不无可能。"海岚摸了摸下巴，道。

"人族不可能让你去冒险。"孔宁、谷冥和雷皓也表达了自己的态度。

北月殇晨见状，只得收回提议。此时的他的确不再是一个普通的人，拥有幽冥珠的他肩负着巨大的责任。

棋邪和天戈也都出言道："这次诸海诸域联军的目的是攻陷演魔城，阻止魔族的研究，不要本末倒置。"

第136章

一则预言

在众人争论之际，北望狼神一直都在静静地观察，也不知道什么时候，他的身影忽地转淡，最后消失在了原地。

在场众人都没有过于惊讶，而是继续争执此事。

最终，因所有人都反对北月殇晨前往魔域，这件事便暂时告一段落。但没有一个人敢轻视“天启之日”这四个字，他们背后所代表的一域一海之势力，全都投入了对这四个字的破解当中，可始终没有查到什么蛛丝马迹。

当天过后，前来杀黑袍魔王的人少了许多，但强了许多。毕竟大家都知道，黑袍魔王具备着短暂恢复至月神级的强大战力。

不过人们也都明白，这样的能力绝不可能连续动用多次，只要袭杀的次数多了，黑袍魔王最终必然会殒命。

在黑袍魔王等魔族生物遭到追杀的同时，诸海诸域联军在众多指挥的调遣，以及前任冥王冥一的暗中配合之下，开始高歌猛进。

按照这个趋势下去，用不了两周的时间，诸海诸域联军便能兵临演魔城城下。就是不知道在这两个星期里，魔族会不会研究成功。

不过北月殇晨已经不太担心这件事了，他一直被“天启之日”这四个字困扰着，总觉得哪里不太对劲。

时间转眼便过去了一周。

正当北月殇晨查找各种资料、冥思苦想之际，法域的精神领袖以及实质上的政治领袖勇气神使忽然传来消息，说他在古籍中查到了一些关于天启之日的信息，但这些信息无法经由口头转述，必须要北月殇晨前往法域，亲自观看古籍才行。

北月殇晨得知此消息后，当即将这件事转告给了诸多前线指挥。

东山曜、海岚、火光劫等人也没有太过在意，一是因为现在大局已定，二是因为有灵识共享世界，哪怕北月殇晨在世界的另一端，也可以及时传递消息，他人在哪里都无所谓。再加上他们也很忧心天启之日的事，便让北月殇晨去了。

北月殇晨本来想把火离姬留下的，毕竟她也能利用灵识共享世界做总指挥，但现实很残酷，她的能力没有得到认可，无法服众。

于是两人便一起前往法域，途中火离姬也能和他一起处理战事。

从幽灵青海前往法域，如果是在正常情况下，需要远航数月，但眼下诸域诸海联盟，情况特殊，北月殇晨得以借用世界漩涡，于短短两日内便成功抵达了法域东部沿海城市巍澜城，又从巍澜城一路东行前往勇气之城。

人族三域中，圣域土地丰饶，最为富有，蓝域次之，法域再次。

在大灾变刚结束的那十几年时间里，法域许多地区还在闹饥荒，但法域人团结奋进，很快便克服了困难，建起了十二座主城。勇气之城不是王城，却是实际上的法域第一雄城，因为这座城诞生了一名神使。

所谓神，自然是十阶星神，但法域的神使不单单是星神，还是得到一本神典认可的伟大存在。

据北月殇晨所知，执掌一本完整神典的神使，即便对手是十阶魔神，也可以以一敌三，不过也有前提，那就是魔神必须前来法域。

法域地域辽阔，即便北月殇晨和火离姬日夜急行，也用去足足四天时间方才抵达勇气之城。在此期间，诸海诸域联盟已经将战线推进到罪恶之城外围，战况亦是进入了最惨烈的阶段，每时每刻都有大量的生灵离开这个世界。

勇气之城雄伟壮观，宽阔的石板路上人流如织，人们大声地叫卖着，低声地交谈着，热闹非凡，丝毫没有受到数千万里外幽灵青海的战事的影响。

北月殇晨和火离姬穿行在人流中，向城北走去。

城外有一座山，不高，只有一千多米，但它是全法域大陆最知名的山峰之一，勇气圣山！

勇气圣殿便在勇气圣山的山巅，法域的精神领袖勇气神使常年在其中修行，利用勇气神典的力量影响整座城池的城民，让他们的修炼速度更快，获得突破境界瓶颈的能力，增加新生婴儿觉醒法典的可能性。

在攀登勇气圣山时，北月殇晨和火离姬可以感受到道道海浪似的波纹从山巅传下来，扩散至全城乃至整个勇气之城的下辖区域，显然这便是勇气神典的功效。它其中竟蕴含了不少可以影响灵识层面的力量，这大概便是它可以使人加快修炼和突破速度的原因吧。

如此看来，当初那名传天下的三大圣典恐怕是不亚于七神珠，甚至是超越七神珠的神器！

须知，法域的十二本神典是由《诸法之初》所化，而《诸法之初》在三大圣典中是最先凝聚，也是最为强大的一本！

怀着敬意，北月殇晨和火离姬拾级而上，很快便来到了勇气圣殿外。殿门处，有一名身穿红袍的青年正垂手等待。见到北月殇晨和火离姬后，他立刻小步上前："神使大人已经等候两位多时。"

北月殇晨和火离姬闻言忙跟上去，同时打量四周。

此处已是勇气圣山的山巅，那座巍峨的圣殿让两人有种又见一山的感觉。

迈过圣殿巨大的石质门槛后，入目所见是一个空旷的广场。广场由十几根粗壮的立柱支撑，每一根立柱上都绘制着法域人族崛起的画面，给人一种沧桑的历史感。

在圣殿的中央，勇气神使正盘坐于空中，在他的身体周围，一股股岩浆似的红色气流蜿蜒流动，强盛而霸道。

北月殇晨凝神注视，看到勇气神使的上方有一束光。

光芒中悬浮着一本暗红色的书册，书册散发着淡淡的红色光芒，其上两个大字若隐若现，有着赤金色的光泽——勇气！

这便是三大圣典之《诸法之初》分裂而成的十二本神典之一——勇气神典！

"嗡……"

无形的波纹自勇气神典涌现、扩散，当它扩散到北月殇晨身上时，北月殇晨觉得自己的灵识似乎沾染了什么东西。

他是幽冥珠的执掌者，对灵识层面的变化极为敏感，因此判断出这是勇气神典在主动影响他。

不过事实上，先前他一直处于勇气神典能量的覆盖范围内，却始终没有任何感觉，所以推断这大概率是勇气神使主动的赐福。

他转头看了一眼火离姬，发现火离姬的灵识表层也有一层淡淡的光芒。

"它能带给你们勇气。"勇气神使睁开眼睛，望向北月殇晨。

"见过神使大人。"北月殇晨和火离姬恭敬地躬身行礼。

勇气神使不仅是法域的精神领袖，也是人族的至强者之一。人族三域虽说各自立国，但来往密切，同气连枝，两人自然要给予这位大人物以尊重。

“不用多礼。”勇气神使站起身来，也不见他有任何动作，悬浮于光束中的勇气神典自然下落，摊开在他的左手掌心，熠熠生辉。

“神使大人，不知道相关典籍在哪里？”

北月殇晨在黑袍魔王的记忆中知道了“天启之日”四个字后，便一直忧心忡忡，眼下即将得到线索，他连一分钟都不想等了。

好在勇气神使没有怪罪的意思，只见他右手轻轻挥动，洒下淡红色的光芒。光芒飘飘荡荡，在空旷的圣殿中形成了一片光幕。

光幕上密密麻麻地写满了文字，北月殇晨飞快地浏览，却没有得到任何有用的信息。正当他要出言询问之时，这些文字忽地打乱重组，变成了一句话。

往天外之岛，觅《言灵之书》。

北月殇晨看见这句话的时候，心中颇为震惊。

当他转头看向勇气神使时，勇气神使像是早就猜到他会望向自己一般，缓缓地道：“你应当知晓，我法域有三位先祖，第一名先祖法初，受神之恩赐，凝聚出人类第一本法典《诸法之初》，后十年，先祖天行受神之恩赐，凝聚出第二部法典《预言之书》，先祖炎兀凝聚出第三部法典《言灵之书》。此三部法典是为三大圣典，法初、天行、炎兀并称为三圣祖。正是因为三圣祖的出世，圣典以及建木之国的创建，才有了人族摆脱妖、精两族附庸之始。

“数十年后，建木之国、自由国度和圣灵国度内乱，先祖炎兀不愿人族自相残杀，因此掀起法典之变，后败亡，《言灵之书》也因此失落，再之后便是世人皆知之事，先祖天行伤心先祖炎兀之死，离开建木之国，封印预言法典，做出最后一个预言。三百年后，由妖怪族和精怪族统治的妖精大陆与包括人类在内的所有附庸种群将要毁灭。

“可事实上，在那流传于法蓝星诸海诸域的最后一个预言背后，先祖天行其实为人族留下了许多预言，这其中有的早已得到印证，剩下的则在静静等待被印证。此时你眼前的这个便是其中一个预言，先祖天行对《言灵之书》的预言。这则预言只有天启之日出世后才会被解读。”

北月殇晨在听勇气神使述说时，心中对法域三位先祖的佩服可以称得上无以复加。自先祖天行失踪到现在已经六百多年过去，他留下的预言仍然在影响整个法蓝星，甚至七神珠也是因为先祖天行和《预言之书》才得以诞生。

从这一方面来讲，《预言之书》的强大程度更甚七神珠。

当勇气神使述说完时，北月殇晨的心情也平复了不少，他当即出声问道："请问神使大人，天外之岛在哪里？"

"我也不知道。"勇气神使摇了摇头，"我看到这则预言后，就一直在寻找相关的消息，但目前为止一无所获。你有灵识共享世界，可以联系全法蓝星诸海诸域的高层，消息比我更灵通。"

第 137 章

天外之岛

北月殇晨闻言没怎么迟疑，便将灵识沉入灵识共享世界，向诸海诸域的高层询问天外之岛的消息。

诸海诸域很快便给出反馈，大都没有相关的消息，只有妖域祖庭传给了北月殇晨一个好消息。

“天外之岛有可能在深渊紫海的范围内。”

北月殇晨闻言陷入短暂的沉默。

大灾变之后，法蓝星共有七海，分别是岩浆赤海、神圣澄海、污浊黄海、生命绿海、幽灵青海、无尽蓝海和深渊紫海。其中，岩浆赤海、神圣澄海、生命绿海、无尽蓝海和深渊紫海原本就存在，污浊黄海和幽灵青海则是在大灾变之后才出现的。

七海中，最为广袤的自然是无尽蓝海，而最为神秘的莫过于深渊紫海。

传说中，在深渊紫海中有最恐怖也是最强大的存在，但没有人知道深渊紫海中究竟是怎样的情况。因为深渊紫海并非在一个固定的地方，而是不断移动着的，而真正进入深渊紫海之中的生灵，没有一个能够活着出来，所以深渊紫海在七海里几乎是传说中的存在。

如果不是妖精大陆还在的冰河时代，妖、精两族的大能们一直都确认深渊紫海的存在，现在人类都要怀疑深渊紫海是不是杜撰出来的。

虽然妖域祖庭给北月殇晨的消息只是初步推测，但作为法蓝星最古老的种群，妖族算是对深渊紫海最为了解的一个种群。若天外之岛真的在深渊紫海，那北月殇晨想找到它，不比前往魔域获取天启之日的相关消息来得简单。

他旋即将消息转述给勇气神使，勇气神使也表示不知道深渊紫海在哪里，先祖天行也没有其他的预言指出深渊紫海的具体位置。

这下子，北月殇晨陷入了艰难的境地。

“我倒是有一些关于深渊紫海的消息。”正在北月殇晨沉思之际，兽域天兽神的声音在灵识共享世界内响起。

北月殇晨顿时大喜，向勇气神使告罪一声后，灵识沉入幽冥珠内，将声音传向连接天兽神的那根灵识丝线：“可否请天兽神大人告知？”

“三百多年前，魔兽星从天外而来的时候，我族曾短暂窥见法蓝星的真实本源，看见一道紫色的光在星球内外穿梭，后来我们才知道那是你们传说中的深渊紫海。出于对未知的警惕，我族一直在寻觅深渊紫海的位置，努力了三百多年，虽然仍未成功，但也有了些收获，现在只差临门一脚。”

在天兽神说话时，璀璨无垠的宇宙在灵识共享世界的上方凝聚，无穷星光洒落，形成一个长着青色龙头、身披碧绿色长袍的兽人，正是天兽神本尊的模样。

天兽神以虚幻投影降临幽冥珠内的世界，北月殇晨却没有过于担忧，毕竟在他之前，前任冥王冥一也曾以虚幻投影到幽冥珠内，这一行为是在北月殇晨默许的情况下才会发生的。

若是他强烈排斥，天兽神和冥一都无法投影在幽冥珠内，如果他们强行投影，还会被北月殇晨施以灵识层面的反击。

再次见到天兽神，北月殇晨微微闪动自身所代表的灵识光点，以表尊敬。

“经我们研究发现，彻底定位深渊紫海的方法有多种，而其中一种，就是从灵识层面定位。”天兽神看着北月殇晨道，“深渊紫海内存在大量生灵，他们因为未知的原因极速移动，但终究会做短暂停留。而他们突然离去时，会在停留处残留下大量的灵识气息。你有幽冥珠在身，可以根据那些灵识气息定位他们的大致位置，然后综合我们此前得到的一些信息，推断他们的下一处落脚点。”

“只是推断下一处落脚点，想必会花费很多时间吧。”北月殇晨道。

“是。”天兽神道。

“我们可能等不了那么久，我有预感，魔族在幽灵青海发起战争，极有可能是为了给天启之日拖延时间。”北月殇晨道。

“那你就只能自己想想要怎么才可以确定深渊紫海的位置了，这些是我族此前整理的所有信息。”

天兽神话音落下，漫天的星光洒落，组成了一排又一排闪光的文字和图案。

那些图案是从星空俯瞰法蓝星看到的图案。

从星空俯瞰，一道紫色的流光在法蓝星的无垠碧海上穿梭跳跃，一会儿在生命绿海之东，一会儿在魔域之西，一会儿在圣、法、蓝三域内海，一会儿又在妖域以北，几乎没有停留。

“这肯定是涉及空间法则的玄奥法则。”北月殇晨自言自语道，“而且应当是深渊紫海生灵本身就具备的能力，毕竟许多扭曲的空间规则都是大灾变后才出现的，但深渊紫海已经存在了漫长的岁月。”

“你慢慢想吧。”

天兽神将信息传给北月殇晨后没有停留，收走漫天星光，消失在了原地。

北月殇晨微微闪动灵识光点，而后开始继续思索。要怎样才能确定深渊紫海的具体位置呢?

之后的半天时间，北月殇晨一直在研读天兽神传来的信息，他发现深渊紫海的移动并非毫无规律。

相隔漫长的一段时光后，其移动、跳跃的空间会大大缩小。在那一整年的时光里，它始终处于东五海。

所谓东五海，指的是无尽蓝海之东，被圣域、法域、蓝域、生命绿海和神圣澄海包围的那片海洋。

虽说东五海的范围很大，但相较全法蓝星，自然是小了很多，最关键的一点是，按照深渊紫海空间移动的规律，它目前应该就在东五海的范围内。

北月殇晨内心深感振奋，继续思考。

要想在短时间内寻觅到深渊紫海，找到天外之岛上的《言灵之书》，要么提前在深渊紫海会跳跃的区域等待，要么就是直接追赶上它跳跃的轨迹。

相对来说，后面一种方法成功的可能性要大一些。毕竟他能确定深渊紫海移动的规律，兽域自然也可以确认，但他们没能推算出进一步的规律，在东五海截获深渊紫海，北月殇晨觉得自己再聪明也聪明不过兽域一域之人。

“追赶上深渊紫海的空间跳跃轨迹……”北月殇晨轻轻蹙起眉头，紧跟着决定先前往东五海再说，路上再想办法。

心中有了决断后，北月殇晨当即抬起头，向勇气神使辞行。

“孩子，《言灵之书》虽然是我法域圣物，但究其根本，它属于全人族。你若能成功取回《言灵之书》，我法域绝不强夺，只希望你能看在先祖的面子上，也为我们法域做一些贡献，当然，绝不强求。”

勇气神使神色平静，言语不似作伪。

北月殇晨自然是点头应允，他本就没有强占《言灵之书》的念头，那毕竟是法域圣物，也只有法域人才能发挥其最强功效。

但他目前也不知道天行先祖预言的真正深意，因此也不好在这里就承诺一定会将《言灵之书》归还法域，只能将这个想法藏在心底。

“还有一件事，去深渊紫海是你一个人的战斗，就让这孩子留在这里吧。”就在北月殇晨和火离姬准备站起身离开的时候，勇气神使忽然看向火离姬，“这对你、对他都有益一些。”

火离姬闻言有些犹豫，看了一眼北月殇晨。

北月殇晨倒是想得开：“我去找深渊紫海的确也没什么危险，你就暂时留在这里吧，我们随时联系。”北月殇晨轻轻点了点自己的脑门，意指灵识共享世界。

“那好吧。”火离姬其实很想跟着北月殇晨一起去，但在寻找深渊紫海这件事上，她很可能会成为累赘。

“那你好好修炼，放心，我会小心的，我们随时联系。”北月殇晨走过去摸了摸她的头，这才转身离去。

“来，孩子，我跟你说点事。”

北月殇晨走后很久，火离姬都没有转头，直到勇气神使开口，她才醒悟过来。

从勇气圣山离去后，北月殇晨利用冥座，向距离他最近且可以通往东五海的世界漩涡方向而去。恰巧，那处世界漩涡就在巍澜城西北方向。

利用冥座前往巍澜城西北方向，北月殇晨花费了两天半时间，又用去半天才从海上寻到世界漩涡，借助这诡异的空间力量，他成功抵达东五海的中央。

这处世界漩涡的主人是妖域，有大量的七八九阶妖族在此驻扎，形成村落。

北月殇晨到来后，没有停留，直接化身黑暗元素体飞至云层上空俯瞰下方。

他将神阶灵识之力注入眼中，开启灵视，又将幽冥珠置于眼前，将其当作一个放大镜，搜寻四面八方的天地，但没有看到有关深渊紫海的任何蛛丝马迹。不过，这是理所应当的事，如果深渊紫海那么容易被找到，它也不会有传说之名。

利用灵视搜寻了两小时后，北月殇晨将灵识沉入幽冥珠内，开始探寻这片区域内的灵爆现象或者是大规模灵识残留现象，依旧没有收获。

再之后，他在灵识维度发出声音，等待反馈，每隔几公里便放下一个灵识浮标。

他聚集四面八方的灵识碎片进行通识。

他又利用灵识神纹震荡空中的灵识层面物体，可仍一无所获，他并没有灰心丧气或者放弃，只是每隔一段时间便换一个大的区域。

在北月殇晨前往东五海的这段时间里，黑袍魔王不断遭遇刺杀，但没有死，去杀他的人倒是死了不少。

不过这反而激起了他仇家的报仇之心，毕竟他们相信世间没有任何一个生灵可以一直无敌下去，黑袍魔王每杀一个生灵都会使自己更加虚弱。

第138章

逐光

此外，大军即将攻破罪恶之城，魔域紧急增兵，大有不惜一切代价都要守住演魔城的架势。

另一边，污浊黄海在经历一段时间的误会后，终于选择和魔域、幽灵青海联盟，出兵从南方海域包围诸海诸域联军。

之前，北月殇晨假扮幽灵青海高层与污浊黄海达成协议，又利用被灵识控制的灵造灵体研究人员挑拨两海关系，拖延了很长一段时间。

不过时至今日，随着北月殇晨一个又一个能力的曝光，两海也大概猜到了内情，两海之间的误会自也因此解除，开始真正共享研究成果。

污浊黄海原本见诸海诸域联盟声势浩大，不愿出兵，但魔域的增兵给了他们信心。一旦此战获胜，污浊黄海在法蓝星的地位必将大大提升。

污浊黄海和魔域的反应再次印证了北月殇晨的猜测，他们绝对是在拖延时间，等待天启之日的到来，只是不知道那一天究竟是哪一天。

正在天空俯瞰下方，准备换一个地方搜寻深渊紫海踪迹的北月殇晨，忽然间感受到了一阵强烈的灵识波动。

如果说十一阶月神北望的灵识波动是一场暴风雨的话，那么这阵灵识波动完全不亚于一场影响全世界的大海啸，两者完全不能相提并论。

北月殇晨心中激动万分，当即将幽冥珠当作放大器，开启灵视朝灵识波动传来的方向望去。

只见一道头发丝粗细的紫光从东方破空而来，眨眼便消失在了西方，北月殇晨甚至来不及转头。

那道紫光虽然细小，但它所过之处，灵识碎片被肃清，就像是流星坠落时燃尽氧气，落在地面时犁出的长长沟壑！

望见那条被紫光犁出的灵识真空带，北月殇晨心中狂喜，灵识出窍，包裹着幽冥珠、自身的躯体，顺着那灵识真空带向紫光追去。

紫光奇快，眨眼千里，但无论它多快，终究是在东五海的范围内。

按照规律，它总有停顿下来的那一刻，北月殇晨只要穷追不舍，总能看到希望。

他在追逐紫光的过程中，以灵识见天地，从那些或笔直或弯曲的灵识真空带中截取到捷径，而后利用。

虽然没能立刻拉近与紫光的距离，反而越来越远，但北月殇晨毫不气馁。

与此同时，他也在分析紫光移动的规律，聚集空气中残留的灵识碎片。

据古老的传说，深渊紫海同样是一片不亚于生命绿海和神圣澄海的广袤海洋。

如此一大片海洋里，必然生存着不可计数的生灵，每时每刻都有生灵死亡。

那些死亡的生灵的灵识有的残留在深渊紫海中，有的湮灭在紫光的高速移动下，可终究有那么一部分遗落在真空带的附近，被北月殇晨成功聚集起来。

聚集起大量的灵识碎片后，北月殇晨当即进行灵识入侵，从中读取记忆，他发现这些灵识碎片的主人全都是深渊紫海中的小鱼小虾，最多是鲸、鲨一类的大型海洋生物，具备一定实力的海兽都很少，更不要说主宰深渊紫海的那一类。

从那些鱼虾的记忆里，北月殇晨终于见到了深渊紫海的真实模样。

深渊紫海呈紫色，每一滴海水都像是紫色的珍珠，绚烂璀璨，天空也是紫色的，云雾缭绕间，反射着令人沉醉的光，鱼虾畅游在紫色的海洋中。

只可惜的是，在这些鱼虾的记忆中，北月殇晨没有看到传说中主宰深渊紫海的紫金族，更没有看到他们生存的海洋或者是陆地。

不过这些鱼虾的灵识的作用可不仅如此，它们的灵识碎片再如何残破，毕竟来源于深渊紫海。

作为幽冥珠的执掌者，全法蓝星最了解灵识的人，北月殇晨开始在空中勾勒出条条灵识神纹，先是将聚集的残破灵识碎片稳定下来，而后从这团灵识碎片中延伸出一条丝线。

这条灵识丝线瞬息延伸千里，其速度比紫光有过之而无不及，真像一束光，甚至比光更快！

这条灵识丝线循着遍布于法蓝星的灵识法则，以最快、最便捷的路径向紫光的方向掠去。

紫光似察觉到灵识丝线的追逐，开始增速，开始不规律地改变方位，但灵识法则如同空气一样弥散在法蓝星的每一个角落，只要紫光仍然在法蓝星上，那么灵识丝线终究能追上它。

察觉到距离拉近后，紫光不再停留于海洋上空，而是直接破海而入，冲向海洋更深处，可哪怕它已经抵达法蓝星的地心，灵识丝线仍然紧追不舍。

最终，紫光略显绝望，被追赶上，灵识丝线进入紫光内后，迅速根据死亡鱼虾的另一部分残存灵识，与它建立起紧密而不可分割的联系。

下一刹那，正处于高速移动状态的北月殇晨脸上露出兴奋之色。

凭借着对灵识之道的运用，以及幽冥珠对灵识法则的影响，他终于成功定位了深渊紫海。

此时此刻他与深渊紫海的关系像极了风筝与放风筝的人，只不过他才是那个风筝，而紫光是放风筝的人。

他被迫飘浮在空中，随狂风舞动，但只要他顺着风筝线往前爬，就能爬到线端，见到放风筝的人！

在顺着风筝线往前爬动的时候，北月殇晨聚集到了更多的灵识碎片，对深渊紫海的了解也越发深，但自始至终他都没见到紫金族，也没有看到他们生活的海域或大陆。

想来他们与深渊紫海内海洋生物的生存环境是割裂的，也许就像生活在陆地上的人和鸟，虽然都在同一片区域，但人在地面，鸟在天上。

既然找不到紫金族和他们的居住地，北月殇晨索性先不去管这些，而是专心致志地寻找起有关天外之岛的消息来。

妖域祖庭虽然告知他天外之岛有可能在深渊紫海，但并没有告诉他消息来源，甚至没有完全确定。不过妖域是法蓝星最古老的种群，北月殇晨相信祖庭不会无的放矢。

更何况是在前线战事胶着的情况下，他觉得妖族祖庭只是不想那么清楚地告诉他，不想让他知道那么多而已。

“天外之岛，天外之岛……”北月殇晨低语着，忽然间，他原本高速飞行的身体顿了一下，而后又恢复了原样。

那道紫光停了下来！

虽然不知道它会停留多久，但它终究是停了下来，只要它停下来，北月殇晨与它的距离就会迅速拉近！

在紫光停住的瞬间，它的体积瞬间膨胀，化作一片北月殇晨望不到尽头的巨大海域，这里的海洋和天空都呈现眩目的紫色，正是深渊紫海！

此时他距离深渊紫海尚有万里之遥，但通过幽冥珠，北月殇晨可以先行看到和感受到深渊紫海。

深渊紫海这片海洋中，充满了磅礴的异域气息。

北月殇晨确定那种气息里蕴含着狂暴的能量，无法被外来者吸收，也正是那种能量，才让深渊紫海中的生灵寿命更长，实力更强，食量更大，体形也更大。

他推断紫金族的生灵应该会比较高大，而且他们的防御能力和承重能力都很强，配合那种神奇的能量，综合实力恐怕不在魔域之下。

只是不知道他们为什么从古至今都潜藏不出，无论是妖域称霸法蓝还是异族坠落，他们都冷眼旁观。

如果他们一族不是真的冷漠，那么他们可能肩负着比对抗魔兽星入侵更重要的责任。

北月殇晨猜测可能是后者，毕竟紫金族也是法蓝星的种群，他们能不知道覆巢之下焉有完卵的道理吗？

当然，这都只是北月殇晨的猜测。

时间一分一秒地流逝，北月殇晨距离深渊紫海越来越近，可就在他距离深渊紫海只剩下最后一千里的时候，深渊紫海忽然再度化作紫光消失在原地，风筝线迅速延长，将北月殇晨抛之脑后。

北月殇晨见状有些气恼，但这本就是他心里有准备的情况，因此倒也没太放在心上，继续追逐着深渊紫海的步伐。

转眼间，两天时间过去，幽灵青海的战争已经到了最后关头。魔族与灵体族以罪恶之城为屏障全力抵御，剩下的灵体族和尸骸族则从后方夹击，但诸海诸域联军势大，魔族又不是倾巢而出，胜负的天平依旧倾斜向诸海诸域联军一方，只是战事胶着，再这样被拖延下去，恐生变化。

因此诸海诸域联军的联系开始频繁起来，这越发需要用到北月殇晨，可正在“逐光”的北月殇晨腾不出手来。

所有人都质疑和好奇他在做什么，为何不将心思放在正事上，而他的回答堵住了天下悠悠之口，他竟是在“逐光”。

他找到了深渊紫海的确切位置！

此消息一出，立刻震撼了诸海诸域联军的高层。

第139章

深渊紫海

须知深渊紫海在过往的数万年岁月里，一直是传说，偶有紫金族现世，都是强大和神秘的代名词。

如果能和紫金族之间建立起稳定的往来通道，整个法蓝星的实力都将提升，在对抗魔域方面胜率也将增加不少。

只是重点在于，北月殇晨最终能进入深渊紫海吗?

由于事关重大，诸海诸域的指挥和高层都表现出了充分的耐心。

两天的时间里，北月殇晨曾三次接近深渊紫海，可都在关键时刻让它遁去。

不过随着距离越来越近，北月殇晨聚集的灵识碎片也越来越多，与它的联系也越发紧密。

再这样下去，哪怕以后紫光不在东五海的范围内，他应该也可以找到它。

除此之外，北月殇晨在接近它的时候，利用幽冥珠内磅礴的神阶灵识之力，将多枚灵识浮标抛入深渊紫海中，这让他看到了部分深渊紫海。

虽然暂时看到的全都是紫色的海洋，看不见其他什么东西，但洋流湍急，他相信总有一天这些灵识浮标会抵达它们应到的位置。

一天后，北月殇晨借助着残破灵识碎片和灵识浮标的定位，终于再次接近深渊紫海。

北月殇晨将神阶灵识之力扩散出去，形成幽冥世界，以幽冥世界撼动此处的灵识法则，再在灵识神纹的沟通引动下，拉近两处灵识法则的距离，灵识法则的融合使得空间塌陷，演变成了灵识跃迁。

下一秒钟，北月殇晨的身影消失在了原地。

北月殇晨出现在这片绚烂的紫色世界中时，感觉到了无穷的重压，毫无防备之下，他的灵识差点溃散。

他忙调动神阶灵识之力凝聚于灵识之表，而后转头望向自己如小山一样沉重的身体。来到深渊紫海后，他灵识移物的能力大大削弱了。

迫于无处不在的重压，北月殇晨灵识归体，化身黑暗元素体悬于空中。

深渊紫海中虽然充满了异域能量，但地、水、火、风、空间、黑暗、光明等元素是构成世界的基础，即便是那强大的异域能量也无法尽数排空。

事实上，灵识也是世界基础元素之一，可不知为何，深渊紫海对灵识元素的排斥程度要远强于其他元素。

悬于空中的北月殇晨环顾四方，发现自己身处一片无边无际的海洋，天上看不见太阳或是月亮，只有一片迷蒙的紫气，无法辨认方向。

他闭目感受自己的灵识浮标，多枚灵识浮标顺洋流散向四面八方，亦没有发现任何陆地或是生存海域的踪迹。

北月殇晨挥手间凝聚出数百枚灵识浮标，让它们沉入海洋中，被浪花卷走。与此同时，他利用灵识寄生碎片在海洋中寄生了数十只大型海洋生物。

根据它们过往数十上百年的生活经验，以及生活地带四季的细微差别，他判断出如果深渊紫海存在大陆的话，最有可能在西边，他当即向着西方飞去。

向西而行时，北月殇晨时刻观察四周，分析空气中的异域能量。

那能量正是空气中无处不在的紫色炫光和紫色气体，紫光的强度较高，紫气却容易吸收。

它们暂时被北月殇晨统称为“紫气”。

深渊紫海的范围极为广阔，但海洋中鲜有等阶较高的海兽，这让北月殇晨有些意外，同时推断那些消失的高等阶海兽可能与紫金族有关。

灵识浮标暂无线索传来，灵识维度的声音没有得到回应，灵视看不见任何有用之物，聚集的细碎灵识中同样没有有用的信息。北月殇晨只得将灵识沉入幽冥珠里，搜寻深渊紫海范围内的灵爆以及其他的一些灵识异常现象。

正当他快速搜寻之时，忽然感觉自己的灵识震动了一下，而后整个深渊紫海世界的灵识都被震出了虚影，像是高速移动后残留的影子。

显然，这是深渊紫海又开始了移动。

在它移动的时候，全深渊紫海范围内的灵识像一幅沙画，在空中留下了印记，北月殇晨虽然无法瞬间遍览全貌，但也看出了不少规律。

这世界的生灵大多数都在海洋之下！

发现端倪后，北月殇晨立刻调转方向，向海中冲去。

“扑通！”

北月殇晨才入海，便感觉紫色的海水像是坚硬的岩石，推动着各系元素朝他挤压而来，让他难以维持黑暗元素体状态。

而他恢复正常人身时，更感觉难以呼吸，他将黑暗元素凝于表面，抵抗紫色海水的压力，往深海潜去。可每多下潜一百米，压力便会倍增，到后来，即便是北月殇晨也难以承受，心知再往下潜可能会被海水挤压到内脏破碎而死，不得已之下，他只得浮回海面。

“他们的身体究竟要多强才能生活在海底深处？还是说有什么别的通道？或者是海底根本就没有压力可言？”北月殇晨心想。

北月殇晨才出海面，心神尚在海底，忽然发现西南方的天上有一片紫色的炫光被撕裂，露出了紫光之外的璀璨蓝天。

北月殇晨虽然不知道是怎么回事，但并没有从中感受到危险的气息，下意识便向着那个方向飞去。

下潜难，往上飞同样不简单，值得庆幸的是，飞行稍微容易些。

片刻后，北月殇晨穿过那片被撕裂的天幕，来到了紫光之上的世界。

在更西南的方向，一棵凭空生长于天穹的苍翠古树呈现在他眼前，宛如一座树岛。在看到那座“树岛”的时候，北月殇晨脑海中自动出现一个词语——天外之岛。

“怎么会这么巧？”北月殇晨微微蹙起眉头，总觉得哪里不太对劲。

自从他得知天启之日的信息后，一切都非常巧合。

譬如先祖天行遗留的预言。

譬如妖域和兽域的消息。

譬如深渊紫海恰巧在东五海范围。

又譬如他来到东五海不久便发现了深渊紫海的消息，成功发现它的踪迹并进入其中。

再到现在他轻而易举地找到天外之岛，冥冥之中似乎有种力量在推动着他前行，让他来到这里。

北月殇晨怀着警惕之心，向天外之岛飞去。

来到紫光之外的世界，重压顿时消散无踪，因此他很轻易便登上了岛屿。

岛屿上芳草如茵，安静恬淡，北月殇晨的到来打破了此地的平静。

在双脚落于草坪上的那一刻，他感觉到无数双眼睛的注视。他下意识将神阶灵识之力辐射开去，立刻发现原来在花草丛中、在树梢上，有着许多寻常的鸟兽。

但如果它们只是寻常鸟兽的话，不可能让他有种被注视的感觉，也不可能让他产生警觉，所以它们绝不普通。

正当他有此想法的时候，一只只巨大的淡黄色飞鹰的虚影浮现在空中。

地面上，一头头猛兽凭空出现，它们的体表有淡黄色的保护罩，眼睛明亮有神且凶狠，望向北月殇晨，竟让他有种胆寒的感觉。

什么情况？！北月殇晨一时间不知道发生了什么。

下一秒，那些鸟兽朝他蜂拥而来，北月殇晨将神阶灵识之力辐散出去，想从灵识层面击败它们，却发现在它们的灵识表层竟也覆盖了一层淡黄色的防护罩。

北月殇晨的神阶灵识之力形成的长剑竟然也极艰难才破开一个防护罩，想要将它们尽数杀死，不是易事。

关键在于北月殇晨发现这里的动静影响了更远的地方，那边也有相同的能量波动在凝聚，如果继续待在这里的话，北月殇晨觉得自己肯定会死。

没有丝毫犹豫，北月殇晨化身黑暗元素体，朝更高的天空飞去。

在飞行的过程中，他开始思考这座天外之岛上的生灵到底具备一种什么样的能力。这种能力不属于他知道的地、水、火、风、雷、黑暗、光明、空间、生命、神圣抑或是妖、魔、兽，也不是深渊紫海中的紫气，是另外一种完全独立的力量。

“似乎……”北月殇晨的脑海中猛地产生了一个念头。

“往天外之岛，觅《言灵之书》。”

据北月殇晨所知，法域的三大圣典中，《诸法之初》是法域神典的源头，是法域一切能力的根源，《预言之书》执掌预言和命运一类的事物。

《言灵之书》则相对特殊，它让执掌者炎兀拥有言出法随的能力，只要炎兀的想象力足够丰富，在他本身能量也充裕的情况下，他几乎可以做成他想做的任何事。

想象力决定了《言灵之书》的上限。

天外之岛这些鸟兽没什么智慧，想象力比较弱，因此实力也很低，但如果还有其他智慧较高的生物呢？

北月殇晨脑海里才浮现这念头，忽然看见远方的群山之中，有几头如山高的巨猿正朝他狂奔而来，它们的手中都握着一根通天长的木棍。

在北月殇晨看见它们的时候，它们纷纷将手中木棍投掷而来。

北月殇晨顿时一惊，刚想闪躲，那些通天木棍已经从四面八方包围而来，每一根都像是山峦压顶，让北月殇晨无处可逃。

最关键的是，北月殇晨还发现它们的木棍有压缩黑暗元素和灵识的能力，让他很难化身黑暗元素体，也很难转化成灵识状态。

第140章

神王

千钧一发之际，北月殇晨想动用冥座的力量逃向方才登岛的位置，但这里已经被群兽围住，北月殇晨只能选择另外一个方向逃遁。

在逃跑的途中，北月殇晨发现了越来越多的兽类生物，也见识了它们对言灵之能的利用。

变为各种或攻击或防御的形态，构建利于自己的特殊环境，如陆地生物的飞行能力、海洋生物的飞行能力、飞行生物的海洋能力、空间封锁能力，甚至让时间暂停、伤势复原等等。

北月殇晨难以想象，这种言灵之能如果被一个聪明绝顶的人类掌控，那该是一个什么样的场景。

显然，法域三圣祖之一的炎兀圣祖就是这样一个人。难怪当初他和先祖天行、先祖法初可以开启人族崛起之路。

在基本确定天外之岛上生灵的能力是言灵之能后，北月殇晨松了口气，开始用另外一种心态去应对这些生灵。

他去学习、观察，去深入了解，时间一分一秒流逝，转眼便过去了一周，但他没有丝毫紧张。

根据他从灵识共享世界里与外界的沟通情况，此时外界才过去了一个小时不到。

《言灵之书》的执掌者拥有言出法随的能力，在本身实力允许的情况下，可以将时间扭曲得不像话。

在鸟兽之后，是人，人之后是兽人、魔族、妖族。

在天外之岛上，北月殇晨见识到了各大种群的各种奇思妙想，对三圣祖的钦佩也达到了无以复加的地步。

就在外界的时间过去了十二个小时的时候，北月殇晨终于见到了圣祖之一！

淡黄色的光芒浮现，在北月殇晨面前聚成一道男性人形虚影。

他长得不高，模样寻常，但是眼睛非常明亮，仿佛蕴藏着山川湖海、宇宙万物。

看到他的第一眼，北月殇晨便认出了他。

他虽是法域人族，但同样是人族的伟大先祖，更是一个悲天悯人之人。如果不是他发动法典之变，人族的内战不知要持续到什么时候。他正是法域三圣祖中的言灵圣祖炎兀，一言可定、可变、可更改天下万物。

“北月殇晨，我们终于见面了。”炎兀圣祖望着北月殇晨，露出温和的笑容。

“见过圣祖大人。”北月殇晨满心疑惑，“圣祖大人何出此言？”

“你是天行预言中的天选之人。”炎兀圣祖笑道，“之一。”

“天选之人？”北月殇晨越发疑惑了。

“这是他的说法。”炎兀圣祖道，“在他的预言中，魔兽星的坠落虽然重要，牺牲虽大，但必然可以得到解决，自然灾难肯定会发生，他就在想，咱们人族要怎么才能借助种种天地剧变，从诸族之中脱颖而出，真正强大起来。七神珠是他的先手之一，而你、你们，则是更重要的一环，因为你们是七神珠的执掌者，也就是他口中的天选之人。”

初知远古秘密，北月殇晨一时间有点发蒙。

法蓝星盛传先祖天行留下的最后一则预言是关于魔兽星坠落的，然而现在看来根本不是，他留下的预言之多，外族难以想象，只有真正的人族高层才知悉。传言他是因为炎兀之死才伤心离去，现在看来也不是这么回事。

“除我之外，还有六个人吗？敢问他们分别是谁？”北月殇晨问道。

“不止。”炎兀圣祖道，“到时候你自然会知道他们的身份。”

“不止？可七神珠只有七颗。”北月殇晨疑惑地问道。

“谁说只有七神珠的执掌者才能被称为天选之人？”炎兀圣祖笑呵呵地道。

“那人一定不凡！”北月殇晨闻言顿了几秒才道。

“他的确不凡。”炎兀圣祖道。

“圣祖大人，从我知晓天启之日开始，那些巧合可都是您的安排？”北月殇晨问出了心中埋藏许久的疑惑。

“是我。”炎兀圣祖抬起手，看了看自己透明而虚幻的手臂，笑了笑，“我也只能做到这样了，如果我还能再强点，就直接把你传送来了。”

“原来如此。”北月殇晨道，“您找我是为了天启之日的事？”

“嗯，这是天行当初留下的预言之一。”炎兀圣祖道，“天启之日并非一个固定的日子，而是指魔祖的复苏之日。”

“魔祖复苏？”北月殇晨闻言心神巨震，眼睛大睁。

黑袍魔王是魔族中知晓秘密最多的魔族生物之一，他从黑袍魔王转世魔童的灵识中看到了许多记忆，自然知道魔祖是谁。

魔祖是魔族至高无上的领袖，是大天神级魔族也必须顶礼膜拜的存在，每一名魔祖都是魔族的至强者，每一代魔祖都能带领魔族走向更高峰。在这一代魔祖之前，魔族已经数万年没有魔祖现世，其位一直空悬。

据魔族内部猜测，当代魔祖很可能是超越了大天神级别的强者。

“这世界上真的有超越了大天神级别的强者吗？”北月殇晨不禁问道。

“当然有。”炎兀圣祖道，“在大天神上面，有一个传说中的层级，被称为神王。”

“这个传说是怎么流传下来的，我也不清楚，但所有大天神级的强者都说自己感受得到那个层次。但是在整个法蓝星的历史上，包括深渊紫海在内，都从未有真正的神王出现。如果有神王存在，或许大灾变就不会到来，我们就有对抗大灾变的能力，整个法蓝星都会上升到另一个层次，所以神王一直是所有大天神的目标。”

北月殇晨初闻此事，忍不住陷入了长久的震惊当中。

在他的认知里，大天神已经是世界巅峰，是人族无法企及的层次，但万万没想到在大天神之上，竟然有一个更加强大的境界——神王！

“不过我很确定，魔祖具备神王级的实力。”

炎兀圣祖的话再度让北月殇晨震撼。

“既然您说神王可以抵御大灾变，那岂不是说魔祖一旦复苏，全法蓝星都将沉沦？”北月殇晨急切地问道。

“没错。”炎兀圣祖道，“所以天行才让你来找我，你要阻止魔祖复苏。”

“我？阻止魔祖复苏？”

北月殇晨闻言忍不住发愣，下意识想问自己哪里够资格，但他转瞬又陷入沉思，当他从思考状态中脱离时，神情已经变得无比坚定。

“您告诉我吧，我该怎么做？”

见北月殇晨的心态转换得如此快，炎兀圣祖眼中流露出一丝赞赏。

“我毕竟是一个已死之人，不知岁月变迁，所以外界究竟改变了多少，我不知道，天行也没有留下确切的方法，毕竟你们才是天选之人，而不是我们。如果什么都依靠天行的预言，何须要你们当这天选之人？你要自己想办法，我所能提供给你的，只有它而已。”

炎兀圣祖的话音落下，北月殇晨面前有淡黄色的光芒凝聚，形成一本虚幻的书籍。这书籍虽虚幻，却要比天外之岛上的鸟兽和炎兀圣祖本身凝实得多。

这本书上没有写名字，但北月殇晨知道这肯定就是《言灵之书》！

“《言灵之书》内没有文字，它的能力和用法我想你已经学会了，我就不再向你多说什么。”炎兀圣祖道，“这本《言灵之书》并非完整的实体，它倒是没有遗失，但你现在太弱，我给了你完整的你也用不了，所以我直接再造了一本。你放心，在你有生之年它都不会消散，等到有朝一日你修成星神，可以再回来这里，到时候你就有资格执掌完整的《言灵之书》。”

“我该拿它来做什么？”北月殇晨问道。

“自己想。”炎兀圣祖道。

“好吧。”北月殇晨有些不好意思地道。

“什么都要我来告诉你，要你们何用？真是。”炎兀圣祖恨铁不成钢地说了一句后，接着道，“你走后，我这道残魂就会彻底消散，所以你也不用与外界说明我的存在，免得徒增希望和伤悲。”

“好。”北月殇晨听闻此言，鼻子有些发酸。

人族的先祖真的都是伟大的存在，即便殒灭了六百多年，依旧在为人族的将来考虑。有此先祖，有当下艰苦奋斗向上之人，何愁人族不兴？

“嗯，另外，天行的预言里说过，将来你们七神珠的执掌者会在人族的崛起之路上发出最璀璨的光芒，你们会是至交好友，更会是家人，你们会成为一个组织的成员，那个组织的名字叫神澜。”炎兀圣祖看着北月殇晨的眼睛，缓缓地道。

“神澜，神澜……”北月殇晨喃喃了两声，坚定地道，“我明白了，圣祖大人。”

“去吧，时间不等人。”炎兀圣祖的话音落下，身影化作点点光斑渐渐消散无踪。

北月殇晨望着那飘飞而去的光点，陷入了长久的沉默。片刻后，他将《言灵之书》收入天圆戒指中，而后腾空而起，向着下方飞去。

飞着飞着，北月殇晨忽然想到自己要尽快学会用《言灵之书》才行，他当即散去全身的黑暗元素，任由自己自由落体，《言灵之书》忽地浮现在眼前，紧跟着隐去不见。

十二道淡黄色的光芒凭空出现在北月殇晨的背上，化作羽翼，羽翼扇动间，北月殇晨的身影如闪电破空而出，比在黑暗元素体状态下飞行快了数倍有余，只是消耗也增加了数倍。

以北月殇晨目前所拥有的黑暗元素，只能支撑他动用《言灵之书》短短两三分钟。当然，这是在北月殇晨一时兴起给自己安了六对翅膀的情况下，如果少几对翅膀，速度慢些，持续时间会更久。

“还是太弱了啊……”北月殇晨感叹道。

第141章

神族

北月殇晨虽然已经修成七阶裁决者，是年轻一辈中的领军人物，甚至在老一辈里也算得上强者，但要放在全世界范围内，他还是过于弱小。他反思自己，发现自己最近有些依赖幽冥珠，还需要尽快修炼，提升自身境界才行。

北月殇晨在想着提升元素层次的时候，忽然产生了一个念头。

“想象力……”既然《言灵之书》可以言出法随，那自己可不可以在身体周围凝聚高浓度的黑暗元素呢？或者直接将高浓度的黑暗元素塞进自己的身体里面？甚至直接壮大元素之心，直接修成元魂，向十阶星神迈进？

他相信这是可能的，但同样必须要有丰沛的黑暗元素作为支撑。一蹴而就修成星神很难，但是在实力足够的情况下，自己是不是可以大规模地提升低阶修炼者们的境界呢？

北月殇晨想到这里，心脏忍不住怦怦快速跳动起来，如果可以提升修炼者的境界，那天赋呢？瓶颈呢？言出法随，着实恐怖！

十二翼减为四翼，北月殇晨学习雄鹰，在自己的体表凝聚出一个尖锥形的能量罩，破风而行，很快便刺破天幕回到了深渊紫海中。

再度感受到来自四面八方的压力，北月殇晨忽然想起来，刚才竟然忘记向圣祖炎兀问关于紫金族的消息。他们究竟是一个怎样的种群？为何避世不出？他们强大与否？他们是否有重任在身？最后，他们又为什么要藏身于深渊紫海？

“唉……”北月殇晨觉得自己心态还是不够稳，刚才被魔祖具备神王级实力的消息吓到，因此遗漏了太多的信息。

不过等以后实力足够强大再回到天外之岛，自己可以尝试用《言灵之书》再度重聚圣祖炎兀的残魂，又或者直接从他残魂遗留的地方提取出那些重要信息。

悬浮在空中，北月殇晨开始思考下一个问题：该怎么离开深渊紫海？

之前他追上深渊紫海的时候，它只是一道紫光，但进入到紫光里面后，这里却是一整片海洋，难道要前往它的尽头然后破界而出？

东南西北先不用想，肯定很远，海底也不用想，他根本到不了那里，天空越往上飞压力也越大，刚才在天外之岛的时候，他感受过更高远的天空，那里不是他可以去的地方。

最终，北月殇晨还是将希望放在《言灵之书》上。他现在无法动用《言灵之书》太多的能力，但让它利用言灵之能将自己包裹起来然后固定在原位应该可以。

想到便做，北月殇晨用黑暗元素催动《言灵之书》，淡黄色的能量涌现，将他固定在原地。片刻后，当深渊紫海再度化作紫光消失的时候，他仍然停留在了原地，但已经回到了无尽蓝海上，压力尽去。

回归无尽蓝海，北月殇晨环顾四周，找到最近的世界漩涡所在的方向，开始飞行。他要去法域接火离姬。

在飞行途中，他还在灵识共享世界内召开了一场会议，一场只有诸海诸域真正大人物才有资格参加的会议，与会者有兽域的天兽神，妖域祖庭的青天大帝，因无尽蓝海内部有些混乱而暂时出面的海巨帝，岩浆赤海、生命绿海和神圣澄海的三位族长，人族法域的勇气神使，圣域的圣使，蓝域的大长老，等等，他们每一个都足以决定各海各域的内部事宜。

如果是在正常情况下要将他们聚齐，那简直是不可能的事情，但他们听到北月殇晨说出那一震撼人心的消息时，都答应了北月殇晨出席会议的请求。

一道道虚影浮现在灵识共享世界当中，坐在一张张高背椅上。他们每一名都位高权重，但此时无论神色平静与否，他们心中都极为沉重。

天启之日，魔祖复苏。即便那名魔祖复苏后实力远不如巅峰时期，那也绝对是超越大天神级别的强者，有他在，全法蓝星的其他种群都要遭殃。

“决不能坐等魔祖复苏！”

作为魔族数万年来的死对头，兽族的天兽神比谁都更清楚魔祖的强大。事实上，在过往的岁月里，他们一族也曾出现过超越大天神的强者，被称为兽神王，因此他非常清楚神王境强者的实力，魔祖复苏，首先被灭的定然是兽人族。他的话也给此次会议定下了基调。

“他为何沉睡？又因何复苏？”妖域青天大帝率先发问。

“我族和魔族的强者之所以大都在沉睡，都要归结于当初那场浩劫。”天兽神语气平静地道。

他话音落下，在场众人也都平静下来，但究竟心里平静不平静，只有自己知道。毕竟，魔兽星的浩劫又何尝不是法蓝星的浩劫？须知现在与他们联盟的兽人族也是当初大灾变的始作俑者之一，只是魔族实在势大，他们不得已之下才与兽人族联手，但在各域各族内部，视兽人族为洪水猛兽、生死大敌的依旧不在少数。

“他因推动魔兽星而沉睡？三百多年过去，是魔气得到恢复还是什么原因？”岩浆赤海的女族长火玄甯问道。

“应该不是魔气恢复，魔兽星坠落时，其中绝大部分都燃烧分解，以神王境所需的魔气，足够让全魔域生灵死伤惨重，他应该有别的能量源泉。”天兽神道。

“会不会跟法蓝星有关？”生命绿海的大长老有些担忧。

“有这种可能性。”天兽神道。

“回归正题，要怎么才能阻止魔祖复苏？”青天大帝道。

“无论他是怎么复苏的，我倒有一个办法。”天兽神的话让在场众人精神振奋。

没有人问是什么办法，因为天兽神已经说了出来：“在我们魔兽星，曾经主宰天空、海洋与大地的其实是神族，但后来魔族崛起，将神族驱逐出主大陆，我兽人一族才趁机起事，与魔族分庭抗礼。在过去的数万年里，神族残余屡杀不绝，每次出现都会给魔族带去巨大的麻烦。但最近的一千多年里，神族销声匿迹，我族本以为他们已经真正死绝，可没想到的是，魔兽星坠落法蓝星时，他们突然现身，在魔界诛杀了数十万魔族生物。”

“他们有办法制衡魔族？”青天大帝缓缓地问道。

“办法多不胜数，但现在我们只需要一个，一个可以重新重创或者封印魔祖的方法，神族肯定有。”天兽神道。

“他们在哪里？”海巨帝问出了最关键的问题。

“如果不出意外，他们现在应该在月亮上。”天兽神道。

“月亮上……”所有人都重复着这几个字，包括北月殇晨。此时，他分出一缕灵识回归本体望向天空。

此时正是深夜，月亮高悬于天空，挥洒着银白色的光芒，看不出有任何的古怪，没想到上面竟然潜藏着一个种群！

关于月亮，古往今来探索者众多，宇宙也是一样，可宇宙实在是过于广阔，即便是大天神也难以探索其亿万分之一，最终还是会回到法蓝星上。从过去多次探索的经验来看，要扛住无穷重压和宇宙中的真空环境抵达月亮，最少也得有星神级的实力，但天兽神接下来的话让所有人为难。

“自从败于魔族后，神族开始过上朝不保夕的逃亡、隐匿生活，他们对所有外族都怀有警惕心，会进攻一切敢于踏足他们领土的敌人，然后消失得无影无踪。我族曾多次想与神族联盟，但最后都不了了之。十阶实力的气息太过庞大、明显，估计还没有抵达月亮，神族就会转移藏匿地点，所以要去找他们，获取他们的信任，从他们那里取得封印魔祖的手段，实力必须在星神以下。”

“星神以下……”众人闻言皆陷入沉思。

“此事关系重大，我们所有种群都必须全力以赴，剩下的应该通知到的种群、势力，大家各自通知一下。魔祖若是复苏，没有谁可以幸免。”天兽神语气沉重地道，“我族会尽可能派出多的九阶强者前去月亮，此次行动，不要留有余力，都全力以赴吧。”

天兽神说完后，身影渐渐淡去，应该是去布置登月之事了。其他诸海诸域的领袖也都各自离去，灵识共享世界内再度恢复平静，但北月殇晨久久无法平静，等所有人都走后，他单独找到蓝域大长老，道：“我也要去月亮上。”

“你才七阶，就算有抵御重压和真空环境的宝物给你，你也很难维持太久。”大长老没有直接拒绝他，而是跟他讲起了道理。

“我进了深渊紫海，见到了先祖炎兀，从他那里得到了《言灵之书》的复刻品。”

北月殇晨话音落下，大长老沉默了许久。这是刚才北月殇晨没有告诉其他域境主宰者的事。好半晌后，大长老终于消化了北月殇晨的那段话，既感慨又怅然，道：“好，那你可以去，但一定要保证自身的安全。”

“一定会的。”北月殇晨点了点头。

这次登月，诸海诸域各大种群都会派遣出最强大的九阶力量，他一个七阶在里面能发挥的作用有限，再加上他是联军的总指挥，本来不应该去冒险，但他觉得炎兀圣祖给他《言灵之书》，绝不单单是增强他的实力那么简单，先祖天行的预言也肯定不是表面上那么浅显。

他得去，更何况现在前线战事已经不那么重要了，须知在魔祖复苏和魔族进行的研究这两件事上，前者的重要性高了后者不知道多少倍。

既然魔族想拖延时间，那就让他们拖吧，其他各域各族也需要时间！

登月之事事关全法蓝星，各域各族均有参与，为了保证消息不泄漏，必须选择最值得信赖的人。在这件事上，诸海诸域不是竞争关系而是同盟关系，因此在展开行动前，所有要登月的九阶强者都与北月殇晨建立了联系。

其实此次行动，即便北月殇晨不主动要求，诸海诸域的高层也会让他去。也只有他登月了，才能帮助联系众多强者，在法蓝星上他的灵识共享世界可覆盖不了月亮。

第142章

登月

在诸域高层定下登月事宜后不久，北月殇晨借世界漩涡回到法域，又利用冥座来到勇气之城，在勇气圣殿见到了火离姬。

在看到火离姬的那一瞬间，北月殇晨以为自己眼花了，但这不可能，他是七阶裁决者，哪会存在眼花这种事。

况且他的灵识也清清楚楚告诉他，站在他不远处的火离姬已经突破到九阶了。

“这是怎么一回事？”北月殇晨既开心又疑惑、担心。

他开心是因为火离姬突破了，疑惑的是她怎么突破的，同时又担心她这么快进阶，会不会留下什么后遗症。

“这跟你有关，跟幽冥珠有关。”

此时的火离姬没有戴面具，晋升九阶的她早已可以自如地掌控自身的天赋，而且她又在勇气圣殿，没有隐藏身份的必要。

“是勇气神使大人帮我的。”火离姬回望了一眼盘坐于地上的勇气神使。

“她跟你以及幽冥珠有特殊的关联，放心吧，没有拔苗助长，一切都是顺其自然，以后你会明白的。“勇气神使的声音适时响起。

他显然没有告诉北月殇晨详细内情的意思，北月殇晨只好将疑惑埋在心中，同时有点头疼。

“所以你也要跟我去月星？”

“呵。”火离姬看着北月殇晨，“你七阶都去得，我九阶去不得？”

北月殇晨感受到火离姬语气中的欣喜，忍不住苦笑，他现在的实力是要比火离姬弱得多。

“行吧，那我们先回蓝域吧。”北月殇晨道，“还有很多事要准备呢。”

“勇气神使大人，真的谢谢您了。”北月殇晨看着勇气神使，认真地道，“《言灵之书》我已经拿到了，但只是复制品，等以后拿到真品，我定会找个合适的机会还给法域。”

“如此甚好。”勇气神使笑了笑，挥了挥手，“去吧，去吧。”

“告辞。”北月殇晨和火离姬说完，慢慢退出勇气圣殿，踏上返回蓝域的路。

登月之事事关重大，诸海诸域派去的全都是九阶强者。虽说除了人族之外，在其他种群，九阶算不得至强者，但也不是大白菜，随便哪里都有。

所有种群在集合人马之前，都先通过自家渠道确认了天兽神消息的真实性，以免这是兽人族布下的陷阱。虽然兽人族目前和诸海诸域各族结盟共抗魔族，但兽人族毕竟是外族，不得不防。

短短两天时间，就有近三百名九阶强者与北月殇晨建立了联系。

这其中自然以兽域和妖域最多，有五十多名兽王和二十多名圣灵，二十多名圣妖。其次是无尽蓝海，也有五十来名海圣，他们有的来自海龙族，有的来自海鲨族，有的来自海鲸族，有的来自海巨人族。再往后是神圣澄海、岩浆赤海和生命绿海，加起来共有六十多名。

人族三域最少，加起来三十名不到，其余一些小种群也都动员了自己的所有力量，集合了二十多名九阶强者。

这当然不是诸海诸域诸族的全部九阶力量，而是他们只能召集这么多的九阶强者，送他们到月星上。须知，当初魔兽星坠落时，七神珠在天穹上抵挡，碰撞时的残余力量在天穹上空形成了一处又一处扭曲的恐怖地带，同时也让天穹上的压力变大。

这种压力不只是重压，而是极度凝实、难以吸收的各系元素，让法蓝星上的生灵想要再飞向宇宙的难度增加了数倍不止，而且实力越强，越容易引起那些残存力量的攻击。最主要的一点是，月星与法蓝星相隔极远，想要抵达，必须得利用空间类宝物。

再者月星上并没有各系元素，前往者必须携带充足的补充能量之物，那又要加上许多空间宝物。

说实话，北月殇晨都有点惊讶人族三域可以派出那么多的九阶强者，因为那代表着深厚的底蕴。

北月殇晨和火离姬回到蓝域后，第一时间前往雷城找到大长老，大长老早已为两人准备好了空间类宝物以及能量补充物，只等与诸海诸域九阶强者约好时间一同出发。

三天后的正午，来自诸海诸域的数百名九阶强者纷纷升空，迈出登月第一步。

法蓝星广袤无垠，几百人从不同的方位向天上飞，就像大海中落下几滴雨，根本没有被任何势力、任何人注意到。

北月殇晨和火离姬从雷城后山缓缓升空，在大长老的注视下远去。随着他们越飞越高，下方的一切都渐渐变小，没过多久，北月殇晨和火离姬便携手穿过了云层。

视线中除了一望无际的蓝天外，便只有浩瀚如烟的纯白色云海。两人是第一次来到这么高的高空，不免有些惊奇，但很快便将情绪收敛。

天空无穷高远，越往上飞行压力便越大，从最开始像是肩上落有石头，再到后来像是有一座小山包压在身上。此时再低头看，已经可以透过那层层云海看见法蓝星瑰丽绚烂的大地。

“那三块大陆就是人族三域吧。”火离姬指着下方的巨大陆地道。

“那边是生命绿海。”北月殇晨也指向一片海域。

“神圣澄海好好看啊，像是打翻的牛奶。”

“妖域和兽域的形状真奇怪。”

“魔域怎么什么都看不清？”

“真是丑啊，幽灵青海和污浊黄海。”

“你快看，那里是岩浆赤海。”两人十分兴奋，不断发出惊呼。

“深渊紫海在哪啊？”火离姬忽然好奇地问道。

北月殇晨之前在深渊紫海内留下了大量的灵识浮标，因此可以判断出它在哪里，但无论肉眼还是灵视都看不见它。

深渊紫海的移动速度实在太快，北月殇晨的眼睛跟不上它，于是只能朝火离姬摇了摇头：“看不见，等下次有机会我带你去。”

大陆与海洋越来越小，身上的压力越来越大。最开始的时候，北月殇晨还只是利用黑暗元素来隔开压力，但到了后来，他不得不动用《言灵之书》的能力。

一层淡黄色的能量罩以尖锥形覆盖在北月殇晨的身上，将重压远远推开，帮助北月殇晨以更轻松且迅猛的方式冲破阻碍。

《言灵之书》的能量明显高于黑暗元素之力，在同等消耗的情况下，哪怕《言灵之书》只是复刻品，言灵之能也要远强于黑暗元素之力。

北月殇晨实力不济得靠《言灵之书》，但九阶的火离姬无须那么麻烦，浑身笼罩着火元素的她，根本没有感受到太大的压力。

北月殇晨和火离姬忽然感觉身体一轻，旋即飘浮在空中，四周不再有无形的压力，但没有氧气可以给两人呼吸。好在两人一个是裁决者，一个是火圣，所需要的氧气非常少，而且所有登月者的空间戒指里都储备了大量的氧气，只需在关键时刻呼吸一下即可。

当然，那是寻常登月者的做法。

北月殇晨可以用《言灵之书》创造出供自己呼吸的氧气，只要黑暗元素之力不绝，氧气便不会断绝，而他的黑暗元素之力若只是用来呼吸，可以支撑数年时间。

来到真空环境中后，北月殇晨和火离姬同时望向月星的方向，前者用《言灵之书》在身后制作出喷气的管道，推动自己快速前进，后者脚掌喷射出火焰，紧跟着北月殇晨。

月星曾是法蓝星上群星璀璨年代的一个追求。

不少月神、星神级强者都曾前往月星，希冀着在上面发现不同的种群，得到意想不到的收获，但最终一切的探索都证明月星只是一处荒芜之地。

于是后来便再没有星神或月神愿意前往月星，但那段时间的探索为此行的登月者留下了宝贵的财富。

那些探索者标注出了从法蓝星前往月星的危险地带和安全地带，可以进行空间跳跃的距离和星空中可能存在的一些宝物。

他们甚至还在月星上留下了一些种子，那些种子在漫长的岁月里生根发芽，让一些特殊区域诞生了各系元素。

这里所说的探索者，显然是以妖怪族和精怪族为主。

此次为了再度封印魔祖，妖域可以说付出了巨大的代价。

不过北月殇晨作为灵识共享世界的主人，一切信息的见证者，自然知道妖域利用这些信息从诸海诸域诸族那里换回了多大的利益。

从法蓝星前往月星，面临的第一个困难，便是那无所不在、看上去没有移动，实际上移动速度比法蓝星上的天鹰更快的陨石碎片。它们密集如雨，往往不经意间便会击中闯入它们阵群中的一些物体。

最初的时候，有妖怪族强者将自己转化为虚无的妖力，但被陨石碎片撞飞了。

之后法蓝星上的生灵才知道，原来其他空间也存在着一些类似于黑暗、光明、空间、地、水、火、风的元素，只是他们无法掌控而已。

这种元素存在于所有事物当中，哪怕只是宇宙中的石子也可以伤害到他们。

不能硬抗，只能闪躲。

这一道关卡，考验所有登月者的临阵反应能力和飞行移动能力。

当然，如果实在没办法要撞上，也可以利用自身的能量去击碎，只是那样做消耗不小，如果消耗过大，那么登上月星也没有任何用处，毕竟在月星上有更加危险的物体存在。

远方，密密麻麻到处都是灰色的陨石，有的大如山峰，有的小如沙砾，但哪怕是沙砾，也绝不能直接撞上。

它们以那种高速撞来，怕是魔族生物的身体都承受不住。

北月殇晨作为灵识共享世界中的主宰者，火离姬作为灵识共享世界的管家，都熟知有关登月的信息，因此没有犹豫或商量，他们直接闯入了陨石雨中。

北月殇晨执掌幽冥珠，灵识极强，因而精神力也远超常人，就连绝大多数的九阶强者都不如他，他能轻松找出陨石雨中的缝隙，穿梭于其中。

火离姬听从他的指挥，两人几乎没怎么停顿便轻松穿过了陨石雨，再往前是一望无垠的寂寥空间，但北月殇晨知道那里才是真正危险的地方。

前方的黑暗宇宙里有着数不尽的空间乱流，还有大灾变时期大天神们激斗时留下的各系元素残余物，以及神王强者主导加上众多大天神、月神辅助，推动魔兽星与七神珠对抗造成的力量余波。

虽然至今已有三百多年，但它们仍然没怎么削弱，稍不注意，就连星神级强者也会殒灭其中。

不过北月殇晨有数十种方法可以成功穿越这块区域，但得到《言灵之书》的他有了新的想法。

也不见他有什么动作，黑暗的空间里忽地凝聚出了成千上万的小鸟，它们身上有一层迷蒙的黄光，扇动着翅膀冲向那危险至极的区域。

紧跟着北月殇晨便看见它们有的直接消失，有的被切割成无数碎块，有的沾染上了大天神级魔气，有的被诸系元素结合攻击，有的在燃烧，有的被冻成冰，只有极少数幸免于难。

北月殇晨将部分灵识寄生在那极少数存活的飞鸟上，确认附近不再有危险后，便催动冥座带着火离姬跳跃过去。

冥座是冥王神物，虽然在幽灵青海才能发挥出最大功效，来到无垠宇宙已经大不如前，但仍然强大。

不过片刻，两人便穿越了这片危险地带。

第143章

月星初见

一片寂寥、空旷的空间后面，仍然是黑暗、深邃的宇宙，望不到边，看不见其中潜藏的危险。

跨过这片危险地带后，北月殇晨和火离姬没有继续前行，前者将灵识沉入幽冥珠当中，倾听和观察那近三百名意图登月的九阶强者们的言行，在确定他们都还安全后才放心。

相比起法蓝星，月星要小不知多少倍，在无垠的黑暗世界里毫不起眼，但它从古至今悬于法蓝星的侧边，不知道照见了多少秘密。

北月殇晨和火离姬继续向月星进行空间跳跃，其间又遭遇了不少的危险，比如突如其来的引力拉扯，也有来自未知空间的高温风暴，但都被北月殇晨一一克服。整个过程中，北月殇晨展现的言灵之能磨灭了火离姬因为晋升而产生的骄傲。

两人虽然没有对战过，但她很确定，即便北月殇晨不动用幽冥珠，她应该也不是他的对手。她心中非常高兴，同时又有些惘然，这样下去，自己要怎么才能追上他?

两人穿越未知区域的同时，那些早有准备的九阶强者也大都顺利通过。只有极少数托大者或者运气差、实力不济者遭遇危险，但最多就是重伤返回法蓝星，并没有死亡。

月星距法蓝星不近，按照一个正常九阶强者的飞行速度，在没有任何阻碍的情况下需要两三周，但这群登月者几乎全都带着空间类宝物。

所有人都在短短半天时间内便接近月星，来到月星外指定的集结处，于是诸海诸域不同种群的强者相聚于此，但他们没有交流，只是平静地等待。

此时月星呈现在他们面前的模样，是一个遮天蔽日的巨大灰色球体，上面到处都是大灾变期间魔兽星坠落时引发的陨石雨撞击而成的坑洞，有的大如江河，有的则只有一人大小。这里是月星的正面。

它的暗面永远不被阳光照射，曾经导致多名星神级强者殒灭、月神级强者负伤，而且那是在神族来到月星之前，至今月星的暗面仍然是一个谜。幸好这次他们不准备前往月星暗面。神族虽天赋异禀，但肯定有老幼妇孺，不会居住在那么危险的地方。

约莫半天后，百分之八十五的各族九阶强者都来到了指定区域集合。

神族世代隐居，视一切外来者为侵略者，虽说他们在大灾变时为了复仇损失惨重，但谁也不知道三百多年过去，他们又恢复成了什么模样，所以北月殇晨他们还是聚在一起行动保险些。

只不过这为数众多的九阶强者都是各域各族的天才，甚至是位高权重者，要他们完全听命于某一个人，那绝不可能。领导者是星神也不可能，是月神还有那么一丁点可能，但月神级强者又不能来月星，否则神族肯定会撤离此地，再想找到他们千难万难。

两百多名九阶强者，以种群和域境抱团，或传音说话，或闭口不言。北月殇晨和火离姬来到此处后，立刻吸引了众多九阶强者的注意，他们大都认识北月殇晨和火离姬。

北月殇晨是联军的总指挥，他们偶尔会接到他的命令，对他的来历一清二楚，只不过很多人内心都不太服气，觉得他能走到这里全靠幽冥珠。火离姬是北月殇晨的助手，日常很多信息都是由她转述，所以大家也是认识她的，可是她不应该是八阶吗？众多九阶强者觉得不太对劲，此时火离姬透露给他们的气息分明是九阶。

“这晋升速度也太快了吧？”

所有生灵都觉得不可思议，要知道火离姬可是跟北月殇晨一样大，以北月殇晨的年纪修成七阶裁决者，已经在全法蓝星排得上号了，更遑论同岁数的九阶。他们疑惑且震惊，又不好意思发问，只能按住心中的疑惑。

两人抵达后，来自圣、法、蓝三域的人族开始朝他们靠近，其余域境的九阶强者则该怎样还是怎样。

没过多久，又来了些九阶强者，一遍一遍确认联系后，北月殇晨微微点头。他的声音于在场所有人的脑海中响起：“人到齐了，我们下去吧。”

众多九阶强者闻言，与同域境族人朋友交流几句，开始朝着下方落去。

因为身体与大气摩擦，众人本该燃烧成一个火球，但为了掩人耳目，他们都动用了秘法，熄灭了火焰，无声无息地朝月星上面落去。

火离姬是九阶火圣，火焰的执掌者，下落时根本毫不费力。北月殇晨则是以冥座不断跳跃，轻松下落。其余九阶圣灵也各显神通。

半小时后，来自法蓝星的登月者全都成功在月星上一座巨大的陨石坑中集合，然后陷入了长久的沉默。

来之前，诸海诸域的真正高层们都曾警告过他们这件事有多么重要，在挑选登月者的时候，也刻意将那些性格比较出挑的摒除在外，前来月星的强者性格都比较温和，不容易产生争执，容易妥协。可即便再温和、再容易妥协，他们总要有一个可以妥协的对象。

在场全都是诸海诸域的天才，他们有的在漫长的历史中本互相仇视，现在因为即将爆发的大灾难不得不结盟，但关系依旧恶劣，在这种情况下，谁也不可能听谁的。

在法蓝星时，诸海诸域的高层们显然也想到了这些，但他们也没有一个好的解决办法，情况过于紧急，只能下死命令，绝不能在月星上闹出什么幺蛾子。至于领导者或者指挥者，让他们自己选。自己选？怎么选？不可能比打架，比指挥才能？才学？经历？境界势力？地位？个人名气？

“唉……”北月殇晨叹了口气，如果他的实力再高一阶，说不定能凭借幽冥珠服众，但现在他只是一个七阶裁决者。

“不然咱们分头行动，先探探路。”最终，树海族的一个九阶树圣出言提议道。

“好。”“好。”“好。”

妖域、兽域、无尽蓝海、神圣澄海等强大势力的九阶强者们纷纷点头答应，能以域区分最好不过。其他那些零散的九阶强者只能自己想办法抱团取暖，至于北月殇晨，他的地位比较特殊，最终大家的信息还是要由他来整合，而且在来月星之前，诸域高层也都下令一定要保护好他。在这对魔战争的关键期，幽冥珠的执掌者很重要，损失不得。

分头行动前，妖域和兽域的九阶强者都让北月殇晨跟着他们，但最终北月殇晨还是跟着人族的九阶强者们一起行动。

相比起兽域、妖域、无尽蓝海、神圣澄海那些尚未执掌权柄的九阶强者，人族的九阶个个都是一城之主或是有着秘密身份的人物，地位颇高，但在北月殇晨面前，没人敢显摆自己的身份地位，大家对他的态度甚至称得上恭谨，隐隐有以他为首的倾向。

这是因为人族三域都看得出来北月殇晨的潜力有多么大，只要他不出意外，将来晋升神阶就是板上钉钉的事，更何况他又是幽冥珠的执掌者。

出了深坑后，人族的二十几名九阶强者以及七阶的北月殇晨朝北方行去。他们步步为营，小心警惕，然而两小时过去了，别说遇到危险，除了灰色凹凸不平的土地外，他们毛都没看见一根。不只是他们，其他诸域诸族的强者也都没有任何发现。在短暂的商讨后，诸域诸族的强者决定继续前行三小时看看情况，然而诡异的事情很快就发生了。

约莫一个半小时后，几乎同时出发去往不同方向的多支队伍在经过三个半小时的跋涉之后，竟然相遇了。他们看到对方的时候，气氛顿时有些剑拔弩张，害怕是幻象或者是其他什么危险。

直到北月殇晨利用幽冥珠确认所有人的状态后，才敢肯定他们的确是从不同方向走到了同一位置。

“没有空间波动。”

“也没有幻境触发。”

众多九阶强者面面相觑，眼中都有着警惕和骇然。他们一个个身怀重宝，小心到极致，没想到还是着了道，而且不出意外的话，肯定是神族动的手脚。

只是按照兽域天兽神的说法，现在的神族生性警惕，应该不会主动困住外来者，因为他们害怕后续的攻势，可他们仍然这么做了，究竟是为什么？

“你们听见什么声音了吗？”正当众人内心生寒之际，妖域的一名九阶圣蝠妖忽然动了动耳朵。作为一名九阶蝠妖，他的听力堪比星神巅峰的强者，他的话自然引起了众人的注意。

“哪边？”一名九阶鹰妖出言问道。

“西边。”蝠妖道。

“我们是从西边来的，那边什么都没有。”神圣澄海的一名九阶明圣道。

这名九阶圣鹰妖闻言不为所动，猛地振翅而飞，眨眼便到了千米高空，眺望远方几秒后又落了下来：“那边有一个裂谷，里面有很多身影。”

听了这名九阶圣鹰妖的话，方才那名九阶明圣顿时明了，一切都在方才他们相遇时被改变了。

“去看看吗？”一名来自兽域的兽王道。

虽然关于神族的事，兽域的天兽王有些误判，但在场众多九阶强者都没有怀疑兽域。

兽域也派了很多九阶强者来月星，其中不乏一些兽域大人物的子嗣，更何况他们眼下完全没有任何理由背叛诸海诸域。

“去看看吧。”众多九阶强者顿时响应。

最终意见统一，众人出发向西而行，约莫半小时后，便抵达了方才那名鹰妖所说的裂谷。

站在裂谷的上方往下望，只见里面密密麻麻地挤满了魔族生物。

这些魔族生物来自魔域的不同分支，如果是在魔域，他们的地位会被划分高低，但在这里，他们拥挤在狭窄的空间里，如猪狗，如牛马。

他们的气息诡异，眼睛通红，充斥着杀意，让裂谷上的众人心中的寒意更重，总觉得有什么不好的事情要发生。

第144章

紫金色丝线

“嗖！”有风声响起，声音很小，但足够让现场众多九阶强者产生警觉，可他们根本来不及反应，风声便变得强烈起来，顷刻间轰鸣如雷，堪称恐怖的强风席卷而来，让众人都有站不稳的迹象。而当他们动用圣力、妖力、神圣之力去稳住身体时，那强风越发夸张，竟直接将几名九阶强者掀飞了。

在如此骇人的风中，声音根本无法传出，只有北月殇晨的声音在众人的脑海中响起：“小心！这风是想把我们吹到裂谷里去，千万不要掉进去！”

部分早就明白的强者神色不变，不明白的自然是心中一惊，下方那些魔族生物虽然大都很弱，但数量多，掉下去会很危险。更何况这强风还是不知道在哪里的神族强者掀起的，他们究竟想做什么？

在思考这件事的时候，包括北月殇晨、火离姬在内的一众强者都开始动用手段想要逃出强风席卷的范围。

然而无论是作用于空间的、时间的，抑或是其他什么元素法则的手段，全部被禁止了，所有人都被强风掀下裂谷，更恐怖的是，每一个人落地的地方都不一样。

北月殇晨竭力想要和火离姬离得近一点，但根据他从空中落地时的情况估算，他和火离姬之间至少有三公里远，中间相隔的魔族何止上万？在彻底落入魔族生物群中后，北月殇晨化身黑暗元素体，躲入几块岩石的夹层中。

“阿离你没事吧？”北月殇晨急切的声音在火离姬的脑海中响起。

“没事。”火离姬的声音也很急，“你在哪呢？我去找你。”

“你就在原地等我吧，我去找你。”北月殇晨语气坚决，“你之前也看出来了，我比你强，这种时候你别任性。”

“好，那我等你。”火离姬答应后，北月殇晨一边循着她的灵识气息去找她，一边在灵识共享世界里面向所有人询问情况。

得到详细消息后，北月殇晨又将他们目前的处境通知相邻的人。尽管所有人都被分开了，但因为北月殇晨，他们依旧紧密地联结在一起，倒是没有产生什么恐慌的情绪。

“这些神族到底想干什么？”有恼恨的声音响起。

“这些魔族生物都是从哪里来的？”

“他们的情况看起来很是古怪……”

短短几秒钟的信息分享后，战斗不可避免地爆发了。轰隆隆的爆炸声开始在裂谷中回荡。类似化身元素的能力，九阶的强者自然都具备，但他们还是陷入了战争，部分是自愿的，但更多是被迫的。

通过他们的遭遇，北月殇晨推断火离姬被拖入战斗中是迟早的事，于是忍不住放开手脚，加快速度飞向火离姬。

在利用神魂魅影遮挡他人“视线”飞行的过程中，北月殇晨观察到裂谷中的魔族生物实力从一阶到九阶都有，但他们大都没有神智，即便有应该也比较弱。他们的种群分支很全，占据北月殇晨所知魔族种群分支的百分之八十。

不过有一点比较奇怪，这些魔族生物的眉心都有一条紫金色的血线，如果仔细观察的话，可以看见那紫金色其实是由多种不同的颜色混杂而成。

“嗖！”正当北月殇晨继续观察的时候，一根根尖锐的地刺忽然从地面刺出，急剧拔高，那地刺上有浓郁的魔气和土元素，一旦击中他，会凝结他的黑暗元素，让他变成土人。

他当然不能让这种事发生，当即化身黑暗元素体，但耳畔有尖锐的叫声传来，差点将他的黑暗元素震散。他来不及思考自己为什么会被发现，因为还有令他更震惊的事。

“有配合？”北月殇晨心一沉，判断出这些无神智的魔族生物应当是被一些有神智的魔族统率着。

他当即将此发现告知所有人，尤其是火离姬。与此同时，北月殇晨将神阶灵识之力发散向四面八方，确认这些魔族生物也有灵识后，立刻凝聚出数十枚灵识尖刺，刺入离他最近的那些魔族生物的灵识。

下一刹那，这些魔族生物无声地失去了生命，软倒在地上。当他们瘫在地面上的时候，北月殇晨看见一缕头发丝粗细的紫金色丝线，蛇一样扭曲着汇入那些魔族生物当中，消失不见。

北月殇晨扫视了一眼，发现那些魔族生物眉心的紫金色丝线也已消失了。

“那紫金色丝线有点奇怪……”北月殇晨低声喃喃，紧接着危险再度出现。

刚刚周围才被肃清，此刻又被更多的魔族生物给占据了。

他的神阶灵识之力虽多，不惧这种消耗，但他更知道，光清空这些杂兵是没有用的。更何况他能轻易地击败弱小魔族生物，其他人可不行，他们的能量终有耗尽之时。

动念之间，北月殇晨将大量神阶灵识之力从幽冥珠中释放出来，在自己半径十米的范围内形成一片幽冥世界，而后他灵识出窍，以那些低阶魔族生物为跳板开始进行灵识跳跃。他的灵识像一道闪电，顷刻间便在数百名魔族的灵识世界来回穿梭闪动。片刻后，北月殇晨总算找到了那名负责统率的魔族生物。

对方竟然是一名九阶御魔族生物！

这名九阶御魔族生物显然没有料到北月殇晨会这么轻易地找到他，等他反应过来的时候为时已晚，北月殇晨的灵识凝聚出一柄长剑，狠狠地斩向他的灵识。

御魔族是魔族一个极为高阶和稀有的分支，但他们本身的灵识能力、移动速度、作战能力都不甚出奇，也没有什么天赋神通。

御魔族唯一强势的便是他们的智慧和对低阶魔族的压制能力，因此他没能抵挡住北月殇晨的全力一击，他的灵识防御瞬间被攻破。

北月殇晨成功入侵他的灵识世界，开始掠夺他灵识深处的记忆。从他的记忆内容中，北月殇晨看到了他的一生，单调至极的一生。他出生在这片裂谷，成长在这片裂谷，直至现在。就这样简单。

这处裂谷就像是个魔圈，圈养着他，以及其他魔族生物。

“这些魔族生物全都是神族圈养的。”北月殇晨及时传出消息，“根据我目前探知的消息，他们都是被御魔族生物统率，杀死御魔族生物，则危机暂解，御魔族生物本身不强，全靠统御能力。他们在这片裂谷长大，没有什么作战经验，所以思维比较僵化，要么隐藏在隐蔽的地方，要么被品阶较高的群魔保护，你们找找看。”

听到北月殇晨的消息，诸多九阶强者都有些吃惊。大家都知道北月殇晨可能具备远超七阶的实力，但他们万万没想到，北月殇晨居然可以这么快便发现此地的真相，还将解决危机的方法都一并告知了他们。

部分九阶高手深知幽冥珠的厉害，选择相信，部分则是半信半疑，还有一些则表示怀疑，依旧我行我素，继续试探。

确认这名九阶御魔族生物的灵识世界内没有其他有用的信息，北月殇晨便准备将其绞灭，可正在此时，九阶御魔族生物的灵识世界内陡然一片漆黑。

黑暗来临时，北月殇晨顿时感觉不妙，可他刚要撤离，两点紫金色的光芒从纯黑色的世界亮起。

“轰隆隆！”仿佛有震耳欲聋的雷声在北月殇晨耳畔炸响，让北月殇晨的灵识受到重创。幸好他提前有所准备，用神阶灵识之力保护住灵识，迅速回归本体，然后在幽冥珠中利用大量的神阶灵识之力修复灵识。

足足十分钟后，北月殇晨总算恢复过来。这段时间里，火离姬一直在灵识共享世界里呼唤他，确认他的情况。恢复状态后，北月殇晨忙对她道：“我没事，马上就到你那里了，等我。”

向火离姬说完后，他这才向所有人发出警告：“一定小心所有魔族生物！他们眉心的紫金色有古怪！极大的古怪！我的灵识刚才在一个九阶御魔族生物的灵识世界内受到了重创。”

“你现在没事吧？”多名人族九阶强者向北月殇晨表示关心。

“没事，我已经恢复了。”北月殇晨道，“但如果是你们，可能已经灵识尽灭。”

“这么恐怖？”所有九阶强者都胆寒不已，须知北月殇晨的灵识强度异于常人，就连他都承受不住九阶御魔族生物灵识世界的紫金色光点，更何况是他们。

“能确定是怎么回事吗？”

因为战局激烈，北月殇晨只得到了少量的反馈，但陆陆续续有更多九阶强者的反馈传来，可有几名强者始终没有任何动静。

北月殇晨的灵识才恢复正常，便顺着那几名九阶强者的灵识所在找到他们，在空中勾勒灵识神纹，聚集四周的灵识碎片，搞清楚了这里先前发生了什么。

这几名九阶强者有来自生命绿海的，有来自神圣澄海的，有来自兽域的，也有来自妖域的。其中来自妖域的九阶强者意图飞出裂谷，却被裂谷上空浮现的金色光幕给挡住，而后坠落到魔群当中，被围攻而死。

另外三名九阶强者则都是在杀死众多魔族生物后，被一个身上布满紫金色纹路的九阶魔族生物轻易杀死了。

通过第三视角观察，北月殇晨确认紫金色纹路是那些魔族生物死后流逝的紫金色丝线汇聚而成的。

在击杀了各自的敌人后，那三名九阶魔族生物也爆体而亡，不知是为何。

沉思片刻后，北月殇晨将这四名九阶强者死亡前后的画面直接呈现在众多九阶强者的灵识世界中，他们看完后也沉默了。

片刻后，才有一个兽域的九阶牛兽人道：“我看那紫金色丝线有点像血。”世人皆知兽域的牛兽人是好战的种群，也是对血液十分敏感的种群。

在他之后，妖域的蝠妖给出了更深一层的见解：“我觉得可能是血脉的力量。”蝠妖听力超绝，也对血液很敏感。

第145章

祖魔族

“什么血脉这么厉害？”

这些九阶强者的脑海中同时浮现一个疑问，而后自我推断得出的答案让他们感到吃惊。

“魔祖？”

“可御魔族不就是魔祖血脉？他们的确天赋异禀，但也没强到这种地步。”一名妖怪族的强者摇了摇头。

在魔族和兽人族侵略法蓝星的三百多年历史中，御魔族是法蓝星生灵接触得最多的魔祖后裔。

“御魔族不知道是那位魔祖多少代的后裔，血脉早已稀释得不剩多少，继承的能力也非战斗性质的。”

这名妖怪族的强者话音未落，一名兽人族强者忽然神色凝重地道：“其实，我倒是知道一个可能性。”他的话吸引了所有人的注意。

“在过往的岁月里，我们的确见到过类似的存在，他们有的身上文着紫金色的纹路，有的眉心长着紫金色的‘眼睛’，有的血液是紫金色，有的眼睛是紫金色，但无论是什么样的变种，他们都有着超绝的实力，而我们的研究确认这紫金色代表着魔祖的三代内血脉。”

他的话音落下，灵识共享世界内一片死寂。

众所周知，血脉越是相近，天赋便越强，而不知道出于什么样的原因，越是强大的存在，产下子嗣也就越难。

别说魔祖那样极有可能超越大天神的强者，即便是月神、大天神想要产子，那也是千难万难的事。

也正是因为这个，现场对魔祖血脉有些了解的兽人族强者们才没有第一时间反应过来。

北月殇晨也是知道紫金色纹路来历的，他同样没有往这个方向想。毕竟这座裂谷中的所有魔族生物身上都有紫金色纹路，难不成他们全都是魔祖后裔？

这不可能。

可是事实摆在眼前，由不得他们不信，如果不是魔祖后裔，这些魔族生物怎么可能这么强？

好半晌后，才有人道："神族是魔族的死敌，他们之间的斗争历史不知道有多少万年，也许这是他们的某种手段？"

"对，极有可能！"

"提取魔祖血脉能量来制造怪物，这未免太可怕了吧？"北月殇晨感到不可思议。

相比起神族，魔族在幽灵青海做的那些实验有些小儿科。

"只是，神族到底想做什么？"

所有人都敢肯定，他们之所以会跌入这片裂谷，是神族在幕后操纵，只是搞不懂他们的真实目的。不过有一点可以肯定，他们绝对没有安好心。

"我们现在该怎么做？"

如果是在正常情况下，这些九阶强者都不会问出这样的问题，但现在他们意识到了问题的严重性。如果不团结合作的话，说不定真的会死在这里。

"我们首先要知道，裂谷中的魔祖后裔都传承自哪些魔祖，这样我们才能根据他们的能力来应对。"一名兽人族生灵说道。

"这些魔族生物实力从一阶到九阶的都有，种群分支占魔族全族百分之八十以上，这些魔族生物中的百分之七十五，我都可以断定他们不是魔祖后裔，但他们眉心仍然有紫金色血线，所以判断他们的出生不能通过长相和能力，而要通过紫金色丝线，也即魔祖血脉的来源，另外也要考虑不同血脉对不同魔族的能力的影响。"北月殇晨沉思了一小会儿后，说出了自己的想法。

他的话算是抛砖引玉，而后在场众多九阶天才集思广益，给出了许多建议和意见。

"这里的封禁术极强，已经达到了巅峰月神的境界，想要破禁而出，难度太大。"对结界颇有研究的火黎族强者道。

"既然不能出去，那就只能往裂谷深处探索，虽然不知道神族到底什么意思，但他们没有立刻杀死我们，而是将我们丢入裂谷，肯定有原因。"

“我们先会合吧。”

在短暂的商议后，众人做出决定，一起行动，步步为营，在减少不必要死伤的情况下，想办法逃离这处裂谷。如果不能逃离裂谷的话，就朝深处去，搞清楚神族到底想做什么。

通过刚才一段时间的战斗，他们都发现越是深入裂谷，魔族的等阶便越高，想必也更接近真相。

做出决定后，众人开始会合。

北月殇晨先是去找了火离姬。

火离姬从落入裂谷开始就躲在一处岩壁洞穴中，竟没有遇到任何魔族生物，她看到北月殇晨的时候，紧绷的神经终于放松了下来，忙走到他身边上下打量。

“我没事，放心吧。”北月殇晨安慰道，“你没事吧？”

“没事。”火离姬松了口气，“接下来要小心点了，我不想再跟你分开。”

“我知道了。”北月殇晨点了点头。

两人会合后，开始寻找诸域九阶强者，在他们的引导下，众多强者很快便会合成功。接下来，诸域九阶强者通力合作，擅长飞行和探测的人规划路线，擅长战争和防御的人在前排，擅长治愈的人在后方。

北月殇晨地位比较特殊，统筹全局，但这不等于说所有人都要听他的。他只是居中整理、传递消息，想要征服各族各域的这些九阶天才，北月殇晨凭目前展现出来的实力还不够。

所有人都朝裂谷深处望去，那里有数以万计的魔族生物在游荡。

在前行之时，有擅长隐匿的强者悄无声息地抓来多名魔族生物，将他们禁锢后丢到后方，交由北月殇晨和多名蝠妖、牛兽人研究。

北月殇晨被分配到的是一名恐魔族生物。

恐魔族擅长精神攻击，以制造恐惧出名，并从恐惧中汲取力量。

十二魔王中的恐惧魔王正是出自恐魔族，也是恐魔族中最强横的存在。

也即是说，恐魔族按理来说不会有魔祖血脉，然而这名恐魔族的眉心有一个紫金色的印记，明明白白地昭示着他的身份：魔祖后裔！

北月殇晨略作沉思后，灵识出窍，从灵识层面剖析这名恐魔族生物眉心的紫金色印记。

他的灵识才刚刚触碰到那印记，眼前立刻浮现五颜六色的扭曲画面，让他心神大震。他当即引动大量神阶灵识之力包裹住自己的灵识，那遮天蔽日的扭曲画面顿时减少了一些，但仍然遮挡住了北月殇晨的视线。

他心中一动，勾勒出一条灵识神纹，让现场刮起灵识之风，吹散了那些扭曲画面，浮现了背后的真实影像。

那是一幕幕破碎的画面，内容残缺不全，里面呈现出了不同的主角，无一例外全都是魔族生物。

这些画面实在太少，北月殇晨根本不知道他们在讲些什么，但大致有一个猜测。将这些画面一一记在心中后，北月殇晨开始仔细深入地研究。

按照兽人族提供的样本进行对比得知，这紫金色的印记的确是魔祖的三代内血脉能量，只不过这个紫金色印记里不止一名魔祖的三代内血脉能量，而是足足八名。

八名！

八名有可能超越大天神境界的魔祖！

发现这件事后，北月殇晨立刻将消息分享给其他进行研究的人。

众人在震惊之余有些疑惑："残破的画面？我们没看到啊。"

北月殇晨愣了愣，灵识出窍侵入另一名魔族生物的紫金色印记，又发生了同样的事。五颜六色的扭曲画面和画面后真实的影像呈现出来，这些影像有的与之前的重合，有的则是新的内容，像是拼图一样让北月殇晨脑海中的画面更丰富了。

"好吧。"北月殇晨大概明白了，可能是其他人的灵识强度根本不足以激发那些血脉中蕴藏的能量。

这是好事，如果灵识强度不够强行激发，极有可能导致自身受伤。

"你试试？"北月殇晨转头看向火离姬，她的灵识强度比在场其他人都强，仅次于他。

火离姬闻言，立刻灵识出窍侵入魔族的紫金色印记，同样没有任何事发生。

毫无疑问，这又成了北月殇晨独有的任务。

另一边，众多九阶强者开始讨论起那八名魔祖来。

这些魔祖的存在实在是过于久远，即便在黑袍魔王的记忆里都没有，好在现场有一名喜欢阅读古籍的兽人族生灵认出了其中三名魔祖。

这三名魔祖有一名是十几万年前的存在，有一名是二十万年前的，有一名是二十五万年前的，即便对兽人族来说，这三名魔祖也只是存在于历史中的一个名词。

从这名兽人族生灵的描述中，北月殇晨发现刚才那残破的影像中的画面正是魔祖们的过往。

也就是说，只要给他足够多的样本，他就可以拼凑出魔祖们的生平，熟知他们的能力，进而可以轻松地对付裂谷中的魔族生物们。

这不是一件易事。

裂谷中的魔族生物里有神志清醒的御魔族，他们很快便察觉了法蓝星众多九阶强者的意图，在他们企图掳走魔族生物的时候，给予了毁灭性的打击。

不过他们的打击不是针对法蓝星的九阶强者，而是针对那些被掳走的魔族生物。

可是即便这些魔族生物再努力，依旧有魔族生物源源不断地被送到北月殇晨和众多研究人员的面前，而随着他们对裂谷中魔族生物越发了解，战斗自然变得轻松起来。

对于这为数众多且拥有魔祖血脉能量的魔族生物，北月殇晨给予了他们一个新的名字——祖魔族。

这些祖魔族生物无论实力强弱，都拥有魔祖血脉能量。这些血脉能量极大地影响了他们的能力，不过实力没有达到八九阶，其实对北月殇晨等强者的影响不是很大。

最大的影响还是这些血脉能量无法被消灭，而是会凝聚起来，爆发出强大的威能，刚开始因为一两次失误，还有九阶强者殒灭在这威能之下。

祖魔族生物数量众多，源源不断地向众人包围而来，一众九阶强者进退有据，不时布下结界，不时挥洒圣光，落下漫天箭雨，牢牢地控制住了战场。

随着战斗的进行，一行人渐渐向裂谷深处推进，他们发现越往深处，魔族生物体内的魔祖血脉能量越纯粹，单体实力未必会更强，但他们死后造成的损失加大了。

第146章

九源

“根据他们的站位，大致可以推断出裂谷的深处可能有八条路，与八种魔祖血脉能量一致。我们现在所处的分岔口右边，魔族生物体内的血脉能量较为单一，可能是露蝶兽王口中那名‘九源魔祖’的血脉能量源头。”北月殇晨的声音在诸位九阶强者的脑海中响起，“去哪边？”

“很难争出结果，咱们直接投票表决吧。”一名妖怪族的圣妖道。

“也好。”

“投票吧。”

话音落下后，众人当即表态，北月殇晨立刻总结投票结果，而后将结果转告每一个人。

往右边的分岔路走，去看看岔路尽头到底是怎么回事。

没有人质疑北月殇晨转达的结果，因为大家都知道他没必要在这方面撒谎。

九源魔祖是十几万年前的魔祖，是现任魔祖的前任，也是除了现任之外，兽人族了解最多的一名魔祖。

他之所以被称作九源魔祖，是因为他是魔族九种重要事物的源头。

首先，他留下的源魔族是魔族内部一个重要的分支，后来出过多名月神和大天神。

其次，他留下的一种制器手法被称为源器，是魔族魔兵中的一个重要分支。

再者，他创造了一种屠神的手段，是神族覆灭的原因之一。

他还是许多秘法、许多独特的事物的源头，总之，他的存在是魔族目前如此繁盛的重要原因之一。他是魔族伟大的存在。

如此伟大的存在，其留存的血脉能量自然非凡。

事实上，他的长子长孙都是大天神级的强者，不过现在已经湮灭在历史的尘埃当中，哪怕是大天神级别的存在，如果没有超常的手段，也不可能活十几万年。

"如果可以找到驱散魔血的方法就好了。"北月殇晨看着前方激烈的战局，心中在琢磨。

也许是不兼容，又或者是寻常魔族生物难以承受魔祖的血脉能量，裂谷中的大部分魔族生物都没有变强，但他们死后，血脉能量会凝聚起来，对法蓝星的众多九阶强者造成较大的损伤，但是想要消除魔祖的血脉能量，谈何容易？

须知血脉能量在魔族内部还是比较重要的，如果北月殇晨现在可以消除魔祖的血脉能量，那么回到法蓝星后，他就可以消除所有魔族生物体内的血脉能量。

但他也只是想想，即便是与魔族斗争了那么久的兽人族，遇到能够自动爆发威能的血脉能量，最多也只能做到分散引爆，不让它们聚集起来。

作为现场最重要的人，北月殇晨被团团包围在中心位置，他灵识出窍，一心二用，一边入侵被抓获的魔族的灵识，一边在魔族们的灵识间进行跳跃。

他想找到这处岔路口的魔族指挥，转瞬间已经跳跃了数千次，却没像上次那样顺利找到，甚至连保护那名魔族指挥的生物都没有找到。

这不正常。北月殇晨觉得有点不对劲。

在血脉能量单一的情况下，呈现在北月殇晨眼中的画面自然全是九源魔祖的过往经历。

在浏览他成长经历期间，北月殇晨不断发出感叹，同时对十几万年前的魔族有了些了解。

正当北月殇晨入侵又一名魔族生物，触发他体内的血脉能量，从天上俯瞰下方的时候，那已经成长为月神的九源魔祖忽然抬起头朝他看了一眼。

北月殇晨霎时震惊了，如果不是处于灵识状态的话，他恐怕已经汗流浃背。他第一时间想要退出窥视状态，但已经晚了。

一身黑袍的九源魔祖的眼睛像是有魔力一样，牢牢地盯着他，他心知危险，忙调动大量的神阶灵识之力保护自身。同时，他还勾勒灵识神纹，向九源魔祖发起了攻击。

"轰！"

灵识力量的对撞引爆了被北月殇晨灵识入侵的这名魔族生物。

"怎么回事？"现场的九阶强者纷纷朝北月殇晨望去。

"你没事吧？"

火离姬站在北月殇晨身边，浑身燃起熊熊烈焰，冷眼环视四方。

这次行动虽然是诸海诸域的联合行动，北月殇晨目前更是法蓝星的大红人，地位极高，责任重大，但防人之心不可无。须知在诸海诸域内部，想要北月殇晨死的人可不在少数，这些九阶强者中说不定也有。

成功取得登月资格的这些生灵，无不是诸海诸域的强者，他们有着极佳的天赋，超凡的自制力，方能在较短的时间内修炼成九阶强者，即便有一些运气的成分，但占比也不会太大，可凭什么只有七阶的北月殇晨可以成为联军总指挥？

毫无疑问，他是靠着幽冥珠。

许多人不禁在想，要是幽冥珠在他们的身上，他们是不是也可以成为联军总指挥。正是因为这样的可能性，在兽域和妖域的内部，有不少兽人、妖都提出应该将幽冥珠这一重宝据为己有。

妖族内部的声音尤其大，因为在他们看来，七神珠本就是妖族的宝物，北月殇晨完全是私自将其据为己有，但不知道为什么，最终这样的声音消失了。

北月殇晨和火离姬都猜测是妖族、兽人族高层想以大局为重，但难保一些小人作祟，防，一定要防。

“我刚才浏览九源魔祖记忆的时候，被他看了一眼。”北月殇晨道。

“嘶！”

北月殇晨话音落下，现场响起一片倒吸凉气的声音。

九源魔祖已经死去十几万年，他死后留下的不知道稀释了多少倍的血脉能量，竟然可以与北月殇晨的灵识力量对抗并产生爆炸！

这是何等强大的能量啊！须知那名炸裂的魔族生物可不是两三阶的低等魔族生物，而是一名八阶的魔皇。

八阶魔皇在现场众人的眼里当然不算什么，但是间隔十几万年留存的能量，依旧能让他爆体而亡，这是所有人做梦也不敢想的事。

火离姬看了北月殇晨一眼，很想让他不要再做这么危险的事了，可她知道根本不可能，忍不住默默叹息了一声。

“你接下来小心些吧。”有人提醒道。

“我会的。”北月殇晨点了点头，看向火离姬，“你不要担心，我刚才只是有点大意了。”

刚才他只是一时不察，如果是正常情况，他应该不会让被灵识入侵的魔族生物爆体，从而失去他血脉中的记忆。

他相信，只要他能承受住九源魔祖刚才的注视，收获可能会更大。

之后，在北月殇晨的要求下，众多九阶强者又抓来几名八阶魔皇，北月殇晨入侵他们的灵识世界后，并没有再看到九源魔祖，北月殇晨这才松了口气。

看来刚才那种情况只是个巧合，概率不会很大，但同时他又有些失望，毕竟如果再遇到先前那种情况，他很可能从中获取宝贵的记忆。

一行人又往前推进了些距离，北月殇晨如愿以偿地又在一名魔族生物的记忆中看到了转头望向他的九源魔祖。

北月殇晨早有准备，立刻用神阶灵识之力将这名魔族生物的血脉能量牢牢包裹，不让对撞产生的力量扩散开去。

九源魔祖毕竟已经死去十几万年了，在北月殇晨的积极应对下，没有翻起什么浪花。他也只是望了北月殇晨一眼便收回了目光，这让北月殇晨有些疑惑，他的力量到底源自哪里。

是和黑袍魔王一样利用了时间法则吗？还是其他什么？

“如果我也可以从过去借取力量该有多好。”北月殇晨想到人族人才辈出的那个年代，有些向往。

念头转动间，北月殇晨击败了九源魔祖残存的一丝丝力量，看见他深入岩浆群山中，在那里遇到某一任魔祖充满恶意的传承，但他成功地活了下来，后来实力提升，一日千里，没多久便修成了大天神，为他将来突破成神王级的魔祖奠定了基础。

目睹他的这些经历，北月殇晨洞悉了他后来创造许多事物的源头，自然可以借此想出针对他血脉残留的克制方法。

好半晌后，北月殇晨灵识归体，睁开眼睛。他利用灵视向远方望去，心脏忍不住怦怦飞快跳动起来。

“小心！我们已经身处险境！”北月殇晨语速极快地提醒道，“九源魔祖有一种能力，他自称‘魔化’，这种能力指的是利用魔气影响生灵的灵识，在一个生灵的主人格，呃……或者兽格、妖格外再造一个人格，我称它为第二人格。被魔化后的生灵可以继续魔化其他生灵，一个又一个，无限地魔化，被魔化后的生灵表面上没什么事，可一旦第二人格爆发，有极大可能会夺取身体的掌控权，在这种情况下，生灵会完全按照以前的记忆和习惯存活，但实际上他们已经不再是自己。现在我们的同行者已经有不少被魔化了，正潜伏着伺机发动攻击。”

“你知道都有谁被魔化了吗？”

北月殇晨的话音落下，灵识共享世界立刻便嘈杂起来。

“知道一部分，但我也不知道我看得准不准。”北月殇晨的语气有些苦涩。

他还是小觑了魔祖，哪怕只是魔祖残留的一丝丝血脉能量。

“什么意思？”有人问道。

“我能不能看准，取决于你们灵识层面对我的开放程度，有的人太过警惕，动用了手段，所以我不知道我是不是被误导了。如果你们愿意开放自己的灵识世界，我可以做一次深入的检查。”话音未落，灵识共享世界已经响起嗤笑之声，那些人显然是觉得北月殇晨的提议过于可笑。

第147章

源头

对北月殇晨完全开放灵识世界，撤除所有灵识壁垒，等于直接把命交给北月殇晨。现场的众多九阶强者，除了火离姬之外，哪怕蓝域和法域的九阶强者都要犹豫一下，更何况其他域境的强者，因此在一阵嗤笑后，灵识共享世界内陷入了沉默。

在沉默的同时，所有人都开始警惕起周围的同行者来，生怕对方已经被魔化。

火离姬则是第一时间向北月殇晨敞开了自己的灵识世界。

北月殇晨也没犹豫，直接灵识出窍进入火离姬的灵识世界。

根据他的了解，九源魔祖的魔化能力只是作用于灵识的表层，他根本没有动用幽冥珠太多的能力。

在检查完火离姬的灵识后，北月殇晨的灵识之力散向四面八方，尽可能地从外部观察同行者们，企图发现一些异常的地方，再将那些可疑者标记。

这是他唯一能做的事。

不过也有不少人主动找到北月殇晨，要求他检查自己是否被魔化。

首先自然是人族的九阶强者，然后是神圣澄海的光明族强者和生命绿海的树海族强者。只有妖族和兽人族比较固执，或者说他们对人族的北月殇晨不信任，但这也是可以理解的事。

战斗依旧在继续，只是相比之前，气氛变得凝重了不少。

北月殇晨忽然有些后悔，刚才不应该把实情告知众人，现在大家互相猜忌，心生戒备，不利于战局，自己应该私下沟通或者想办法解决的。

他脑子转得飞快，与此同时，入侵着一个又一个魔族生物的灵识世界，想看看能不能找到其他办法破解九源魔祖的魔化。

通过先前观看那段记忆，北月殇晨大致明白九源魔祖用来魔化的魔气中蕴含着强烈的负面情绪，用来引导生物蕴藏在灵识和精神中的负面情绪，使之成为一个可以称为魔的负面人格。

那如果自己的灵识力量足够强大，可以进行正面的引导，是不是可以让魔族生物产生一个善良的第二人格？

北月殇晨心中一动，产生了尝试的念头。

如果这办法可行的话，将来自己可以给魔族安插一些定时炸弹。

不过他转念又想到现在的处境，暂时打消了这念头，必须先处理眼前的困局才行。九源魔祖的魔化本领很强，即便是遗留十几万年的血脉能量残留也依旧很强，但对执掌着幽冥珠的北月殇晨来说不算什么。

重点不是怎么确定哪些强者产生了第二人格，以及怎么剿灭那些强者的第二人格，而是怎么让这些强者自愿敞开自己的灵识世界。

说实话，即便他们筑起了灵识壁垒，北月殇晨也可以轻易攻破，但关键在于如果那样做了，他可能会引发众怒，继而被围攻，他承担不起这样的责任。

还是情况不够紧急啊。北月殇晨心想。

他比较善良，对于众人的坚持，他没有强求，只是在心里面希望他们醒悟得够快，以及不要波及自己和其他人。

沉默中，一行人渐渐推进到分岔口的最深处。最深处是一处镂空的石壁，石壁中隐隐有黑色的雾气弥散而出。

在看见那处石壁的时候，有凄厉的惨叫声从中传出。

这惨叫声似乎蕴含着音波的力量，令全场所有九阶强者都受到影响，眼前出现了无穷的恐怖幻象。

这幻象只存在了一刹那，紧跟着，部分九阶强者发现自己已无法掌控自己的身体了。他们顿时想到刚才北月殇晨的警告，心中产生了无限的后悔之意，但他们知道后悔也没用，因此开始尝试着抢夺自己身体的操控权。

北月殇晨比所有人的反应都快，灵识比所有人都强，那惨叫声无法对他产生影响，而后他瞬间便将大量神阶灵识之力溢散而出，在小范围内形成一个幽冥世界。

在幽冥世界内，他的掌控力直线提升，刹那间便察知哪些人产生了第二人格，哪些人处于正常状态，他让神阶灵识之力化作灵识洪流，向着那些产生了第二人格的九阶强者冲刷而去。

“轰隆隆！”

由于对北月殇晨的不信任，对人族的不信任，许多强者都带有灵识方面的宝物，守护着自己的灵识，以免不知不觉间被北月殇晨侵犯，但在神阶灵识之力所汇聚的灵识洪流面前，这些灵识防御宝物根本毫无作用，像是面对洪水的小堤坝一样，轻而易举便被冲垮了。

他们的灵识世界遭遇神阶灵识之力洪水的冲刷，受到了不小的创伤，这还是北月殇晨竭力控制的结果，与此同时，他们被魔气引导出来尚未稳固的第二人格也被洗刷得一干二净。

一切都发生在电光石火之间，等众人回过神来的时候，魔祖血脉能量中残留的手段已经被清除了。

“刚才发生了什么？”

所有被潜伏的第二人格攻击过的九阶强者皆受了不轻的伤，有些恍惚，但他们的伤大多不是因为第二人格的攻击，而是因为北月殇晨的灵识洪流，那些没有被魔气影响的九阶强者面对突如其来的变故，都有些悚然。

他们都不是弱者，而且携带着重宝，很容易就搞清楚了四周同行者的伤势从何而来，当即心悸到极点，顾不得防备四面八方的魔族生物，掉转头警惕地望向北月殇晨。

“你们做什么？”清楚知道自己被第二人格攻击的九阶强者们，自然是第一时间阻止身边的同行者，他们一个个都脸色苍白，“刚才是他救了我们。”

火离姬一言不发地站在北月殇晨身旁，炎阳轮盘蓄势待发。

“啊？”

“刚才我失去了身体的控制权……”

“我觉得我正在沉沦……”

“幸好他的灵识洪流及时冲刷……”

“早知道刚才就信他了……”

这群幸存者闻言全都心有余悸，同时也对北月殇晨放下了戒备，但紧跟着又紧张起来。

许多人或隐晦或直接地在灵识共享世界里问北月殇晨：“你确定他们的第二人格已经被清除了吗？要不然你再看看？”

然后他们又有些难为情地道：“另外，你要不要也看看我的灵识世界？”

对于他们的请求，北月殇晨自然没有拒绝的道理。

还有一部分人仍然不愿意让北月殇晨进入自己的灵识世界，因为怕自己的记忆被窥探，实际上他们根本无须担心。

北月殇晨只是让他们撤去灵识壁垒而已，真要读取他们的记忆，他们的灵识肯定会自我防备和反击。虽然他们的灵识反击不一定能伤害到北月殇晨，但肯定能让他们意识到自己的灵识正在受到攻击。

北月殇晨没事做了吗？要得罪这些代表着诸海诸域的天才。

魔化和第二人格的威胁只是一件不大不小的事，但让所有人都看清楚了一件事，那就是北月殇晨的实力比他们想象中要强，而且强得多！

虽然刚才是众多九阶强者被石壁内传出的凄厉叫声所震慑，又被第二人格夺取了身体的掌控权，北月殇晨这才用灵识洪流击破了他们的灵识壁垒，可依旧让所有人惊骇。他们扪心自问，自己根本不可能防得住北月殇晨的灵识攻击，谁都不行。

幽冥珠竟然强到了这种地步吗？

众人心中产生了强烈的觊觎和妒忌情绪，但眼下身处月星，又肩负着重任，他们也只能想想。

“你们谁可以看见那石壁里的东西？”北月殇晨在灵识共享世界中问道。

“那里面有极重的魔气，极重！”一个蛇兽人严肃地道，他的眼睛有些特殊，可以看穿阻碍物。

“我闻到了浓郁的血腥气，属于九源魔祖的血腥气。”一名妖族的九阶圣妖道。

“那里应该就是魔祖血脉能量的源头。”

众人精神一振，加快了行进速度。

在所有人看来，魔祖的血脉能量固然对他们造成了极大的麻烦，但如果可以搞清楚到底是怎么一回事，那这些麻烦他们都可以接受。若是能把这种手段学会，传回法蓝星的话，那必然是大功一件。

眼看着距离石壁越来越近，众人也越发警惕起来。

他们总觉得怪怪的，要说神族要置他们于死地吧，以之前神族掀起强风的能力，现场没人可以幸免。若要他们慢慢死，这裂谷中的魔族生物虽多，但也杀不了他们，拿他们当小白鼠或是小丑？

他们真的搞不懂，但肯定的是，这其中绝对有阴谋。

眼前的魔族生物被肃清，有着密密麻麻镂空漏洞的石壁清晰地呈现在众人眼前。

这时他们才发现，原来这些镂空的黑色漏洞竟是一个个黑色的球状物，并且在轻微地跳跃着。

这球状物上有一根根紫金色的管子连接石壁深处，透过部分漏洞的缝隙，北月殇晨看到那些管子的尽头是一个巨大的倒挂着的紫金色球体。

紫金色球体表面密布血管，微微透明，里面似乎蜷缩着一个庞大的生物。

它像一只蜘蛛，那些管子是它的蛛丝，密集地结成一张蛛网，那些黑色的球状物都在尽头处。

“这是什么？”众人面面相觑，忍不住心悸。

第148章

魔祖

“像一个蛋。”有人道。

“那是九源魔祖血脉能量的源头，是它孕育了镂空黑洞里的那些小蛋。如果说裂谷里的魔族生物都是小蛋产出的，而他们又是三代内后裔，那他岂不是二代？”

“极有可能！”

“也不知道他是九源魔祖的哪一个子嗣，神族又是怎么抓到他再将他封印起来做了十几万年的血液提供器的。等等！神族才来月星三百多年，在魔兽星的时候，他们又是怎么处理这个巨蛋的呢？”

“我们该怎么做？”

“我更想知道神族让我们来到这里，他们想做什么。”

“不管他们想做什么，我反正想带点含有九源魔祖二代血脉能量的东西回去，让族内的大人物们好好研究一下，说不定可以研究出些成果来。”

许多声音在灵识共享世界内响起，众人议论纷纷，几乎所有人都对那个巨蛋抱有极大的兴趣，所以做决定也没什么难度。

低沉的爆炸声响起，众人循声望去，只见镂空岩壁的黑洞中有一个被他们看作是蛋的黑色球状物已经炸裂，一名浑身沾着黑红色血污的成年魔族生物从中跳了出来，坠落到地面的群魔中。

众人的目光始终聚焦在他的身上，因此第一时间便看出来，他身上蕴含的血脉能量明显比其他魔族生物更浓郁，眉心的紫金色印记像是一个紫金色的眼睛。

只不过这印记正在飞快地缩小，很快便和四周魔族生物的印记一样大小，身上的血污风干脱落，他的模样也跟其他魔族生物没什么两样。

“果然。”众人道。

距离石壁越近，众人心中越激动，也越小心。仅剩下的五十名兽王强者神情肃穆，个个严阵以待，二十多名圣妖同样如此。来自无尽蓝海的海圣们召出澎湃的海水环绕四周。圣光笼罩四方，火焰熊熊燃烧，生命的力量荡漾在这处裂谷，抵御着同样汹涌的魔气。

片刻后，众人终于来到了石壁下。正前方是一个已经没有蛋的黑洞，凄惨的叫声和阴冷的风从中传出，众人没怎么犹豫便走了进去。

霎时间，一双双眼睛朝他们望来，让他们寒毛竖起。黑暗中，比外界更多的魔族生物围攻而来。

众人不得不开始反击，但正如所有人之前所想，裂谷中的魔族生物的确很多，实力也尚强，但如果只是围攻，就想大规模伤害他们的话，这是不可能的事。

神族究竟想做什么？众人一边御魔，一边思索。

又过了会儿，众人成功地来到那个连接着不知道多少万根管子的巨蛋下方。他们抬头仰望，只觉这个巨蛋大得不可思议，像是一座山。

“这个蛋要是破了，会发生什么？”

“我觉得最好还是不要让这样的事发生。”

“尽可能取一些东西走吧。”

“先研究研究。”

在众人交流的时候，北月殇晨早已灵识出窍，飞到这处岩壁内的最高处，从上而下俯瞰整个巨蛋。

几秒钟后，北月殇晨得出结论，这个巨蛋里没有灵识，换言之，这巨蛋内孕育的东西是死物，或者它单纯只是一个提供魔祖血脉能量的东西而已。

至于石壁内黑洞中的那些小蛋，则是一开始就被人为放置的，他们本身就是活着的魔族生物，只是来吸收魔祖的血脉能量。

这巨蛋的血脉能量经过如此长时间的对外输出，是怎么再造的？而且一点都没被稀释。它是怎么在死亡的情况下，仍然可以产出魔祖血脉能量的？神族这么做的意义是什么？这种方法可以学习吗？如果取走一些含有魔祖血脉能量的东西，在灵识层面进行引导后，可以造出为我们所用的魔族生物吗？

一个个疑问在北月殇晨的脑海中产生。在思考的同时，他的目光转向那一根根输送魔祖血脉能量的管子。

直接从巨蛋中抽取魔祖血液，大家都觉得有一定的危险性，而切断那数不清的管子中的一根，大概不会有什么问题。毕竟管子实在太多，少一两根应该也不会被发现，再说那个巨蛋也没灵识。

怀着同样的想法，一个又一个的九阶强者向那些管子发起了攻击。

下一刻，管子崩碎，果然有紫金色的液体从中流出。但数百米甚至上千米的管子中，只有一丁点紫金色的液体，如果不是所有人都在警惕地注视着，甚至不会发现它是从哪里坠落的。

数百根管子同时被截断，而后其中的液体滴落，众人拿出容器去接，而正在这时，北月殇晨的声音在灵识共享世界内响起："小心！"

话音未落，以巨蛋为中心如蜘蛛网一般的无数根管子发出密集而清脆的断裂声，紧跟着，紫金色的液体铺天盖地地倾泻而下，下方的众多九阶强者顿时心惊胆战。

他们想要收取含有魔祖血脉力量的东西是一回事，可要让他们沐浴其中，是另一回事！收取那样的东西，只是为了研究，只需要少量，而且还有容器盛放，可现在，那紫金色液体如雨落下，他们无处可躲。如果被淋到，会不会受到影响？会不会成为这个巨蛋的奴仆，被那些高阶魔族生物奴役？

一瞬间，所有强者心中想了许多事情，北月殇晨也是这样。

北月殇晨作为现场反应能力最强的人，他的灵识时刻监控着全场的情况，因此在第一根管子断裂的时候，他便发现了不对劲的地方。

那"蜘蛛网"尽头处无数的黑色球状物竟然同时爆发出了惊人的能量，震动管子，导致管子断裂，当紫金色液体倾泻而下的时候，即便是他也躲不开，面对这种实体攻击，他的灵识再强也没用。

在最关键的时刻，北月殇晨心中一动："守护壁障！"

一个透明的能量罩浮现在所有人的上空，将下落的紫金色液体悉数挡住，但从上空落下的紫金色液体实在太多，而且不知为何，比普通的水重许多倍，让北月殇晨感受到了沉重的压力。他推算以自己目前的实力动用《言灵之书》，最多只能撑住三秒钟。

但实际上，他显然不需要支撑这么久。

在场的都是诸海诸域的天才强者，他们虽然有那么一瞬间反应不及，但也只是一瞬间而已。

在北月殇晨的守护壁障挡住紫金色液体的一刹那，他们纷纷使出自己的防御手段，撑在自己或者同行者的上空。与此同时，他们转头望向北月殇晨，眼中流露出不可思议。

“他不是只凭借幽冥珠才成为联军总指挥的吗？”

“他之所以闻名法蓝，不是因为他是联军总指挥吗？”

他们知道北月殇晨很强，而且知道缘由，可现在北月殇晨瞬间就在高空中形成了一个透明的守护壁障，是怎么回事？

这守护壁障可不是一个七阶裁决者可以凝聚出来的，甚至绝大多数九阶强者都无法凝聚出来。

现场众多九阶强者经过深思，纷纷认为自己凭借至宝也未必能做到这样。这显然不是幽冥珠的力量，甚至不是蓝域的元素之力，而是一种未知的力量。

现场法域的许多九阶强者都略有触动，觉得自己的法典在欢呼，他们也不知道为什么，想着事后去问北月殇晨。

“轰！”

三秒钟后，守护壁障破碎。

漫天的紫金色液体轰然落下，砸落在众多生灵凝聚的防御屏障上。

这时，众人的脸色都变了，因为这时他们才明白北月殇晨刚刚究竟承受着怎样的重压。

这液体实在太沉重了。如果照这个趋势下去的话，他们根本撑不了太久，而刚刚北月殇晨居然为所有人撑了三秒钟，这简直不可思议！

北月殇晨站在原地，右手举着一把用《言灵之书》形成的雨伞，挡在自己和火离姬的头上，心里思考着接下来该怎么办。

顶着紫金色液体往外逃？

这不现实，四面八方全都是魔族生物，在正常情况下他们还挡得住，但现在他们需要分心去挡紫金色液体。

“难了。”北月殇晨暗叹一口气。

他才叹出这口气，便听见清脆的破裂声，一名九阶圣妖因为之前被北月殇晨的灵识洪流冲刷灵识世界，受了较重的伤，此时制造的屏障不够坚固，竟被紫金色液体压破，紧跟着被淋了一身。在被淋之前，这名九阶圣妖神色惊恐，认定自己要死了。

四周的同行者也都紧张地看向这名九阶圣妖，然而让所有人都觉得惊讶的是，这名被紫金色液体淋了满身的九阶圣妖什么事都没有。他们以为效果有延迟，可是一秒钟过去，三秒钟过去，五秒钟过去，依旧什么都没发生。

这名九阶圣妖自己也觉得很惊讶，他有些不敢相信地摸了摸自己的身体，又自检了一下体内的情况，没有任何伤。

“怎么回事？”

他左望望，右看看，似乎想确认自己的位置以及状况，好半晌后，他才从那种劫后余生的状态中脱离出来。

另一边，北月殇晨的灵识感知已经从头到尾把他给检查了一遍，确认他没有被魔化，也没有什么潜在的隐患。

那紫金色的液体淋在那名九阶圣妖的身上，就像让他淋了一场普普通通的雨，但是谁都知道，这不可能是普普通通的雨。

第149章

暴风雨中的海燕

虽然暂时不知道那紫金色液体会对生灵造成什么损伤，但那名九阶圣妖暂时安然无恙，总算是让所有人都松了口气。紧跟着，众人开始腾出些力气驱散周围的魔族生物，向石壁外的方向走去，但是清除魔族生物简单，想要处理他们死亡之后汇聚起来的魔祖血脉能量却极为困难。

这些魔祖血脉能量可不像紫金色液体那么无害，汇聚起来后，通常会造就几名超强的魔族生物，而且是不惧生死、非常难缠的魔族生物。如果九阶强者大批量死亡的话，将会影响在月星上之后的行动，北月殇晨自然不能让这样的事情发生。

只见《言灵之书》忽然呈现，无色无形，除了北月殇晨之外，谁也看不见。大量黑暗元素之力汇入《言灵之书》，赋予了北月殇晨某种神奇的能力，只见他伸出手往前一拨，那些阻挡在众人面前的魔族生物尽数被拨开，好像空气中有一双无形的大手。在此期间，不断有魔气轰击在那双无形的大手上，却没有对其造成任何损伤。

众人见状忍不住回头看了北月殇晨一眼，眼中满是惊讶。

“抓紧时间。”北月殇晨的黑暗元素之力没有神阶灵识之力那么丰沛，因此动用了一次《言灵之书》，他便脸色苍白。感受到众人的注视，他忙在灵识共享世界里道。

众人顿时回过神来，心中松了口气，感慨原来北月殇晨也没有那么强大，同时转身竭力往石壁外走去。

前方有魔祖血脉能量汇聚后变得强大的九阶魔皇似乎有那么一丁点神智，发现众人的目的后，他根本没有多余的动作，直接引爆自身，巨大的冲击波向四面八方扩散。

北月殇晨见状，立刻在最前方立起一面空气墙，挡住冲击波。冲击波的威能被削弱了七八成，余波继续扩散，但已经无法造成太大的伤害。众人又忍不住望向北月殇晨，此时他的脸色更加苍白了，但众人都有些怀疑他这脸色苍白是假装的。一个九阶魔皇的自爆产生的冲击波，北月殇晨说挡住就挡住了，即便是他们也很难办到。

接下来，众人又遇到不少险情，但大部分都被北月殇晨以一己之力挡下。北月殇晨的脸色越发苍白了，可尽管如此，他的防御还是如山一样稳固。在此期间，火离姬看着他吸收了一块又一块纯净的黑暗元素结晶来补充自身，心疼得不行。好在他有元素之心，恢复起黑暗元素之力来相当于九阶裁决者。

同行的诸多九阶强者在心中将北月殇晨的实力一次又一次地拔高，但最后他们全都悲哀地发现北月殇晨的实力太强了。别说是他们中的一个人，就算好几个人加起来怕也不是他的对手，这还是在他没动用幽冥珠的情况下。

不过哪怕北月殇晨再强，他们再小心，还是没能完全防住一刻不停地从天空中砸落的紫金色液体，有三十多名九阶强者被淋了，但都和最初那名圣妖一样，他们暂时没有任何损伤。让人感到心理不平衡的是，这些人里面没有人族强者，也没有火离姬，因为他们有北月殇晨的庇护。

其他种群的强者也没法去找北月殇晨理论，毕竟他们一不是同族，二不是亲密无间的队友，三不是关系非凡的亲人。

约莫三分钟后，众人终于从石壁中走了出来，不用再承受从天而降的紫金色液体。不过让所有人担心的是，石壁中的紫金色液体已经流了出来。如果它一直不停地流的话，恐怕会在裂谷中形成一条河，到时候众人无论躲在哪里都将被紫金色液体包围，届时局面肯定很难堪。在离去之前，所有人都收取了大量紫金色液体。

没多久，一行人走出这处分岔路口，向着另一条路走去，然后遇到了其他的分岔路口。经过商议，每个岔路口众人都去探了探，皆发现了镂空的石壁和巨大的蛋，但他们这次没有再去切断管子，导致紫金色液体落下。

裂谷很深，众人前行了一天一夜也没走到尽头。在此期间，他们先前有所预感的事终究还是发生了，而且是以十分凶猛的方式呈现出来。紫金色液体不停落下，如“魔雨”一般冲刷裂谷的大地，影响了其他岔路口尽头的紫金色巨蛋，让另外几处石壁内部也下起“魔雨”。紫金色液体汇聚起来，很快便形成一条河流，流淌到北月殇晨等人所在的范围。

北月殇晨见状，立刻用《言灵之书》制造出一艘虚幻的大船，让所有人登船。船是无色无形的，所以众人都不知道那是一艘船，只知道北月殇晨能让所有人轻松腾空，不禁开始猜测起他的能力来。值得庆幸的是，用船浮在“河流”上很简单，不会承受紫金色液体的冲刷，而且利用这条“河流”，北月殇晨等人加快了前往裂谷尽头的速度。只不过，意外总是如影随形。

才在“河流”上航行了没多久，天色就变暗了，一团团巨大的黑色云团从远方滚滚而来，在众人的上空怒号起来，倾泻下密集的雷霆，掀起凛冽的狂风。

“能下去的都下去，我要缩小范围。”下方无时无刻不在冲刷的“河流”、天空中劈落的雷霆和四周呼啸不绝的狂风让北月殇晨渐渐觉得压力大了起来，他当即毫不犹豫地在灵识共享世界里道。

大部分九阶强者闻言，很自觉地跳下了船，毕竟他们也是有尊严的。只有一小部分之前灵识受过重伤的强者在征求了北月殇晨的意见后，依旧留在船上，但他们也不是白留的，北月殇晨诚实地告诉他们自己此时的消耗极大，需要可以恢复黑暗元素之力的物品。他们纷纷表示自己可以提供，而他们提供的宝物，无论是元素之力的品质还是量，都比他从蓝域带来的要好得多。

风越来越大，雷霆也越来越密集，将一些下船的九阶强者掀翻，他们跌入了“河流”中，但和之前一样，没有受到任何影响。

几分钟后，除了受北月殇晨庇护的强者之外，其他所有强者都跌入了“河流”中。又过了几分钟，就连北月殇晨庇护的强者都跌入了“河流”中，只有北月殇晨强力庇护的火离姬和他自己没事。

到了现在，北月殇晨哪里还不明白，让所有人都被“魔雨”淋湿，被“河流”浸泡，是神族的意愿，否则哪有这么多巧合？只是神族到底要做什么？而自己又能坚持多久？有坚持下去的意义吗？他虽然是幽冥珠的执掌者，而且有《言灵之书》，但神族毕竟是一个曾经能和魔族抗衡的种群，哪怕是现在，也不会弱到哪里去。

北月殇晨不可能打败神族全族或其中的真正强者，所以他现在的坚持毫无意义，只是，他不愿意屈服。谁知道这些紫金色液体有什么副作用呢，即便现在还没有什么意外发生。

北月殇晨一边想着，一边灵识出窍。

在征求了一名蓝域九阶强者的同意后，北月殇晨入侵了他的灵识世界，从内到外仔仔细细地检查了个遍，没有发现任何异常，然后北月殇晨又用《言灵之书》将他从外部仔细检查了几遍，还是没有发现异常。这种没有异常的情况才是异常，才最让北月殇晨感到恐惧。

“河流”中，其余九阶强者经过最初的恐惧后，都趋于平静，而且他们四周也渐渐平静了下来。到了这时，他们当然也明白发生了什么，于是一个个将目光转向北月殇晨，神情有些复杂。

在来这里之前，所有人对北月殇晨的态度都很复杂，嫉妒、羡慕甚至是恨，瞧不起他凭借幽冥珠得来的成就，内心看不起他，但现在他们没办法看不起他。

在这段时间里，北月殇晨展现出了太多不属于幽冥珠的能力，而且众人有理由相信，他的那些能力即便也是来自某些至宝，这至宝也绝对不是随意落进他怀中的，而是经过他自身奋斗努力得来的。

在众人的注视下，北月殇晨四周的紫金色液体几乎要形成四堵高墙将他压下。

在这种情况下，他再也无法稳固住船，利用《言灵之书》的力量在背后形成了两对羽翼，而后抓住火离姬的肩膀向上空飞去。

“放我下去吧，你这样撑不了多久的。”

四周，紫金色液体形成的四堵水墙遮天蔽日，上空有密集的雷霆劈落，呼啸的狂风让她甚至无法化身火元素体。

环顾四周，火离姬能推算出北月殇晨究竟承受着多大的压力，但她略微挣扎了几下，就发现北月殇晨的双手像爪子一样抓住她，让她动弹不得。

“轰隆隆！”

雷声震耳欲聋，一道道或粗或细的雷霆巨蟒似的朝北月殇晨吐出芯子，但他就像暴风雨中的海燕，轻巧地穿梭，总是能躲过那些闪电，即便没有躲过被劈中了，不知为何也打不破他皮肤表层的防御，他明明没有动用黑暗元素之力。

这一情况让所有人再度沉默。

第150章

封魔印

月星，大裂谷中。

紫金色液体已经形成一片湖，这片湖比狂风暴雨中的大海更狂野，黑压压的云团像是巨人的脚掌狠狠踩下，震裂地面。威力无穷的雷电劈落在一众九阶强者身边时，其中的能量让他们为之色变。

然而，北月殇晨的速度比闪电更快，惊艳了众人，以及云层上的某些存在。

“这小家伙有点实力啊。”云层之上，有五名身穿纯白色长袍的人。他们是实实在在的人，至少表面上看起来是这样。而且他们个个气息内敛，但无论灵识还是体内的能量都强得可怕，有月神级的实力。

其中一名女性神色淡漠，凌空朝着北月殇晨所在的方向一指，一道只有发丝细的闪电破空而至，击中北月殇晨，他整个人顿时滞住，而后跌入湖中。他跌入湖中的下一秒，紫金色液体开始消退，也不知道退去了哪里。众人都落在地面的时候，发现不远处的高空中赫然有五名白袍人。

北月殇晨此时已经恢复正常，和火离姬站在一起，遥望着那五名白袍人，他在仔细地观察。

无论是五官、体表，还是其他什么地方，他们看起来都是纯粹的人，但他观察旁边兽人族强者的反应，第一时间确定这些人就是他们口中的神族。

这些生于魔兽星的神族究竟和人族有什么差别？北月殇晨的脑海中产生了一个疑问。

“你们的来意，我知道。”正当北月殇晨思绪万千之时，五名白袍人中的一名走了出来。

他是一名男性，身材修长，长相极美，神色平静，双手抵在腹部，低头看着北月殇晨等人，道：“封印魔祖的方法，我可以教给你们，但学习的难度很大，可能会付出你们的生命。”话音落下，人群中议论纷纷，但很快便又恢复了安静。

“看来你们都很坚定。”这名白袍人道，“那我现在就教你们。嗯，另外，我叫神九，我发现你们有点疑问，想问现在就可以问。”

“我有问题。”神九话刚说完，一名九阶圣妖站了出来，正是最先被紫金色液体淋到的那一个。

他内心始终因为此事而煎熬，现在见到可以解惑的人，哪里还忍得住：“我们淋了‘魔雨’，泡在那紫金色液体中，身体会有什么隐患吗？”

“算隐患吗？不算吧。”神九笑了笑，道，“它不会直接影响你们，但会让所有魔族生物潜意识里对你们怀有极大的恶意。从今往后，你们与魔族之间不存在任何的谈判和虚与委蛇，不只是你们，你们的子子孙孙全都会被魔族当作死敌。”

听完神九的这段话，众人心中生出一阵寒意。北月殇晨也一惊，心中总算明白神族为什么要将他们丢入裂谷中，原来只是为了让他们成为魔族的死敌，也只有这样，神族才能消除戒心。

只是不知道神族是怎么做到的，又是怎么肯定魔族一定会视他们如生死大敌。再有，以他们神族的实力，直接让他们淋场“雨”不行吗？何必多此一举把他们丢入裂谷中呢？北月殇晨虽然在腹诽，但心中的担心消除了大半。他本以为沾染上紫金色液体会有什么意想不到的隐患呢，但现在看来不算什么，毕竟魔族跟法蓝星的诸海诸族本就势不两立。

不过，谁也不知道几十年、数百年甚至上千年之后的事。此次前来月星的九阶强者，全都是诸海诸域的天才，他们将来有的会突破成为星神，有的会成为月神，他们会开枝散叶，他们的种群会长盛不衰，他们的后裔会遍布法蓝星的各个角落，而那些血脉能量的继承者也将会是魔族的死敌。

神族这是在确保哪怕成百上千年甚至上万年后，诸海诸域也不会和魔族和平相处。他们之间的仇恨果然是深仇大恨。

在北月殇晨思考的时候，那名九阶圣妖问出了他的疑惑：“你们为什么不直接淋在我们身上？何必……”他话没说完，但表达的意思很明显，为什么要多此一举。

“我们只是需要点时间考虑，是杀了你们就走还是利用你们。”神九嘴角扬起，他的表情让众人心中为之一寒。

此时此刻，众人才知道之前那段时间他们究竟经历了什么。

“好了，有问题可以之后慢慢问，先教你们封魔印。”

众人闻言皆肃穆以待，洗耳恭听。学会这封魔印正是他们此行的目的。

“封魔印其实很简单，只有三个步骤——聚能、释出、锁定。”

在神九说话的时候，另外四名白袍人已经无声无息地消失了，他们有月神级别的实力，众人根本不知道他们是什么时候走的，又去了哪里。

“很简单？”众人都在心中苦笑，如果简单，那他之前就不会说会有生命危险。

“封魔印是由神光凝聚、形成的一个印法，而神光则是魔族最惧怕的一种事物。”神九向众人介绍道，“我们神族从出生开始就具备神格，平时的修行就是壮大神格。神格足够强大，产生神性的时候，就可以释放出神光。嗯，按照你们法蓝星的分阶，神性是只有大天神才具备的东西。”

听到这里，众人都有疑问，但谁都没问，只是静静地听。神九站在月星的大地上环视一圈，道：“其实你们现在看到的月星已经经过了我们的改造，在月星的里面，有一枚神王级的神格，你们现在要做的，就是从月星里面凝聚出神光烙印来。”

话音落下，他挥洒出一片淡金色的光，光上用各族的文字写出了一种神术。这是他们近些年研究出来的、让外族也可以凝聚神光烙印的方法。

凝聚的方法很简单，但原材料不简单，需要一枚星神级的神格。

不过此时北月殇晨等人都没太专心去看神术，因为他们有些震惊，震惊于神族的手笔，震惊于神王级神格这一伟大的事物，好半晌后才回过神来。

“不用我说你们也应该知道，神王级的神光威能强大，但危险性也很高，特别是对于外族。所以你们凝聚神光烙印时，尽量小心。”

神九这么好心地提醒众人，显然不是关心他们的生死，而是怕死太多人他们无法回到法蓝星诞下后裔，不能让法蓝星诸族成为魔族的永世之敌。

“你们谁打算先来试试？”神九道，“我们之前也没试过让外族凝聚神光烙印，一切都只是建立在推算上。”

一阵低声的议论后，一名来自兽域的鳄兽人站了出来：“我先来吧。”

神九点了点头，示意这名鳄兽人走到自己面前来。

鳄兽人走到他面前后，他伸手从空气中取出一枚多边形的金色结晶体。这枚结晶体蕴含着强大而纯净的力量，比圣域的圣力纯净，比神圣澄海光明族的神圣之力纯净，比北月殇晨所知道的世间一切力量都更为纯净。

显然，这便是神九口中的神格。鳄兽人将神格握在手中，按照神九传下来的秘术，开始凝聚密布在月星之底的神光烙印。

只见神格散发出淡金色的微光，像灯塔一样，指引着未知的存在。片刻后，有萤火虫似的纯金色光点从月星表面浮现，朝着鳄兽人和神格的方向汇聚而去。当那些萤火光点来到鳄兽人身体周围的时候，他的皮肤骤然间变得通红，眉头死死皱起来，忍不住发出了惨叫声。

“啊！”听到他的惨叫声，众人一阵胆寒。

“神光可以伤害肉体和灵识。”神九道，“虽然这枚神格已经被我们改造过，对非魔族的生灵的伤害会降低，但它毕竟是神王级神格，你们明白吧？”

“那是否可以让星神或月神引导神光烙印？”有人问道。

“不行，先不说我们信不信得过你们的星神、月神，单说修成星神、月神后，他们也会产生类似于神性的事物，会与神格的神性冲突，所以外族想要施展封魔印，只能是九阶。”神九道。

“你们自己怎么……”这名树海族的九阶树圣话音未落，已引发同行者的嗤笑。

“魔祖复苏关他们什么事？无非是潜伏的时间更久些罢了。”

“也是，他们在月星，就算魔族一统法蓝，他们也可以提前离去，等到将来魔祖殒灭，魔族势弱时再回来即可，没必要冒被魔祖针对的危险。”

这名树圣瞬间就醒悟过来。与此同时，那名鳄兽人仍然在坚持，他的皮肤已经通红，表情扭曲，显然是在强撑。

“实在不行就别撑了，会死的，凝聚神光烙印需要强大的肉身和灵识，但也需要一点运气，有些特殊的存在天生就亲和神光，显然你不是。”神九语气淡漠地道。

鳄兽人此时已经神志不清，但在生命即将消逝的紧要关头，他还是强行散去神术，而后推金山倒玉柱般地砸倒在地。

现场一片死寂。

好半晌后，才有第二人上前，是妖域的一名九阶圣灵。

第151章

神光烙印

这名九阶圣灵石惊的本体是产自妖域东北部海角的一块巨石，他承受狂风巨浪拍击，上千年才成精，在精怪族统治的日辰帝国内以肉体强大著称。

只见石惊走上前去，同样从神九的手中接过那枚多边形结晶体。

星星点点的光斑从地下浮出，汇聚在他的手中，他原本灰色的手掌一下子变成了淡金色，隐约有青烟飘起。

起初只是他的手掌，很快便蔓延到他的手腕，然后是整条手臂，直至全身都变为淡金色。

他的长相本就棱角分明，此时涂抹上一层淡金色，好似一个铜人。

片刻后，他全身都冒起白烟，从登月至今几乎没怎么变动过的脸庞也开始狰狞起来，就像有人用力扭曲一块金铁。

一团金色光芒渐渐凝聚在他的手掌心，只是光芒波动得很厉害，如清晨刺破云雾的阳光，在林间投下长短不一的斑驳光影。

“应该要成功了吧？”

所有人看着石惊的状态，心中松了口气，看来也不算太难，然而正在此时，北月殇晨却道：“再撑下去，他会死。”

众人闻言，顿时望向北月殇晨。

“他的灵识正备受煎熬。”北月殇晨道，“他自己可能无法脱离这种状态，要我帮助他吗？”

北月殇晨望向妖域日辰帝国领头的几名九阶圣灵。一群九阶圣灵低声讨论后，决定让北月殇晨援救。

北月殇晨当即调动神阶灵识之力飞向石惊，将他的灵识与手中神格分隔。

下一秒，石惊轰然倒地。

一旁的神九有些惊讶地看了北月殇晨一眼。

神九是月星的几名月神级强者之一，他的目光遍及月星，自然看得见北月殇晨一行人的一举一动，所以他知道北月殇晨是幽冥珠的执掌者，擅长灵识一道。

可这也太擅长了吧？

前一秒钟，石惊手中的神格就像大江里的水草，死死地缠住石惊，即便是神九想分开两者，也只能利用神魂强行切割水草，但北月殇晨没有这么做，他毫不费力地解除了水草的缠绕。

天知道神九在那一瞬间思考了多少东西。

石惊倒下后，又是下一个。

这次是生命绿海树海族的九阶树圣，他败在身体不够强大。

之后是岩浆赤海火黎族的强者和神圣澄海光明族的强者，他们一个败在灵识不够强大，一个则是身体和灵识两方面都不够强大。

一个接一个尝试，北月殇晨始终没有站上前去。

他在观察分析，毕竟他非常了解自己，灵识方面不用担心，但是身体素质呢？他的身体素质从没强大过。

接下来，有一名兽域的九阶兽王不顾警告，在强行尝试后死亡。在他死亡后，一些擅长观察的人似乎积累了足够多的经验，终于成功凝聚出神光烙印。

第一名成功凝聚出神光烙印的是妖怪族的一名天才九阶圣妖，他也是此行妖怪族的领头妖，名为凛至，但他凝聚出来的神光烙印比较弱，在他的手掌心闪烁着暗淡的光芒，像是随时都会熄灭的摇曳灯火，但再怎么暗淡，它终归是神光烙印。

不过正如神九所说的那样，凝聚神光烙印只是第一步而已，第二步是释出，更难的在后面。

间隔几人后，来自兽域的九阶兽王鸿凌成功凝聚神光烙印，他的神光烙印不再暗淡，而是稍显明亮。之后是来自人族法域的武示，他凝聚出的神光烙印稍大一些，有法域特有的藤球般大小。

他的成功给了光明族一名九阶强者以灵感，而后这位名叫白曳的光明族人也成功凝聚神光烙印，而且她的神光烙印比武示的更大，光芒将她整个人都包裹了进去，像个小太阳。

接下来，众人的成功率开始增加，但凝聚出的神光烙印的明亮程度和大小都没有超过白曳的，仿佛这已经是极限。

这让众人感到挫败，也不知道这样下去，怎么才能封印魔祖。

“神光烙印的纯粹度影响着封魔印的威能，虽然神光烙印的纯粹度、浓度都是可以通过锻炼提升的，但从你们最开始凝聚出来的那个数量，大致可以推断出将来的成长极限，很遗憾地告诉你们，如果仅此而已的话，你们全部加起来都不够封印魔祖。”

神九的话现实而扎心，也让许多尚未开始凝聚神光烙印的九阶强者产生了挑战之心，他们不再去考虑自己能不能成功，而是想着凝聚的神光烙印最多会有多少！

最少的自然是那些如拳头大小的，光芒暗淡。

好一点依旧是拳头大小，不过光芒不再暗淡，而是显得明亮。

再之后是西瓜大小。

能凝聚出和白曳的神光烙印大小、明亮度差不多的神光烙印的人也多了起来，但没有超越她的，如果这种程度的话，对付寻常的魔族生物甚至是大天神都够了，但是对付魔祖远远不够。

最终，神九将目光放在了北月殇晨身上。其实这次他最期待的，觉得最有可能作为魔祖封印者的，就是北月殇晨。

神九唯一有些担心的是，北月殇晨的身体素质可能不太够，不过他才七阶，还有时间，而且他们可以帮助他。

在神九的期待中，在所有人的期待中，北月殇晨终于站了出来，缓缓走上前去，从神九手中取过神格。

神格入手温暖，像是一块被热水烫过的鹅卵石。

按照神九传授的神术，北月殇晨的神阶灵识之力微动，灌注到手中的神格里，紧跟着这枚神格扩大了他的灵识响应范围，增强了某种特殊属性，对月星之下的大地产生了巨大的吸引力。

下一秒钟，整个世界都金光闪闪！

金光像是潮水一样从地底下涌出，汇聚起来后，在空中形成环带，向着北月殇晨手中的神格飞去。

要知道先前无论是谁尝试凝聚神光烙印，都只能凝聚出一些萤火而已，哪可能形成环带？

众人虽然震惊，但紧跟着便皱起了眉头。

对于北月殇晨可能会凝聚出大量神光的事，他们其实是有心理准备的，因为凝聚神光烙印最看重的就是灵识的强度，没人会觉得自己的灵识之力比北月殇晨强。

只是，凝聚出那么多神光，他的身体承受得住吗？

大家都知道北月殇晨来自蓝域，修炼的是元素之力，而且是不擅长增强身体素质的黑暗元素，如果他强行凝聚这么多的神光，大概率下一秒他的身体就会被神光净化成灰。

不过众人相信，历经艰辛组成诸海诸域联盟的北月殇晨不会是一个白痴，他可能有办法。

凝聚神光烙印时，高温和一种受到死亡威胁的感觉从心头升起，但北月殇晨不为所动。无声无息间，《言灵之书》浮现在他眼前。

在《言灵之书》出现的那一刻，所有人都没有反应，唯独神九笑了起来。

黑暗元素之力涌动间，言灵之力发动，一条条纹路突兀地出现在北月殇晨的皮肤表层。

如果此时其他人可以看到北月殇晨衣服下的皮肤，应该就能认出来，这和刚才一名来自兽域擅长身体防御的熊兽人体表的纹路一模一样。

这纹路是熊兽人族的秘术，可以增强身体防御能力。

而后，北月殇晨的骨骼开始震荡起来，似乎有了某种细微的变化。

他的体表浮现一层又一层透明的皮肤，那是现场所有身体强大的九阶天才的身体表层，被北月殇晨利用《言灵之书》的力量完全复制了下来。

只要他的黑暗元素之力不绝，他就能一直维持下去。

在现场除了神九之外的所有人看来，北月殇晨什么都没做，可实际上北月殇晨已经用尽了全力。

他的体表现在足有几十层极薄但防御能力极强的皮肤。

在这种情况下，凝聚的神光烙印终于到了北月殇晨的右手掌心。

一个淡金色的光团形成。

金光涌入，淡金色光团变成金色光团，但未再变大。

金色越来越浓，大小始终如一，但所有人都能感觉到这光团中的能量在激增。

“嗯？他怎么没事？”

众人一直在观察神光烙印，同时也在观察北月殇晨，发现他神情不变，体表一没变成淡金色，二没冒起青烟，只是隐约间能察觉到他的身体周围有异样的能量在波动。这时他们想起先前北月殇晨用无色无形能量造出来的船，心中顿时震惊。

他们刚才也各自动用了手段，不仅仅是拿身体去硬抗神光，但都没能抗太久，按照之前北月殇晨消耗能量的速度来看，他现在快力竭了吧？就算他时刻都在恢复，也撑不了太久吧？

此时的神九却微微点头，露出一个满意的微笑。

刚才所有人都在观察，但只有北月殇晨观察到了真相。

神光烙印是以身体作为停驻点，然后表现在手掌，北月殇晨凭空变出几十层肉体表层，用它们来留住神光烙印，其实不会太消耗元素之力，因为他根本没有用皮肤去抵抗那些神光，而是容纳，就算烧成金色又怎么样，又伤害不到他。

而且他的灵识强大，始终把神光烙印压制在手掌心，让它的威能越来越大，仅仅是第一次凝聚神光烙印，他就已经超越了神族不少九阶天才。

不愧是七神珠选中的人。神九想起当初七神珠阻挡神星降临的画面，心中有些感慨。

第152章

祖陵

片刻后，北月殇晨的手掌心仍然只有一团金色的神光烙印，但所有人都能感知到其中蕴含的磅礴能量，而且从北月殇晨游刃有余的状态来看，这还远远不到他的极限。

“就这样吧。”眼看时间一分一秒地流逝，神九出言阻止了北月殇晨。

“嗯？”

正全身心凝聚神光烙印的北月殇晨闻言，立刻散去神光烙印，将灵识之力收回，又停止黑暗元素之力对《言灵之书》的灌注。

一切都归于平静，但众人的心很不平静。

北月殇晨之后，剩下的人依次去尝试。在此期间，不少人都走到北月殇晨身旁，询问他相关的诀窍。

北月殇晨诚实地告诉了他们，需要用身体来贮存神光烙印，这是绝大多数人都做不到的事，那会永久地损伤身体。

虽说在场大部分人在学习凝聚神光烙印方面都没什么天赋，但神九并没有因此不让他们尝试。越多人学会凝聚神光烙印，能伤害到魔族的人也就越多，这是他们乐意看到的事。

至于星神级神格，在神族统治神星的那段漫长岁月里，不知道诞生过多少星神，即便到了现在，他们族内也仍有大量留存，不怕这点消耗。

在北月殇晨后不久，火离姬也在他的指导下去尝试。

与幽冥珠有某种奇妙联系的她，也成功凝聚出一团稳定的神光烙印，超越了除北月殇晨之外的所有人，让神九惊叹不已。

一个多小时过去了，所有人都完成了尝试。

在前来月星的幸存者里面，只有七十三名能成功凝聚神光烙印。其中北月殇晨自然是最强的那一个，第二档次是火离姬，其次才是以白曳为首的几人，再往后都不值一提。

“你们现在在月星上，凝聚神光烙印很快，但回到法蓝星后，凝聚神光烙印的速度会慢一些，但不会慢太多，毕竟神光烙印也是光，它的速度非常快。”神九道，“凝聚完之后是释出，释出分为两步，第一步是通过肉眼找到目标，第二步是释出神光烙印命中目标。这点会很难，因为你们的目标是活物，或者某种魔族封印物，你们不可能走到那里把神光烙印放下，而是要命中。一旦你们成功命中，就可以通过神光烙印锁定目标。在这三百多年的时光里，我们利用二十四枚月神级神格，在法蓝星外形成一片神网，只要你们通过它锁定目标，月星会自动凝聚封魔印进行封印。”

神九话音未落，北月殇晨等人已经陷入极度的震惊当中。

他们完全不知道，在过去的三百多年里，从未听闻过的神族居然已经做了这么多事情。

“所以你们回到法蓝星后，首要任务就是找到魔祖。相信我，他不会那么容易被你们找到。”神九道。

“找到魔祖……”北月殇晨心头一紧，“那岂不是要进入魔域？”

“没错。”神九点了点头。

众人面面相觑，有些无语。

魔域，法蓝星最危险的地方，而魔祖沉眠之地肯定守备森严，更危险。

“据我所知，魔祖沉睡在祖陵之中，为了不被干扰地恢复到巅峰状态，他一共修建了上万座祖陵，每座祖陵都规模宏大，有大军镇守，可以以假乱真，不深入其中很难确定哪一座是他所在的祖陵。”一名兽域九阶兽王苦涩地道。

“上万座……”

那要是有上万个北月殇晨就好了，直接全给轰掉。有人脑海中产生了一个不切实际的想法。

“这是你们的麻烦。”神九道，“接下来详细说一下释出神光后的第二步。释出之后，你们需要远距离对神光烙印进行操控，神光烙印的构成是光，但那是在神王级神格的作用下，当你们凝聚起来后，烙印的速度会大大降低，降低到一种可视且可被击落的层次。魔族有很多魔都可以将其击落，所以在确定魔祖所在祖陵前，你们不能暴露封魔印这一手段，否则会让魔族心生警惕。此事了结之后，无论你们成功与否，都可以用封魔印清除魔族，不过假如失败的话，留给你们的时间很短，因为我们将不会继续待在这里。”

众人闻言心头沉重。如果失败，没有了神族的帮助，法蓝星恐怕很长一段时间都要笼罩在魔族的阴影下，而且不知何年何月才会诞生希望的火种，所以，他们不能失败，只能成功！

“现在先教你们神网的使用方式吧。”

神九说完后，挥手洒下一片金光。

众人定睛一看，发现那金光竟是一枚枚神格，悬在他们身前，细数过去，足有七十三枚，正好对应可以凝聚神光烙印的七十三人！

至于其他没能凝聚出神光烙印的九阶强者，只能靠边站，艳羡地看着以北月殇晨为首的七十三人。

“这七十三枚神格经过我族特殊改制，可以与法蓝星的神格神网相连接，只有握着它你们才可以连接神网，锁定神光烙印。”神九说完，示意道，“现在就试试看，灵识出窍到里面，看看你们能坚持多久。不要以为很简单，锁定神光烙印也会很麻烦。”

众人闻言后，有的在犹豫，有的立刻灵识出窍，沉入手中的神格中去了。

下一秒，众人眼中的世界发生了巨大的变化！

北月殇晨只觉得自己成了一个巨大的神灵，从宇宙中俯瞰着整颗法蓝星。

他的目光转动间，看见了蓝域，而后又看见了法域、魔域、圣域、妖域。

火离姬也沉浸在这种独特的视角带来的感知中，觉得不可思议。

“你们可以任意选定一个地点，看看你们的锁定范围有多大。”神九的声音响起。

北月殇晨听了，心念一动，下一秒，法蓝星消失，停留在他眼中的只剩下蓝域，而后蓝域消失，停留在他眼中的只有黑暗之城，再之后，黑暗之城消失，停留在他眼中的只有他自小生活的那座城主府，以及城主府中的修炼室。

看着这间修炼室，北月殇晨被震惊得久久不能言语。

“不愧是神族，当初把魔族死死压制的种群，他们究竟出了什么变故才输给了魔族？胜过了神族的魔族，他们的底蕴又该多么可怕？”

北月殇晨感叹完之后，又在黑暗之城转了转。

久久没有听到神九的声音，北月殇晨想了想，继续浏览一些别的地方。

比如蓝域的雷城，远在海洋的魔兽战场，位于无尽蓝海某个未知处的世界漩涡，位于岩浆赤海的落阳城，神圣澄海的天堂岛，甚至是被生命之障遮住的生命绿海的碧天岛，妖域的祖庭内部，乃至于他从未去过的魔域。这些地方的画面全都是实时的，北月殇晨甚至可以看见蓝域雷城之中，人潮汹涌。

魔兽战场中，一个象兽人正在践踏一个影魔族生物。

世界漩涡中，诸海诸域仍在调动兵力，天堂岛的女战士们正在刻苦练习自己的弓法，生命绿海中的树海族在绿色的海洋上嬉闹。

魔域，一个个渺小的魔族生物正在努力地修炼，冲击更高的位置。

看着那一个个陌生或熟悉的魔域之地，北月殇晨动了个念头，既然可以如此清晰地看到魔域，何不趁此机会绘制一张地图呢？

转念他又想，神族肯定早就这么做过了，到时候找神九要就行。

不过北月殇晨还是对魔域很感兴趣，因此一直在看，他想知道此时此刻的魔域与他“记忆”中的魔域有什么不同。

很快，他找到了魔域一个个王朝的王城。

他看到了一座座城池，看到了魔族生物们每天的生活，看到了魔族生物们之间的厮杀，他们的学习场所、厮杀场所、历练场所。

他甚至还看到了一座座祖陵。

魔祖的祖陵是一个高达千米的纯黑色金字塔。金字塔上有一根根锁链延伸到空中，乌云笼罩的地方不时有雷霆在奔腾。祖陵的八个方向都有驻军，每一个军营都有上万名强大的魔族生物，他们会聚在一起，形成的魔气滔天。

有那么一瞬间，北月殇晨觉得这应该就是魔祖的真实所在地吧，可他转念又打消了这念头，因为这有点太儿戏了，这座祖陵就在魔族某一王朝的王城旁边，与王城呼应。以魔祖的实力，他的祖陵岂能被王城夺去光辉？

这一场漫游，他也不知道进行了多久，只觉得脑子里面关于魔族的知识正在飞快地增加。

他渐渐沉迷了。很久以后，他总算有了一丝疲惫感。他心想应该是时候了吧，便从俯瞰的状态退回。

他睁开眼睛的时候，发现一道道目光正死死地盯着自己，像是自己脸上有花一样。

北月殇晨猛然间意识到什么，于是看向身边的火离姬，道：“我连接神网多久了？”

“三天。”火离姬的神情有些复杂。

“那你们呢？”

火离姬也是七十三人中的一个。

“我？一个半小时。”火离姬道，“其他人，少的只有十几分钟，最长的也才三个小时十二分钟。”

“这样吗？”北月殇晨恍然大悟，难怪所有人都这么看自己。

“你都看到了什么？”正当北月殇晨想继续问下去的时候，神九忽然问道。

北月殇晨注意到他的眼睛前所未有地明亮。

第153章

牺牲

“我……”北月殇晨沉默了几秒钟后，道，“我看见了所有。”

众人闻言沉默了。

“所有？所有是什么意思？”好一会儿后，才有人问道。

北月殇晨略作迟疑，而后把自己刚才看到的画面一一转述给众人。

然后，又是一片死寂。

“所以你们看见了什么？”北月殇晨转头看向火离姬。

“我试图去看落阳城，但视线模糊，后来我又去看黑暗之城，稍微清楚些，但仍然看不太清楚。不过随着时间的流逝，视线会稍微清楚些，可是我的灵识之力撑不了那么久。”火离姬道。

听完火离姬的话，北月殇晨这才知道自己刚才描述的那些内容有多么震撼人心。

“所以，你们绘制过法蓝星的地图吗？”北月殇晨又望向神九。

“在缓慢进行中。”神九道。

北月殇晨更加觉得自己刚才描述的内容骇人听闻。

“所以，我刚才是什么情况？”北月殇晨问道。

“利用神网，最主要的是看灵识强度，灵识强大的，可以利用得久一些，看得清楚一些，嗯，就是画面的实时性要强一些。”神九看着北月殇晨，道，“你的灵识很强，比许多星神都强，但你肯定强不过我，可是你刚才对神网的利用已经超过了我，所以说实话我也看不透。”

北月殇晨闻言陷入思考中。

“如果要我猜测，”神九道，“应该是幽冥珠撬动了法蓝星这片世界的法则力量，所以才让你看得这么清楚、这么久。”

神九望着北月殇晨，肯定地道：“无论如何，这是件好事！”

的确，这是件天大的好事！

兴许都用不到其他人，只要北月殇晨能够凝聚更多的神光烙印，撬动更强大的力量，如此清晰地锁定目标，再将之释放，就可以封印魔祖！

只是这需要一段时间的努力，因为要封印魔祖，仅凭借北月殇晨凝聚的那点神光烙印可不够，还得有外力的帮助。

这些事情，神族心里都有数。

“之后的时间，有空你就多观察一下魔域吧，最好能把完整的地图绘制出来。”神九道。

“好。”北月殇晨点了点头。

“那现在说最后一步。”神九道，“你们已经知道怎么用神网了，也知道怎么锁定目标了，锁定目标之后，你们只需要等待封魔印降临就可以了。嗯，接下来一段时间，你们就留在月星上吧，在这里练习一下神网的使用方法，还有释出第二阶段的引导和规避。”

“最主要是你。”神九将目光转向北月殇晨。

“接下来一段时间？”北月殇晨微微皱眉，“万一天启之日就在最近呢？”

“没那么快，按照我们的估算，应该还有三十七天，是那天的正午。”神九道。

北月殇晨闻言松了口气，原来神族知道具体时间。

“月星上面也有一套类似的神网，一会儿我给你们另外一枚神格，让你们可以接通月星上的神网。”神九看向其他七十二名九阶强者，道，“你们会由其他人负责教授。”而后他又看向那些被淘汰的九阶强者，“我会派一位神教导你们灭魔之法。”

“至于你。”神九看向北月殇晨，道，“你跟我来。”

话落，神九腾空而起。

北月殇晨转头看了眼火离姬，在她还没来得及说话的时候便开口道：“没事。”

以月星上神族的实力，杀死他们所有人都是易如反掌的事，神族要真有恶意，火离姬跟着也没用。

说到底，法蓝星的高层之所以送他们到月星上来，是认定神族对魔族的仇恨可以战胜其他一切情绪和诱惑。

“老实告诉你，想要封印魔祖，仅凭封魔印是不够的，多少神光烙印都不够。神王级强者的实力超乎你的想象，几乎没有任何事物可以真正杀死他们，从某种程度上来说，即便那些早已逝去的神王级强者，也还存在于未知的空间和时间。”

北月殇晨刚跟上神九，便听到一个让他沉默的消息。

“那要怎么才能真正封印他？”北月殇晨问道。

“那需要一些人做出牺牲。”神九道。

“你说吧。”北月殇晨平静地道。

裂谷之中，众九阶天才望着渐渐远去的北月殇晨和神九，久久无言。

他们知道自己连封印魔祖的后备力量都算不上，只是神族训练出来让魔族头疼的外族力量而已，但他们愿意成为这样的存在。因为他们与魔族不死不休，在沾染紫金色液体前是这样，之后更是这样。

没过多久，北月殇晨和神九从天而降。

此时他们所处的位置是一片凹凸不平的灰白色平原地带。

“封魔印可以重创魔祖，为达此目的，你需要凝聚出月神级别的神光烙印，也只有那样，才可以撬动神王级的封魔印。”神九道，“以你现在的实力不可能办到，至少也得是星神级别，而且得是巅峰，一个月的时间，你不能连续突破，所以必须要借助一些外力。”

“嗯。”北月殇晨神色平静，点了点头，哪怕他知道使用外力肯定会影响他将来的修行。

“那片湖里洒满了神晶磨成的粉，从今天开始，你每天浸泡一次，一个月的时间，应该可以让你的身体素质提升到星神级别。”神九指了指右边的巨大圆坑，坑中盛满了金色的液体。

北月殇晨转头望去，感受到其中蕴含的能量，沉默了会儿：“应该会很疼吧。”

“怎么，你受不了？”神九瞥了一眼北月殇晨。

北月殇晨摇了摇头，继续沉默。

“这枚神格源自我族一位圣者，神中圣者，神圣，他殒灭后的神格蕴含着神星最纯粹的能量，可以被你吸收，而且不受瓶颈限制，一个月的时间应该足够让你吸收完，然后按照星神级别的消耗，应该可以维持半月时间，足够你在关键时候使用。”

神九说话间，递给北月殇晨一枚纯白色的多边形结晶体，北月殇晨甚至感受不到其中蕴含的澎湃力量，但他明白神九不会无的放矢。

接过神格后，北月殇晨将其收入空间戒指中，这才开始在神九的指导下，练习封印魔祖的诸多步骤。

北月殇晨先是按照先前的步骤，从地底下凝聚出神光烙印，然后将它推送到五十里外神九的指定坐标点，那是峡谷中的一个石柱，石柱上捆缚着一名恶魔族生物。

神光烙印落在恶魔族生物身上后，北月殇晨这才将灵识注入神格当中。

视野迅速变得开阔，他开始从高空俯瞰月星，画面清晰至极。

北月殇晨不断收缩视野，最终锁定了恶魔族生物身上闪闪发光的神光烙印。

最后一步，北月殇晨通过神网下达了攻击命令。

下一秒，“轰！”

只听见低沉的爆炸声响起，一道璀璨的光柱从月星的地底喷出，将被神光烙印锁定的恶魔族生物消融了。

封魔印光柱很快消失，大地没有开裂，空气没有被灼烧，那名恶魔族生物只是凭空消失了。

“他去了哪里？”利用神网看见这幅画面的北月殇晨立刻问道。

“被封印在了神星的法则中。”神九道，“扛不住法则洪流的只有死，扛得住的就是被封印。”

北月殇晨恍然大悟。

“神星破碎后，法则的力量大大削弱，月星上所剩不多，但魔域和兽域还算完整，所以无论在魔域还是兽域，利用封魔印都能把魔族生物封印进去。”

神九解释完后，开始给北月殇晨下一个目标的坐标。虽然北月殇晨表现出了惊人的天赋，但他可不想在关键时候出错。

之后的几分钟时间里，北月殇晨又利用封魔印连续击中了几个目标，而后神九便改变了北月殇晨释出神光烙印的训练方式，他开始拦截北月殇晨引导的神光烙印。

他是一个月神，无论是体内的神力还是灵识之力都极其强大，也不见他有任何的动作，一道淡不可见的光芒破空而出，眨眼便将北月殇晨刚刚释放出，转瞬百公里远的神光烙印挡住，但北月殇晨早有预料，立刻开始转弯逃窜，这非常考验他的灵识之力和反应能力。

于是两者的神光烙印便开始在空中互相缠绕，疾驰穿梭，像是两道闪电。

远方的裂谷之中，正在训练的众人看见那两道穿梭而过的神光烙印，神情复杂，而当他们确定其中一道是北月殇晨的，另一道是神九的的时候，心中难受得无以复加，想将幽冥珠夺回自己族内的念头越发强烈了。

往后的几天时间里，北月殇晨便按部就班地修炼起来，进步可谓神速。

与此同时，北月殇晨在征得一名人族九阶强者的同意后，将分裂出来的一缕灵识寄生在他的身上，而后他的灵识跨越月星与法蓝星之间的间隔，回到了法蓝星上。

在这种情况下，北月殇晨自然不能动用幽冥珠灵识共享世界的能力，于是他直接找上蓝域大长老，与他商议接下来需要做的一些准备。

第154章

化身恶魔

蓝域，雷城，大长老居所。

此时大长老正站在崖畔，在即将被群山淹没的夕阳下眺望远方。他的右手处有一株蓝域很常见的树，树干上蹲着一只很寻常的蓝鸟，但蓝鸟正很不寻常地发出人声。

“大概就是这样。”这只蓝鸟显然就是北月殇晨。他在借用蓝域九阶强者的灵识回到法蓝星后，暂时寄居在一只蓝鸟的体内，不过他没有直接夺取它的灵识，只是借用和操控而已。蓝鸟虽小，也是生命。

北月殇晨刚刚把众多九阶强者在月星的情况告诉了大长老，后者陷入短暂的沉默，好半晌后才道：“所以我们现在的第一步，是要找到魔祖沉睡在哪一处祖陵？”

“嗯。”蓝鸟张了张嘴。

“那需要全法蓝星的势力一起努力才行。”大长老道。

三百多年来，魔族虽然没有再启战端，但无论是近在咫尺的兽域、妖域，还是远在海外的生命绿海、神圣澄海，都看得出魔族一统法蓝的野心，所以他们始终在警惕着魔族，积极备战，而备战的第一步，自然是收集信息。

诸海诸域想方设法在魔域安插了许多暗探，有的甚至已经潜伏两百年之久，遍及各行各业，身份有高有低。他们平时轻易不会传回消息，可一旦到了战时，这些潜伏已久的暗探将会发挥惊人的作用，而现在正是他们发挥作用的最佳时机。

封印魔祖，重创魔族，将会给法蓝星诸海诸域更多的准备时间。

“我先将消息传出吧。”北月殇晨和幽冥珠不在法蓝星，自然无法动用灵识共享世界，但毕竟是战时，诸海诸域公布了自己的世界漩涡，因此消息的传递比平时快了许多。而北月殇晨给出的重要消息，将会以最快的速度到达诸海诸域的决策层，但再快也至少要三天时间。

在此期间，蓝域率先调动起自己潜伏在魔域的暗探。

北月殇晨知道蓝域在魔域还有暗探的时候，颇为吃惊，毕竟人族三域式微，而暗访对象又是魔族，他很难想象前人是靠着多么大的决心，又付出了多么大的代价，才将那些暗探送入魔域。

“早在大灾变时期，人族先祖们就知道魔域和兽域不可能根除，所以在那时就留有后手。”大长老简单地解释了一下。

北月殇晨这才恍然大悟。两人聊完魔祖祖陵的事后，又开始交流其他的，比如有没有可能和神族建立友好同盟关系，有没有可能从神族那里学习一些比较有用的秘术，或者换取利于人族的资源等，看着大长老那张略显苍老的面庞上透露出的期待，北月殇晨心中一酸。

之后，北月殇晨开始了解他离开这几天法蓝星的变化。因为没有他在，幽灵青海的战况平和了一些。

这也有诸海诸域意图拖延时间的原因在里面，魔域兴许发现了，兴许没发现，但这不重要，毕竟魔域本身就想拖延时间，只是不知道拖延时间最终会便宜谁。

战况平缓，没有任何大事发生，而其他任何事跟前线战事比起来，都不算什么。时间转眼已经来到三天后，北月殇晨带回来的消息已经成功传至诸海诸域的高层，而后诸海诸域的高层都第一时间启动了身处魔域的暗探们，让他们找寻魔祖祖陵的真正位置。

不过所有人都知道希望渺茫。但希望再渺茫，也要去尝试和寻找，否则全法蓝星都会遭殃。

之后的一段时间，诸海诸域互通有无，但每一则消息都只能让大长老的神色更悲苦一些，北月殇晨听在耳中，心里也是一阵发凉。

因为间隔距离太远，北月殇晨分魂获取的消息传回月星的速度较慢，不过他也不太需要获取太多的消息，身处月星的他也可以利用神格神网去监控魔域的情况，虽然看不清建筑物里发生的事，但露天场合下的大规模抓捕和翻查行动，他还是看得一清二楚的，由此推断出不少暗探的处境。

他一边利用神格神网监察魔域，一边则在神九的指导下，训练神光烙印无规律变道的技巧，在不够专注的情况下，被神九操控的神光烙印击中。

“怎么了？”神九看出北月殇晨心神不稳。

“魔域的情况不容乐观。”北月殇晨道。

“很正常。”神九道，“这件事，很大概率还是要落在你身上。”

“嗯？”北月殇晨语调微扬。

“魔祖祖陵之所在，肯定是魔族内部的一级秘密，大部分月神恐怕都不知道它的具体位置。我想魔域内也不会有大天神级的暗探吧？所以，只能靠你去找出祖陵的位置。”神九道。

“必须是我吗？”北月殇晨道，“我不是怕死，而是我死不起。”

的确，他执掌着幽冥珠，是人族对付魔族最大的后手，他不能死。

“我也不想你死。”神九深深看了北月殇晨一眼，道，“必须是你，也大概率只有你，才能找出祖陵所在。”

“那我得提前回去了。”北月殇晨道。

“嗯。”神九点了点头，“所以你的训练要更加艰苦一些了。”话音落下，神九挥洒出数十道神光烙印。北月殇晨见状，也凝聚出神光烙印释放出去，他那一道神光烙印在神九的数十道神光烙印的围剿下穿梭旋转，渐渐消失在远方。

“我打算亲自前往魔域，调查祖陵所在。”化作蓝鸟的北月殇晨向一旁的大长老道。

“你？不行！”大长老想也没想，断然拒绝道。

“我当然知道我的重要性。”北月殇晨道，“可是您也说过，只有七神珠齐聚才能改变人族的命运，可现在的情况呢？我要是再不站出来，整个法蓝星都会被魔族统治，人族哪还有机会获取其他六颗神珠？”

“你已经想好了？”大长老见北月殇晨语气坚定，也平静了下来。

“嗯。”北月殇晨点了点头，“我会做好充分的准备。”

“神族不是说你身上的血腥气会让所有魔族生物仇恨、敌视你，不给你一丝机会的吗？”大长老道。

“这是他们想出来的手段，自然有办法解决。”北月殇晨道。

“既然如此，我还能说什么吗？”大长老苦笑道，“唉，只怪我不够强，不能替你去。”

“这本就是我的职责。”北月殇晨道，“这些好事都找上我，不可能是无缘无故的，我一早就清楚了。”

“好吧。”大长老点了点头，不知道该再多说些什么，好一会儿，他才道，“你想好具体的办法了吗？”

“神族告诉我，现任魔祖和魔兽星过往的那些魔祖没有任何关系，但是每一个魔祖都是可以撬动法则的存在。我现在沾染了之前七名魔祖直系亲属的血脉能量，再加上现任魔祖的直系后裔的血脉能量，应该可以找出真正祖陵的位置。”北月殇晨道，“只是现任魔祖的三代内亲属都太强大，所以只能收集四、五、六代甚至七、八代的血脉能量去充数。”

“你这是去找死啊……”大长老闻言，沉默了好久。

“我不会死。”北月殇晨自信地道。他不会死，也不能死。

“那杀多少才够？”

“不知道，也许几十名，也许几百名，也许几千名，也许几万名，看情况吧。”北月殇晨道。

大长老道：“世道变了啊，我像你这么大的时候，听到‘魔族’两个字都吓破胆了，你现在却在谈论杀几万名魔族生物。”

“我也只是说说嘛。”北月殇晨的语气中有笑意。

转眼间，北月殇晨已经在月星上待了二十五天。这二十五天的时间，北月殇晨从神九这里系统地学习了凝聚、释出神光烙印和锁定烙印的方法。同时，在神晶粉末和神格的帮助下，他成功获得十阶星神级的肉身和黑暗元素之力，但他本身依旧是七阶实力。毕竟他修炼的是黑暗元素，需要感悟黑暗元素，领悟元素之心元魂。

除此之外，他也学到了一些神族秘术，专门用来对付魔族，还从神族那里得到了一些宝贝，这将是他前往魔域的保命之物。

他的灵识境界也成功突破到九阶，由纯粹神阶灵识之力凝聚而成的灵格，无论是威压还是灵识能量都强大无比，因为神阶灵识之力层阶较高，大概只有十阶星神才压得住他。

离去前，北月殇晨见了火离姬，告诉了她自己要前往魔域的事，火离姬闻言沉默了许久，只是抱住了北月殇晨，很久很久。

“活着回来。”

“我会活着回来的，回来见你。”北月殇晨拥着火离姬，语气坚定。

片刻后，两人分开，北月殇晨缓缓腾空而起，渐渐消失在天穹上。

如同来时，北月殇晨回法蓝星的时候，也几乎没有任何阻碍。这次回归是他一个人的回归，也有可能是他命运的终点。

约莫半天时间后，北月殇晨穿越真空带，从法蓝星的大气层降落，目的地是魔域的北方，也即魔兽战场所在的海域。

回到法蓝星后，他先找了座荒岛停歇，而后灵识沉入幽冥珠中，获取这段时间灵识共享世界内累积的消息，将那些重要的消息接收和转达，又同诸方势力的领袖们商议，之后他才朝南飞行而去。

在飞行的过程中，北月殇晨的灵识发生了改变，从人形转化成了一个额头长角，全身披甲，尾生倒刺的恶魔。

伴着他灵识的改变，被神晶粉末磨炼成星神阶的身体也缓缓改变。只见一块块黑色的鳞片从他的皮下探出，在体表形成了一件黑色的甲胄，额上的尖角也长大变长，一条长满倒刺与鳞甲的尾巴从尾椎骨处抽出，抽打空气时发出剧烈的响声，双手双脚也都长出了锋利的指甲，双眼变得通红。

这是恶魔族的魔相！

第155章

再入魔域

魔域东部第一大城，苍白之城。

苍白之城归属于阿奇顿王朝，不是王城，却是阿奇顿王朝最繁华的城市，汇聚了魔域内陆以及南北区域的诸多强者和外出者。苍白之城所在的区域是魔域最大的出海口，魔族生物们通常从这里出海，前往诸海诸域历练或执行任务。最近因为幽灵青海的战事，外出者尤其多，他们自发自愿前往幽灵青海，参与作战，为魔域一统法蓝出力。当然，这大概也和魔域内部的诸多悬赏令有关。

此时，在苍白之城西北角，一个不起眼的渔港码头，一艘船缓缓靠岸，从上面走下来一名其貌不扬的恶魔。登岸后，这名恶魔辨识方向，朝着苍白之城走去。很快，这名恶魔便走上了土路。

路面上，魔潮汹涌，来自魔域各大王朝的各大种群分支的魔和平共处，热闹非凡，这让才登岸的恶魔略感异样。显然，这名恶魔便是北月殇晨。

作为幽冥珠的执掌者，他早已拥有改换自身灵识面貌的能力，在此基础上，他又利用神晶粉末对躯体的增强，辅以《言灵之书》，强行将身体改换为恶魔族生物的样子。

恶魔族是魔族中最常见的分支种群之一，他混迹魔群，没有引起任何的骚动，也没有吸引任何魔的目光。

顺着魔群走了一个多小时，北月殇晨总算来到苍白之城的东部。四周渐渐繁华起来，一个个体形或大或小的魔族生物在买卖交易，或大声或低声地交谈，让北月殇晨感觉仿佛回到蓝域黑暗之城的大街上。

事实上，圣相状态的魔族生物本就和人族长得一模一样。他们也需要吃喝拉撒，也需要结婚生子，也需要照顾孩子，自身需要工作、需要成长。从这些方面来说，魔族跟人族差别并不大。

北月殇晨正顺着魔潮往前走，忽然听到整齐划一的落脚声，他没有转头望去，灵识之力已经辐射四周，在脑海中构建出声音源头的画面。那是一队十人的巡逻队。近来魔域暗探迭出，很不太平，巡逻队的行动也变得频繁起来。

巡逻队走后，北月殇晨收回灵识的注视，按照事前的计划，来到位于城西的一处科莫龙的租售点。

科莫龙是魔域特有的生物，它们体形庞大，善于在山野奔行，体力充沛且消耗极低，通常一天便能奔行数千公里，但无论是租还是售卖价格都极高，是魔域贵族们的专属品。

北月殇晨初来乍到，自然没有墨币。墨币是魔域的通用货币，由诸多王朝联合发行，每一枚墨币上都印刻有专属符号和编号。正是因此，北月殇晨才不敢把之前杀死魔族生物后获取的一些墨币拿出来使用，那样很可能会暴露自身。不过对他来说，有没有钱都不是要紧事。

科莫龙的租售点占地极大，共有两幢巨大的魔域风格建筑，左手侧是租，右手侧是售。这两幢建筑皆由黑石筑成，像是一个城堡。

北月殇晨走入右边的城堡，灵识之力自然而然地散发出去，确定此处没有神级战力后，他便用灵识入侵了“城堡”中所有魔族生物的灵识，获取了他们的记忆。紧跟着北月殇晨选定了一个没有家眷、平时与外界交流极少的魔族生物，由他出面帮北月殇晨买下一头科莫龙，又改变了其他在场魔族生物的记忆，让他们忘记了这名魔族生物的异常举动。

北月殇晨坐上一头科莫龙，顺着主干道向西奔行。那处城堡内一切如旧，像是什么都没发生过。

苍白之城向西是一片广袤的平原，平原的尽头是森林，森林的尽头是黄沙大漠。

阿奇顿王朝的统治区域在此结束，继续向西，便是北阙王朝的地盘。

北阙王朝在魔域十七王朝中本不算强大，直到现任魔祖从北阙王朝中崛起，其子嗣中又诞生了一名大天神。于是北阙王朝前王室自动让位给现任魔祖的大天神子嗣，这名大天神在过往的漫长岁月中，努力地传下后裔，后分封诸多子孙辈。时至今日，魔祖后裔已经遍布北阙王朝各大城池。

这些子孙辈、玄孙辈有强有弱，强的种族内有多名月神和星神，弱的则只有几名星神和大量的九阶魔皇。

北月殇晨此行前来，唯一的目的便是收集足够多的魔祖血脉能量，再利用它来定位魔祖沉眠的具体位置，但究竟需要多少血脉能量，北月殇晨自己也不知道，所以他必须尽可能多地收集魔祖血脉能量。

在来之前，他定下了数十个计划，每一个计划的开头都是爆发全部实力，以迅雷不及掩耳之势杀死足够多的魔祖后裔，不给他们反应的机会。

两天后，北月殇晨来到北阙王朝南部一座名为黑廷的城池。黑廷城的城主黑廷是一名九阶巅峰的魔皇。通常来说，北阙王朝城池的名字都不以魔的名字来命名，而以魔的名字来命名的城池，是现任魔祖的后裔的城池。

黑廷正是魔祖后裔，只不过他的魔祖血脉能量过于稀薄，天赋较弱，实力弱，在族中他根本不受重视，因此他的封地在北阙王朝最荒凉、偏远的南部。

在抵达黑廷城前，北月殇晨早已利用神格神网观察了黑廷城许久，又辅以黑袍魔王的记忆对照，确定黑廷城中没有星神，最强者就是黑廷。

黑廷手下一共有五名九阶魔皇，从初段到高段的都有。其实以北月殇晨目前的实力，即便是面对星神魔神也有一战之力，但那样的话，战斗余波过于恐怖，会引起不必要的麻烦，所以综合一些其他原因，北月殇晨将第一目标定为黑廷城。所谓的其他原因，其实就是黑廷比较能生。经过数百年的经营，整座黑廷城中百分之五十的魔都与他存在血脉关系，换言之，就是与魔祖有血脉关系。

那正是北月殇晨需要的东西。北月殇晨抵达黑廷城的时候，正值夜晚，但城中依然热闹。魔族生物与人不同，他们天生身体强健，精力丰沛，因此需要的睡眠比较少，再加上他们的夜视能力极强，所以夜晚也会工作和社交。

北月殇晨入城后，边走边灵识出窍，凭借长时间以来的使用，再加上神阶灵识之力温养的强大灵识之力，他轻易便侵入众多魔族生物的灵识世界，探察他们的记忆。在探察和分辨记忆的同时，他又利用一个个魔族生物作为跳板，入侵了更多魔族生物的灵识世界。

很快，小半座城池的魔族生物的灵识世界都被北月殇晨成功入侵，入侵成功后，他在这些魔族生物的灵识世界内都留下一缕神阶灵识之力。

魔域的成年魔族生物，每一个都向往着战争，向往着统治法蓝，向往着建功立业，他们的整个种群文化便是对外侵略。对内的时候，他们对上对下的宣传和教育无一不是战争和统一。即便是才出生不久的魔也仇视除魔族之外的其他种群，他们长大之后，百分之九十九都会成为魔族的战士。

在这种情况下，北月殇晨不能仁慈，必须狠心，毕竟他也是在保护他的同族。

两小时后，北月殇晨已经在全城除了六名九阶魔皇之外的所有魔族生物灵识世界中，留下一缕足以引爆他们灵识世界的神阶灵识之力，即便不能直接杀死他们，也可以让他们变得痴傻，没有反击之力。

九阶魔皇毕竟也算得上强者，北月殇晨必须慎重以对。须知他此刻深入魔域，任何一点的疏漏都会导致自己死亡。

北月殇晨入侵第一名九阶魔皇的灵识世界的时候，他正在修炼魔气，当北月殇晨的灵识入侵他的灵识世界中时，他整个人一颤，身上冒起汹汹的黑色火焰，但转瞬便熄灭了，归于平静。

在灵识世界中，这名九阶魔皇看见了露出原形的北月殇晨，没有露出什么惊喜的神色，因为他知道北月殇晨在灵识层面的恐怖能力，当即想要引爆自身灵识，但他连这点都做不到。

他无法控制自身，直到此时，他才明白传闻中的灵识杀手北月殇晨有多么恐怖。

他只希望自己的同僚可以发现自己的异常，赶来救他或者杀死北月殇晨，但很可惜的是，直到他灵识湮灭，也没有魔来救他。

解决第一名九阶魔皇后，是第二名，第三名，第四名，第五名，直到最后的魔祖后裔黑廷，他们在北月殇晨的手下都没有任何反抗能力，因为北月殇晨拥有星神级的身体素质和由幽冥珠辅助、堪比月神级的灵识。

第156章

名扬七海

北阙王朝东北部，有一座占地极大的森林，名为启泱。

相传，现任魔祖便是在启泱森林中晋升的。他晋升时，天地法则激荡，与环绕他的磅礴魔气相容，使得森林中的一切花、鸟、鱼、虫、山、木、风、石尽皆成魔。

这些魔被生而为魔的魔族生物称为魔灵，是可以用来被炼化、吞噬的灵物。当然如果你缺钱的话，也可以卖掉它们，因为它们价值不菲。

这样一座堪称宝库的森林，自然是被魔祖后裔所掌控。

掌控启泱森林的是蒙氏一族，他们定下规矩，入林者必须向他们上缴一份墨币，而且从启泱森林中获得的任何收益，也需要上缴一部分，但是，同为魔祖后裔的其他分支入林，不需要上缴任何东西，这是王朝高层定下的规矩。

正是因为这样的规矩，大量血脉能量比较稀薄、家境比较差的魔祖后裔纷纷前来启泱森林历险寻宝，希冀着自己能从这里获得和现任魔祖一样的好运。

森林中古树参天，巨大的树冠遮挡住阳光，让林中一片阴冷。

来自北阙王朝西部小城的御魔族生物伊思拉正缓步行走在林中。

他是一名魔祖后裔，但血脉能量极微薄。他的父亲是一名纯正的御魔族生物，他的母亲则是现任魔祖的第五代后裔。

他自小生活在偏远的小城，却向往着那些贵族所过的生活，因此他努力地修炼着。他本身也颇具天赋，年纪轻轻便已是九阶巅峰魔皇，只差一步就可以修成魔神，到时候以他的出身，绝对会被册封成贵族，地位将迎来巨大的飞跃。

这次启泱森林之行是一次机会。

他已经想好，自己一旦修成星神，接受册封后，便要请愿前往幽灵青海战场，去那里建立战功，为将来晋升月神做准备。

早先的时候，他觉得成为贵族很重要，但经历了那么多之后，他总算明白，其实实力才是最重要的。假如他是大天神，就算不是魔祖后裔，也可以成为王朝的绝对高层，甚至领导王朝。

他一边小心翼翼地前行，一边思绪万千，忽然间，他感觉到一阵来自灵识深处的刺痛。

下一秒，他在自己的灵识世界中看到了一个人。

北月殇晨！

作为一个对幽灵青海前线极为关注的魔族生物，伊思拉自然知道北月殇晨是谁。北月殇晨是诸海诸域联军的总指挥，也是幽冥珠的执掌者，在灵识方面有着绝对的权威，也是魔域高层最想杀死的对象。

伊思拉做梦都想杀死北月殇晨立功，但他没想到的是，自己居然会在启泱森林遇到北月殇晨！

他顿时肝胆俱裂，可在刹那间，他又稳住了心神，毕竟他现在面临着生死抉择。

他知道自己在灵识层面大概率不是北月殇晨的对手，所以他立刻筑起灵识壁垒，而后散发出魔气，企图找出北月殇晨的身影，当然同时也是为了引起周围其他魔族生物的注意。

魔族生物没什么怜悯之心，如果是在正常情况下，绝不会有人来救伊思拉，只会趁火打劫，但现在的情况不一样，这可是北月殇晨！

任何魔族生物闻到北月殇晨的气息，都会像饿狼一样扑上来！

可是，让伊思拉绝望的是，到最后都没有魔族生物察觉到他的魔气然后来帮他。

片刻后，他的灵识湮灭，所有的欲望和梦想都消散一空。

他死后，北月殇晨才从远方赶来，右手搭在伊思拉的手腕上，元素之力震动间，已经将其体内的魔祖血脉能量取走。

一个九阶巅峰魔皇，可以凝聚出十分之一滴的魔祖血脉能量。

抽取魔祖血脉能量后，北月殇晨将其收入空间戒指当中，而后消失在原地。

四周空荡荡的，许久都没有魔发现伊思拉的尸体。

也不知过去了多久，终于有魔来到伊思拉尸体的附近，甚至从他的尸体旁走过，然而却像是瞎了一样，根本没看到伊思拉的尸体。

如果此时有能够看穿北月殇晨灵识幻象的大能在天空俯瞰的话，就可以发现，以伊思拉为中心呈圆形向四面八方辐散而去的范围内，有数不尽的魔祖后裔被抽取出魔祖血脉能量，灵识湮灭而死。

只可惜的是，能够看穿北月殇晨灵识幻象的大能不会来启泱森林。

启泱森林实在是太大了，前来此处的魔族生物数量又着实庞大，少了几千上万个魔族生物，根本不会引起什么骚动，只有一些此前与那些魔族生物有联系的魔族生物产生了疑惑。不过短时间内，他们倒也不会看穿真相、上报魔族高层。

转眼已经是三天后，大量魔祖后裔的死亡总算引起了一些魔族生物的注意，继而让统治启泱森林的魔祖后裔——蒙氏一族愤怒不已。蒙氏一族派出不少强者深入林中，想要找到意外发生的源头，然而这些强者也神秘莫测地消失了。

启泱森林的诡异事件让不少魔产生了探究之心，也让一部分魔认为这片森林发生了异变。启泱森林因此成了一片死亡森林。

在启泱森林因北月殇晨的到来而发生动乱的同时，在遥远的黑廷城，一名十阶魔神驾临。

这名魔神名叫权商，来自管辖黑廷城的上级城市绝壁城。

按照规矩，黑廷城每月都要向绝壁城上缴当月税收，然而几天过去了，黑廷城却没有遣魔交税，也没有说明情况，绝壁城已经派下多名下属调查原因，但他们都神秘地失踪了，即便是九阶魔皇也没有传回任何消息，在这种情况下，统管绝壁城军权的权商终于赶来了。

他从绝壁城飞抵黑廷城的时候，察觉到一阵强烈的灵识波动，当他费尽心力终于看破覆盖一整座黑廷城的灵识结界时，忍不住感到震惊。

偌大的黑廷城此时已经没有了生息。城中，十几万魔族生物乱七八糟地倒在地上，灵识已经湮灭。

与此同时，在城池的四面八方，一个个灵识幻象困住了往来的魔族生物，让他们无法相遇，无法交流，无法走出去。

看着这幅场景，权商沉默了许久，他想不明白这是怎么一回事。

究竟是谁？是谁敢灭一整座魔城？而且是魔祖后裔的城池？

虽然黑廷体内的血脉能量比较稀薄，但他依旧是魔祖后裔。

王朝的尊严、魔祖的尊严容不得挑衅，而且这灵识层面的无敌手段，他总觉得有些眼熟。只是他不敢确定，也不敢相信，北月殇晨会亲自前来魔域。

权商在云层上空看了许久，想了许久，最终他没有落下，而是转头朝绝壁城飞去，回到绝壁城后，他第一时间上报城主。城主听闻此消息同样很震惊，于是消息连连上报，抵达了北阙王朝的掌权者那里。

北阙王朝的大帝是魔祖的长子，一名大天神级别的强者。

三百多年前，在大灾变时，他因为战斗消耗过大而陷入沉睡，因此目前执掌大权的是一名十一阶魔神童湛。

作为北阙王朝的掌权者，童湛听闻此消息后，没有像权商和绝壁城城主那么震惊。事实上，他早已接到黑袍魔王的消息，告知了他北月殇晨可能会在近期前来魔域，所以他很确定制造黑廷城惨案的正是北月殇晨，只是他不太明白北月殇晨为什么要对黑廷城下手。

因为按照黑袍魔王的说法，北月殇晨只是想搞清楚天启之日到底是什么意思而已，可他现在的行为，像是要搞清楚什么的样子吗？

不过无论如何，北月殇晨的到来是一件好事。童湛当即发布密令，让北阙王朝所有星神放下手中的事情，全力追杀北月殇晨，夺取幽冥珠。

是的，星神！

灭一座魔城的手段，让童湛确定北月殇晨绝对具备星神级的战力。

就在一众十阶魔神接到消息的同时，黑廷城被灭的消息自然流传了出来，当即引发了震惊：北月殇晨竟然敢深入魔域，而且还敢灭一座魔城，他到底想干什么？

但与此同时，所有魔族生物心中都燃起了熊熊的贪婪之火，想着要杀死北月殇晨，夺取幽冥珠。

一时间，魔域沸腾了。

在魔族追杀北月殇晨的行动大肆展开的时候，诸海诸域的高层们自然也知晓了此消息，立刻开始在灵识共享世界用消息“轰炸”他，北月殇晨迫不得已给出了回应，安抚了他们。

他们被北月殇晨安抚了，诸海诸域不知内情的生灵却不知道，都对他以身犯险的行为表示不解，对他的实力则表示钦佩。

他才多大啊！

一个北月殇晨，让整个法蓝星都沸腾了。

此时，北月殇晨在做什么？

他已经远离了启泱森林。

北月殇晨潜入魔域的消息传开后，启泱森林自然成了热门地点，无数星神级强者围聚而来，发现了一个又一个诡异画面，心中都一惊。

不少实力较弱的星神甚至不敢单独行动，害怕被北月殇晨视为目标。

北月殇晨的诸多大胆行为让全魔域的魔族生物都愤怒了。

无论是来到法蓝星之后，还是魔兽星时期，都没有任何生灵敢在魔域本土杀死这么多魔，类似的事情，只在神魔相争的年代才发生过。那是一个他们不愿意回忆的年代。

北月殇晨不该挑起魔族的这种愤怒情绪。

所有人都这么认为。

第157章

星神陨

魔域，北阙王朝北部，陌滨城。

北月殇晨从灵识到躯体，皆转化为魔的样子，行走在大街上，目光直视前方，灵识却将几十公里范围内的一切都显现在脑海中。

自从他潜入魔域的消息曝光后，整片魔域都呈沸腾状态，到处都是为了荣誉和赏金追杀他的魔族生物。

北月殇晨不怕低阶魔族生物，他担心的只有星神和月神，但即便是魔族，月神也不会太多，而且每一名月神都身负要职，除了极少数有空闲的月神之外，大多数都是该做什么就做什么，而且他们的尊严也不允许他们在魔域本土追杀北月殇晨，这点事十阶魔皇去做即可。

十一阶魔神亲自出马，算怎么回事？

不过一旦事态扩大到难以控制的程度，月神们也不会袖手旁观。

既然月神亲自下场的概率不大，那么北月殇晨要警惕的便只有星神，是那种两魔同行、实力超强的星神。

在警惕星神的同时，北月殇晨还要猎杀魔祖后裔。

这些天，北月殇晨的种种行动已经让魔祖后裔们有所警惕，高阶魔祖后裔们一个个摩拳擦掌，低阶的魔祖后裔却胆战心惊。

毕竟黑廷城的前车之鉴摆在那里，北月殇晨分明有着星神级别的实力。

北月殇晨虽然以迅雷不及掩耳之势灭了一座魔域之城，又在启泱森林内获得了大量魔祖血脉能量，但想要凭借这些就推算出魔祖祖陵所在，还是不够，远远不够。

不过北月殇晨不急，他心中有数。此行他来陌滨城，为的是陌滨城的城主陌滨，一名星神级的魔祖后裔。

陌滨的父亲是现任魔祖的第五代后裔，他的母亲则是恐魔族的一名星神，单从血脉传承来算，他算是比较近支的魔祖后裔，但他天赋一般，即便有其父其母全力资助，也刚刚修成星神。

陌滨性格懒散，即便是北月殇晨入魔域这样的事他都懒得管，他只想在父母的庇护下当一个混吃等死的贵族。他的父母虽然恨铁不成钢，但也无可奈何，谁让他们只有一个独子呢。

这样一个混吃等死、极少战斗的低阶星神，正是北月殇晨此行的目标。

在被全魔域追杀的情况下，北月殇晨竟然敢主动入城，甚至要猎杀一个星神，任何一个魔都不敢这样想。在他们看来，北月殇晨现在应该在东躲西藏。

北月殇晨站在大街上，远望城北主干道上的雄伟宫殿群。

这是他的第一场星神战，他只能胜不能败。虽然心中已经计算好了一切，但他仍然有些紧张。

他在原地站了会儿，闭上眼睛，深呼吸，排空思绪。

片刻后，他睁开眼，眼神已经非常平静。

他迈步向宫殿群走去，一路上，所有魔都像是看不到他一般。

不只是路上实力参差不齐的魔，宫殿群内外的守备和巡逻队也都对北月殇晨视若无睹，仿佛他是空气。

不一会儿，北月殇晨便来到陌滨常住的墨色石质宫殿。

通过对四周守备的灵识入侵，北月殇晨确定陌滨在主殿中，这次他没有直接选择灵识入侵。

陌滨是星神，再弱的初阶星神，那也是星神，他的灵识、躯体和能量都无比强大。北月殇晨灵识入侵不成，反倒有可能被他给反制。对付他，北月殇晨心中有了一套计划。

他站在原地，大量神阶灵识之力从幽冥珠中溢出，飞快地蔓延，将整座墨色的宫殿都给包裹了起来。

这是幽冥世界，相当于十阶星神级强者的场域。

幽冥世界成形的那一刹，北月殇晨感觉自己有了无限的掌控权。

与此同时，那名初入星神级别的陌滨也终于发现不对劲了。

下一秒，属于陌滨的场域辐散开来。

陌滨是魔祖后裔，但他的场域是恐惧场域，源自他母亲的血脉传承。

恐惧场域呈墨绿色，里面有无数灵识在嘶吼，恐惧的风在呼啸，阴冷的雨和奔腾的雷电交织在一起。

恐惧场域与幽冥世界相撞，发出沉重的撞击声。

星神级别的战斗，北月殇晨再没能力隔绝干扰，外界的魔们自然是第一时间便发现异样，但他们无法靠近北月殇晨和陌滨的战场。

幽冥世界和恐惧场域已经笼罩了这片区域，哪怕是九阶巅峰魔皇也参与不了这样强大的战斗。他们只能焦急地在外围等待，或是腾空而起，飞到临近城池去寻求其他星神的帮助。

铺开幽冥世界后，北月殇晨催动灵格，释放灵压，磅礴的压力让本就隐隐有些恐惧的陌滨感到害怕。

陌滨毕竟是魔神，而且是执掌恐惧的魔神，平时他是其他魔族的恐惧来源，但他也有自己恐惧的东西。

他很怕死，更怕能带来死亡的北月殇晨，他平时修炼比较懈怠，刚刚才修炼出场域不久，他能够感觉到北月殇晨的场域比自己的凝实，比自己的强大。

心中有了恐惧，被灵格一影响，便只剩下逃和守两种选择。

逃！逃比较简单。

陌滨喜欢交友，知道在距离陌滨城西南部三千多公里的一座城池中，有一个晋入星神四百多年的魔神。

两魔联手，肯定能击败北月殇晨。

他当即腾空而起，想要逃。

北月殇晨哪能给他这样的机会，趁着他心神不稳，将幽冥珠当作扩音器，朝他发出了一声又一声的灵识尖啸。

仿佛可以撕裂灵识的灵识尖啸在灵识世界内响起，陌滨差点没维持住自己的场域，他心神微散，赶忙缩小场域，环绕自身，作防御状。

这就是北月殇晨的目的。

他想让陌滨防御，想要他逃跑，这样的他内心是恐惧的。执掌恐惧的魔神自身都恐惧了，还怎么发挥出他所修行法则的力量？

接下来，陌滨面对的是北月殇晨连绵不绝的灵识攻击。

锋利的灵识之刃切割陌滨的灵识世界。

一场场惊心动魄的爆炸，一次次冲击和入侵他的灵识世界。

环绕着他的灵识风暴让陌滨心惊胆战，但值得庆幸的是，北月殇晨的这些攻击都没给他带去致命伤，只是让他越来越恐惧，越来越虚弱。

北月殇晨早已收起了幽冥世界，幽冥世界对幽冥珠、对他、对器灵的消耗都很大，长久使用的话，他会吃不消。

陌滨见状，虽心中愤怒，却也无可奈何。

两者在天空中飞，一逃一追。

这可是在魔域，陌滨心头无比屈辱，恨不得把北月殇晨给撕碎，而事实上，他也的确是这样做的。

只见他疾速逃蹿的身体骤然间止住，而后朝北月殇晨冲去，他脸上露出一抹狞笑，巨大的魔爪朝北月殇晨伸去。

两者一个向后一个向前，北月殇晨根本不能停住，停住势必会被陌滨的魔爪抓住。

此时此刻，陌滨心中充满了得意。

北月殇晨可真是个傻子，竟然抛弃了最擅长的灵识之道，直接肉身上阵来追自己，自己凭借魔神的身体，轻松就能捏死他。

陌滨上一秒还在笑，下一秒笑容便僵住了，因为他的魔爪被一个拳头给挡住了。

那个拳头那么小，但蕴含着磅礴的力量，汹涌的黑暗元素之力如瀑布般倾泻而下，和拳头一起穿透了他的手掌心。

他的魔骨断裂，剧烈的疼痛让他忍不住惨叫起来，北月殇晨没有趁机追杀他，而是飞快地将他手臂断裂时溢出的魔血给收取了。

陌滨见状，更是惊恐万状。他伤了一臂，魔血和魔气大减，再逃的话，根本甩不开北月殇晨。

北月殇晨不时掷出一柄柄黑暗之枪，灵识层面的攻击也是层出不穷，让陌滨的伤势越发重。只是短短的几秒钟，陌滨竟然连场域都无法凝聚了。

于是北月殇晨又凝聚出幽冥世界，将身受重伤的陌滨包裹在其中。不过片刻，陌滨的灵识便湮灭了，其身体内的魔祖血脉能量也被北月殇晨收取一空。

看着空间戒指中大增的魔祖血脉能量，北月殇晨心中一喜，只是一个陌滨所蕴含的魔祖血脉能量，竟然是他此前努力那么久得到的魔祖血脉能量的总和！

要是有更多猎杀魔祖后裔星神的机会，那该有多好！

完成了一次星神级别的猎杀后，北月殇晨哪里敢在原地停留，整个人化作一道黑色阴影，消失在了层云之中。

没过几秒钟，一道道磅礴的神念辐射而来，看着一片狼藉的战场，显露出了自身的愤怒。

天地之间，轰隆作响。

北月殇晨在被群魔追杀悬赏之后，反其道而行猎杀了一名魔族星神的消息很快便传遍魔域，继而被许多关注魔域的诸海诸域高层得知。

这可是无数年来，第一次有魔神在魔域本土被外族击杀，这是将会永久流传的史诗级事件！

第158章

正面击杀

陌滨的殒灭无疑给众多追杀北月殇晨的魔族生物敲响了警钟，让他们发自内心地知晓北月殇晨的可怕。

同时，陌滨的殒灭也让魔域的神级强者们出离愤怒。

光明正大地入魔域，在他们执掌的城池中杀死一名星神，北月殇晨的行为是在挑战魔族的尊严和底线，没有任何一名魔神可以容忍这样的事情。

更多的魔神加入了追杀北月殇晨的队伍。

另一边，陌滨的父母更是怒不可遏，恨不得生吞了北月殇晨。尤其是陌滨的生母，恐魔族的月缺魔神。

为了杀死北月殇晨，替子报仇，月缺魔神不惜付出再也无法晋升的代价，请动一名擅长时间之道的十一阶魔神，让他帮忙找寻北月殇晨的踪迹。

一时间，魔域掀起更加狂暴的风雨，北月殇晨却穿行在风雨中，不时取走魔族生物的性命，让一个个魔祖后裔闻风丧胆。

转眼，又是两天过去了。

距离天启之日到来的日子越来越近，北月殇晨却不着急，因为他的计划仍然很顺利地在进行着，如果不出意外，明天就可以达成最后一步。

北阙王朝东部，泣风城外。

一身猩红色长裙的月缺魔神正悬于天空，她右手端着一个罗盘状物品，里面有一根指针在左右摇动。

片刻后，指针停住，月缺魔神立刻收起罗盘，向指针所指的方向飞去。

泣风城北，临近东临城疆域的一处林地中，北月殇晨正在疗伤。

在与陌滨战斗后的第二天，北月殇晨又出乎意料地潜入一座魔城，找到一名星神阶魔祖后裔大战，而且战而胜之，但在过程中受了轻伤。

伤势不重，最多一个小时就能调理好，然而正当北月殇晨安心疗伤之时，灵识忽然大生警兆，他想也没想，直接化作一道黑色阴影消失在原地。

他才走没几秒钟，月缺魔神就出现在他消失的地方。

这次月缺魔神没有再停留，向着北月殇晨逃离的方向紧追而去。

北月殇晨的灵识时刻连接神格神网，因此可以看见后面穷追不舍的月缺魔神。

他事前调查过陌滨，知道他的父母都是谁。如果此次追杀他的人是陌滨的生父，北月殇晨肯定不会逃，而是会与他一战，但月缺魔神？还是算了吧，杀了她又没有魔祖血脉能量可取，有什么意义呢？只会浪费他的时间。

不过月缺魔神显然不会这么轻易放过北月殇晨。

在逃亡的过程中，北月殇晨不断设下灵识幻象阻拦，但无论阻拦的时间多长，月缺魔神总能找到他。

北月殇晨心念一动，开始时刻关注月缺魔神，当他发现每次月缺魔神丢失他踪迹后，都会拿出一个罗盘状物品时，他立刻明白自己肯定逃不掉了，索性与她一战。

杀死她虽然不能收取魔祖血脉能量，但可以为人族除一大患，而且她不会白死，她对北月殇晨的计划也有辅助作用。

此时此刻，月缺魔神如果知道北月殇晨的想法，心中怒火定然会更加旺盛。

北月殇晨知道自己现在是众矢之的，因此向西部的地狱谷而去。

地狱谷内遍地魔火，是魔域的禁地，星神以下的魔族生物不敢入内，在这里与月缺魔神厮杀，环境虽然差极了，但可以防备一些低阶魔族生物的偷袭。

至于星神级强者，北月殇晨时刻监控魔域本土，确认地狱谷周边没有其他星神，离得最近的那名想要赶来，至少得用五分钟。

五分钟的时间已经足够北月殇晨和月缺魔神分出胜负了。

“轰！”

地狱谷中，一座座红黄两色相间的山峰流淌着赤色和黑色的岩浆流，空气中弥漫着刺鼻的腥臭味，不时有火柱冲天而起。

来到此处后，北月殇晨立刻向月缺魔神发动了攻击，他释放了自身被封印的一种气息。

只是刹那，他又继续封印了这种气息，不过月缺魔神可是巅峰星神，她哪能感知不到刚才那令她惊恐的气息。

月缺魔神来自恐魔族，一生修炼都在朝着恐惧法则靠近，因为她的弱点就是恐惧，要是能让她感到恐惧，她的实力至少要减弱一小半，要是让她极度恐惧，她甚至可能会遭到恐惧法则的反噬。

此时此刻的她，就介于恐惧与极度恐惧之间。

刚才北月殇晨散发出的，赫然是魔祖的气息，而且不是一名魔祖，而是多名魔祖，是她只在传说中听过的魔祖气息。

在她被慑住心神的刹那，北月殇晨发动灵格灵压，对她施加压力。

他庞大的灵识力量如同喷发的火山，不断撞击月缺魔神的灵识壁障，让她的脸色变得苍白起来，同时北月殇晨心中也有点疑惑。

他当然知道恐魔族的弱点是什么，所以之前才会那么对付陌滨，现在又这样吓唬月缺魔神，但效果未免太好了吧?

按理来讲，效果应该不会这么好才对，看月缺魔神的样子，竟真的受到恐惧法则的反噬，短时间内无法凝聚出恐惧场域。

这里面肯定有什么他不知道的事情发生，北月殇晨心想。

短暂的失神后，月缺魔神便恢复了过来。

她毕竟是一名巅峰星神，在她漫长的生命中不知经历了多少场战斗，经验丰富，不可能那么容易就被击败。

而她在恢复的第一时间，便尝试着凝聚恐惧场域。

在场域形成前的那一刻，北月殇晨向着她急冲而去，与陌滨一样，月缺魔神也觉得北月殇晨一个人族，即便修成了星神，身体素质也不可能超过魔神，但她没有小觑北月殇晨这名敢于孤身入魔域的天才，浑身魔气鼓荡之间，形成一个巨大的人头形状，朝着北月殇晨啃噬而去。

天地为之轰鸣。

北月殇晨的手掌凝聚着黑暗元素之剑，轻松破开了那些魔气，抵达月缺魔神的近前。在她的恐惧场域扩散前一秒，北月殇晨也形成幽冥世界。两大场域的力量对撞，掀起层层波浪，辐散向远方。

“哧！”

黑暗元素之剑锋利无边，斩碎了她的磅礴魔气后，又险之又险地从她的肩膀擦过，留下一道深可见骨的伤口。

月缺魔神自认为反应很快，但来不及闪避北月殇晨的攻击，对他的攻击速度、体内元素之力的浓郁程度、攻击伤害程度有了更进一步的认识，心中不由得震惊。

她大概知道北月殇晨的成长规律，知道他的一场场战斗，不敢相信这才短短十几天，他就已经脱胎换骨了。

不过月缺魔神无惧。她甚至不怕死，愿意付出生命为子报仇。

先前她恐惧，只是因为魔族气息，一旦压制住那种情绪，她就还是那个执掌恐惧的月缺魔神。

“嗯？”用黑暗元素之剑划破月缺魔神肩膀的北月殇晨，闻到了熟悉的气味，忍不住愣了愣。

“魔祖血脉能量？”北月殇晨有些惊讶。

他熟知陌滨的生平，按道理来讲，她的生母应该是纯种的恐魔族才对，可他刚刚明明从这名魔神的体内闻到了魔祖血脉能量的气息，而且绝对是现任魔祖的血脉能量。

这段时间他杀了那么多魔祖后裔，对现任魔祖的血脉能量的气息极为敏感。

月缺魔神听见北月殇晨道破她心中的秘密，刚刚才压制住的恐惧忍不住又冒了出来，像是上下翻腾的火苗。

下一秒，月缺魔神点燃了自己修炼以来吞噬的所有恐惧灵识，将它们化作恐惧的烈焰，注入恐惧场域，再将恐惧场域凝聚成一条燃烧着紫色火焰的长鞭，长鞭如有灵性的蛇，向北月殇晨席卷而去。

北月殇晨感受到长鞭中磅礴的场域法则之力，不敢正面去承受伤害，只见他嘴巴微张，也不知道说了什么，无声无息间，空中多了一股力量。

月缺魔神陡然间警惕起来，紧跟着，一条虚无锁链与她的长鞭缠绕，让她无法甩动长鞭。与此同时，北月殇晨直冲过来，灵识冲击如同永不停歇的潮汐，一次又一次地与她对撞。

天色忽然暗了下来，天上雷霆闪烁，地上火焰升腾，铺天盖地的藤蔓从四面八方抽来。

月缺魔神只觉得自己身处一个奇异而又危险的世界。

直到此时此刻，她才终于知道北月殇晨为什么有胆子孤身入魔域，从他目前展现出来的实力来看，月神以下，他恐怕已经没有对手了吧。

一瞬间的后悔情绪在脑海中产生，转瞬又被她碾碎。

在短暂的挣扎后，月缺魔神朝北月殇晨露出一个诡异的微笑："就算我杀不死你，你觉得全魔域的魔族还杀不死你吗？我要用我的生命诅咒你，诅咒你日日夜夜都生活在恐惧之中！"

月缺魔神说前半段话时还是正常语调，到了后半段就号叫起来，她整个身体发出了黑光，而后震耳欲聋的爆炸声响起。

北月殇晨站在原地，浑身笼罩在《言灵之书》形成的保护罩中，没有受到伤害，但他能感觉到自己的身上似乎残留了什么东西。

他沉默了一瞬，迅速收起月缺魔神自爆时尚未引燃的魔祖血脉能量，而后消失在了原地。

第159章

魔灵仪式

又一名魔神殒灭！

此次殒灭的是陌滨的生母，恐魔族内的强者月缺魔神。

月缺魔神修成星神已经有上千年之久，在大灾变战争中曾发挥了巨大作用，是魔族生物皆知的十阶巅峰魔神。然而，这样一名魔神，竟然殒灭在了北月殇晨的手中，而且从事后的一些探查和分析来看，她应该是正面败于北月殇晨之手，更让魔震惊的事还在后面。

月缺魔神为报杀子之仇，向一名深渊的魔神献祭了自己的丈夫，得到了一个魔盘，自身的缺点也得到了弥补。

如果她能击杀北月殇晨，拿幽冥珠换取到足够多的赏赐，晋升月神指日可待，到那时，献祭魔祖后裔的事就不算什么，毕竟那只是一个拥有比较稀薄的魔祖血脉能量的后裔而已。

在魔域，实力为尊。当然，这其中涉及一些高层的斗争，毕竟月缺魔神挑战的是魔祖的尊严。不过，既然她有信心这么做，想必是有底牌的。

魔们这样想着，也有可能是她因子而疯。

不过再说这些也没什么用了，因为这样一名补全了自身的十阶巅峰魔神已经殒灭了。灵识湮灭，殒灭得彻彻底底。

不过，月缺魔神毕竟是十阶巅峰魔神，她在临死前，给北月殇晨种下了恐惧诅咒。

在平时，这诅咒不会给北月殇晨带去太大的麻烦，但关键他现在在魔域，很多魔族强者都可以根据恐惧诅咒的波动找到他，然后杀死他。一个诅咒让北月殇晨陷入了死亡阴影，四面八方都是围剿他的星神，好在他有他们意想不到的手段，可以通过神格神网监察魔域本土的情况，以此避开许多星神。

虽然被众多星神围杀，但北月殇晨没有惧怕或是想要逃，因为这一切都在他的计划中，甚至他现在逃亡的路线也在他的掌控之中。

沉沦谷位于北阙王朝的南部，是一片吞噬过无数魔族生物的沼泽地，由于种种不可言说的事情，这同样是一片寻常魔族生物无法踏足的禁忌之地。

北月殇晨此时正在沉沦谷中，他悬于空中，眼神平静，默默地等待着一众星神的包围，没有逃跑。

他灵识连接神格神网，统计出共有十七名星神正在赶来，他们中最快的那名，应该会在八秒后抵达，最慢的那名则会在一分十七秒后抵达。

按照手中掌握的信息，他推断距离沉沦谷最近的月神也需要三分十七秒才能赶来，至于大天神，没有哪个大天神会出手对付一个星神，因为他们的尊严不允许，他们此时的状态也不允许。

通过月星一行，他对魔族大能们目前的状态略有了解。

这些强大的魔族大天神以及部分巅峰月神，不仅仅在推动魔兽星坠落时消耗巨大，而且在大灾变时也身受重伤。最重要的是，他们需要很长一段时间的沉眠来适应法蓝星本土的法则，否则的话，贸然出手，魔兽星和法蓝星两者不同的法则冲突，会让大天神级别的强者难以承受。

简而言之，大天神不可能出手。即便是那些从沉睡中醒来的大天神，也仍然需要一些时间。

也只有魔祖这等伟大的存在，才能在短短三百年的时间里便解决法则冲突一事。

八秒钟后，第一名十阶魔神降临。

来的是一名身穿紫袍的俊美青年，他显露圣相，看上去和人族没有任何区别。

北月殇晨认得他，他才是魔族的二十四魔神之一，是来自天魔族的天魔化雪。

他在二十四魔神中排名第六，实力强横无比，但他还不是前来围剿北月殇晨的魔神中最强大的。

在他之后，第二名魔神降临，是将魔族的将甘；第三名魔神降临，是渊魔族的渊无尽；第四名、第五名魔神也陆续降临。

眼看着一名名魔神降临，北月殇晨却毫不畏惧，这些魔神随意站立，都没有立刻动手，因为他们在互相制衡。

在被众多魔神包围的情况下，北月殇晨已经不再是一个威胁，而是一个香饽饽，谁都想亲手杀死他，从他手中夺取幽冥珠，赢得名声和利益。但在场有十几名魔神，只有一人能达成这样的愿望，谁愿意拱手相让？

北月殇晨看着众魔互相警惕，勾心斗角，嘴角轻扬。忽然间，北月殇晨的目光定住，他等待的两名拥有魔祖血脉能量的星神终于到场了。

他们到场之后，北月殇晨没有任何犹豫，直接化作黑光向其中一名星神冲去。

这名被北月殇晨当作目标的魔神名为天厄，实力在现场的魔之中可以排到前三，眼见北月殇晨朝自己冲来，他心中的怒火几乎要点燃眼前的空间。

只听见他大吼道："我对杀死他没有兴趣，我对幽冥珠也没有兴趣，我只想敲碎他的每一块骨头，喝干他的每一滴血液，然后把杀死他的机会交给你们，所以你们不要阻止我，好吗？"

天厄的语气显然不是在商量，而是在威胁。

本想与天厄一起动手的众魔闻言，略作犹豫后，定在了原地。

这里毕竟是北阙王朝，北月殇晨之前杀死的也大都是现任魔祖的后裔，天厄想要复仇，这不仅是他的意愿，而且是所有魔祖后裔的意愿，是整个北阙王朝的意愿。

其他魔不忌惮天厄，但忌惮北阙王朝。

对于天厄的举动，北月殇晨似乎早有所料，轻轻地笑了笑，所有手段尽出。

灵识裹挟着神阶灵识之力形成一片灵识乌云，爆发出亿万电光，轰隆隆地劈在地狱谷的地面。

《言灵之书》在四面八方凝聚出遮天蔽日的武器，朝着天厄呼啸而去。

与此同时，整片地狱谷都轰隆隆地震颤起来。

众魔心惊，四下打探，发现那一个个灰黑色的泥沼中，此时正散发着紫金色和黑色混杂的光芒。

他们凝魔气于眼中，发现那些泥沼底下竟然是一块块魔族骨骼，一滴滴魔祖血脉能量。它们汇聚、交织，在神阶灵识之力的作用下，发挥出了所有人都意料不到的作用。

"那是？"

"灵体召唤仪式？"有魔神辨识出那一处处泥沼中的魔祖血脉能量，应该是灵体召唤仪式中的关键阵枢。

"一、二、三、四……十八、十九……三十七……四十八……五十九……七十九……一百一十八……一百九十九！"

众多魔神细数过去，发现地狱谷中竟然有一百九十九个关键阵枢！

他们知道灵体召唤仪式分为初等、中等、高等和终极，分别可以召唤出一至三阶、四至六阶、七至九阶、十至十二阶的死灵。

这一庞大的灵体召唤仪式，显然超越了高等。难道是终极灵体召唤仪式？

这就是北月殇晨的底牌吗？

众魔心头一颤，隐约间有种不祥的预感。

“这灵体召唤仪式好像还不完整，召唤不出东西来。”

“他用的是魔祖血脉能量，这就是他最近猎杀魔祖后裔的原因？他究竟想做什么？”

强烈的不祥预感让所有魔神不愿再给北月殇晨机会和时间，但就这么短短的一刹那，他们发现北月殇晨和天厄竟然已经要分出胜负，心不由得狂跳起来。

只见此时的天厄呼吸有些困难，浑身的魔气难以操控，灵识在北月殇晨的冲击下，有着溃散的迹象。

其实不只是他，距他不远的另一名魔祖后裔魔神，也出现了和他相同的症状，这一灵体召唤仪式似乎对他们有着巨大的削弱作用。

众魔再也无法袖手旁观，第一时间释放出自己的场域，向着北月殇晨逼迫而去，但此时的北月殇晨已经开始燃烧自己体内的元素之力。

这本就是从外来的神格吸收而来的，即便是消耗殆尽，北月殇晨也不心疼。

不仅如此，他完全不在乎自己的身体受伤，硬扛着天厄的近身攻击，他身上留下了一道又一道的伤口，鲜血飘洒，让整片地狱谷亮起了紫金色的光芒。

原本残缺不全的灵体召唤仪式有被完善的迹象。

鲜血持续洒落，天厄的灵识也在溃散，强烈的吸力拉扯着他，让他再也撑不下去，跌入地狱谷中，甚至来不及传出任何的讯息。

下一刹那，整片地狱火都燃烧了起来，紫金色的火焰点燃了每一处空间。

众魔和北月殇晨同时站在这片火焰中。

空间发出了不堪重负的战栗声。

一股远古、宏伟的气息从遥远的地方传来。

此时众魔神心中惊惧不定，原本笼罩向北月殇晨的场域全都收了回来，一个个都亮出了自己的魔相和天魔相，心中极度警惕。

北月殇晨站在原地，大口大口地喘息着，灵识连接神格神网，监控着地狱谷发生的事。

只见足有一百九十九个关键阵枢的灵体召唤仪式正在启动。

不对，在他和神族的共同改造之下，这应该被称作魔灵仪式。

巨大的魔灵仪式燃烧着紫金色的火焰，火焰冲天而起。

与此同时，在数万里之外的一座深山中，有一座魔祖祖陵开始出现异常。

这座庞大的祖陵猛地向天空激射出一道光柱，光柱瞬间拐向地狱谷，投入魔灵仪式中，点燃了一百九十九处关键阵枢的魔祖血脉能量，将天厄的灵识尽数吸收。另一名魔祖后裔魔神也在无声无息间被仪式所吸收。

天地为之一动！

第160章

太阳法则

魔祖祖陵的真实所在地极为隐秘，想要通过寻常手段找到，那是不可能的事，即便是神族也束手无策。但北月殇晨有一个点子，这个点子在经过推断和测试后，被众多神族强者确定为可行之法。

带着明确可以找到魔祖祖陵的方法，北月殇晨孤身入魔域，收集到了大量的魔祖血脉能量和魔祖后裔的灵识，借此布置出可以沟通魔祖的魔灵仪式。

如果是在正常情况下，身为人族的北月殇晨布置魔灵仪式，沟通魔族魔祖，定会被他隔着千万里直接灭杀，连灰烬残渣都不会留下，但眼下的情况有些特殊，魔祖正在沉睡中对抗法蓝星的法则，根本没空去顾及其他事情，对于外界的打扰完全是下意识地给予反击。

于是便有了现在地狱谷中的画面。

漫天的紫金色火焰中，一个只余下骨骼的庞大魔驱缓缓从虚空中走出。他一身紫金色的骨骼，显得尊贵而神秘。

他有二十多米高，眼中燃烧着两团灵识之火，此时正望向下方的一众魔神以及北月殇晨。

他看见北月殇晨的那一刻，眼中的那两团灵识之火瞬间燃烧得更旺了，隐隐可见血色，显得有些疯狂。

北月殇晨完成对魔祖祖陵的定位后，第一时间便要走。

在来之前，他已经想好了各种逃离之法，但在这庞大骨魔注视他的那一瞬间，他有了其他的想法。

他能察知这骨魔明显具备着月神级的战力，而且利用魔祖后裔的灵识和血脉能量召唤出来的它，与魔祖有着一些相似之处，能力方面亦是如此。正因为如此，他的实力远超寻常的月神。这样一个强大的存在，现场所有魔神加上北月殇晨都不是其对手。不过，也有例外。

这骨魔的灵识似乎并没有那么强大、稳固，他憎恶北月殇晨，似乎又惧怕北月殇晨，这让北月殇晨看见了机会。

众魔仍在震撼之中，被魔祖的气息影响着，北月殇晨则腾空而起，灵识出窍包裹着幽冥珠，以更快的速度冲向魔祖骨魔。

只一刹那，北月殇晨已经撞击在魔祖骨魔混乱的灵识上，他第一次如此疯狂地催动幽冥珠，让其中的神阶灵识之力倾泻而出，誓要将魔祖骨魔不太稳固的灵识壁障冲出一个缺口，然后夺舍操控他。

众魔神在看到北月殇晨的冒险行为的第一时间，脸色大变，紧跟着将自己的场域之力化作投掷类武器，向着北月殇晨投掷而去。

“阻止他！”

呐喊声响起，众魔神转瞬即至。

然而，“啪”的一声，魔祖骨魔艰难地抬起右手，将那些场域之力化作的武器打飞，而他的骨掌上甚至没有留下任何痕迹。

众魔神大惊，以为北月殇晨已经成功夺舍魔祖骨魔，可紧跟着他们又看见魔祖骨魔艰难地抬起自己的左手，直接一巴掌拍向北月殇晨。

北月殇晨虽然及时反应了过来，在关键时刻闪避开了，但那澎湃的魔气从他体表的伤口涌入他体内，令他的伤更加严重了，但他根本不管不顾，灵识之力疯狂撼动魔祖骨魔，让其变得更加疯狂。

众魔神见状，知道还有机会，忙又向北月殇晨发起攻势。

一时间，被紫金色火焰笼罩的地狱谷中，爆炸声和撞击声此起彼伏，一道道蕴含着巨大力量的气浪扩散向远方。

即便隔着数百公里远，大量魔族生物也都察觉到了地狱谷中的异常，忍不住心神激荡。

距离地狱谷最近的那名月神更是加快速度，向地狱谷赶去。

不过就算他以最快的速度前行，抵达地狱谷也需要耗费三分十七秒的时间。

北月殇晨早就算好了一切。

地狱谷中的战斗依然在继续。

十五名十阶魔神级强者已经展现出了自己最强大的状态——魔相和天魔相。

他们或有三头六臂，或是魔首异兽，或者直接变成一团黑色的云雾，施展着他们最强大的手段，却根本无法阻止北月殇晨夺舍魔祖骨魔。

此时此刻，魔祖骨魔已经有一半身体被北月殇晨操控，剩下那一半也在缓慢地变化。眼看着局势将倒向北月殇晨，天魔族的天魔化雪不敢在此停留，一言不发地化作流光消失无踪。

他的逃跑拉开了众魔神丧失信心的序幕，只是短短五秒钟，十五名魔神级强者居然全都逃出了地狱谷，不敢再想什么杀北月殇晨的事。

没有了外部干扰，北月殇晨专心夺舍起魔祖骨魔来，自然是非常迅速，只是短短的七秒钟，他便已经彻底掌控了魔祖骨魔。

可直到彻底夺舍了魔祖骨魔，他才迎来了自己此次冒险行动最危急的时刻。

北月殇晨的一身实力，有一半来自幽冥珠，另一小部分来自《言灵之书》，剩下一部分来自神格吸收、浸泡神晶粉末得来的堪比十阶星神的神体。他本身的实力仍然只是七阶裁决者而已，虽然已经达到巅峰，临近突破，但七阶就是七阶，七阶的元素之力，七阶的境界，七阶的元素之心。

北月殇晨以七阶之身，撬动和执掌星神阶的能量，已经非常困难，而现在他灵识入侵有着月神实力的魔祖骨魔躯体当中，感受着月神级的神体、魔力，以及与其时刻相连的法则力量，有一种灵识随时都要崩溃的感觉。

魔祖所代表的那条法则似乎感受到了不同的灵识气息，竟然主动倒灌和影响北月殇晨的灵识，让北月殇晨的脑海中冒出了无穷多的知识。

这些知识差点撑爆了他的大脑。

“啊！”北月殇晨忍不住痛叫出声。

在关键时刻，北月殇晨的身体自燃起来。他体内那些由精纯神力转化而成的黑暗元素之力再度变回自己本来的面貌。

那些残留在他体表和四肢百骸的神晶粉末也显现出来，成为火焰的助推品，火焰燃烧的是他体内的杂质，淬炼的是他本来就已经很精纯的黑暗元素之力。

他超乎寻常的灵识飞快地解析着法则中倒灌而来的知识，这才让他免于落得一个疯了或者傻了的结局。

三秒钟后，北月殇晨顺理成章地突破成为九阶强者，而且甫一突破，便已经是九阶巅峰。

他甚至不需要再修炼什么黑暗元素之力，只需要完成元素之心向元魂的蜕变，就能成为一名真正的十阶星神，估计也是人族历史上最年轻的十阶星神。

即便是现在，执掌着幽冥珠和《言灵之书》的他也有着力敌十阶星神的实力。

在他突破的两秒钟后，他的身体趋于稳定，灵识彻底掌控住了这具庞大的骨魔。

他可以清晰地感知到这具躯体内蕴含着多么庞大的力量。

他浑身上下似乎都与法则相容，举手投足之间，便能动用法则的力量。

“这就是月神的实力吗？”北月殇晨握了握拳，心中怅然。

太强了，太强了，强大到处于正常情况下的他面对月神时，只有屈服这一条路。

沉默了一秒后，北月殇晨操控魔祖骨魔将他握在左手中，而后腾空而起，化作一道光，向魔域外的方向飞驰而去。

说起来，现任魔祖执掌的法则让北月殇晨有些惊讶，与魔和黑暗没有任何的关系。他执掌的是光。严格来说，是太阳法则，是火焰，是速度，是温度，是生命，也是死亡。

光的速度有多快？

北月殇晨以前不知道，当然，现在他也不知道。

毕竟骨魔只有月神级别，他相信如果是魔祖本尊的话，应该可以达到光的速度。

既然没有达到光速，那就有被追上的可能。

那名距离地狱谷战场最近的月神级强者追了上来。

这名月神名为空痕，属于虚魔族的一员。

虚魔族是魔族分支中比较特殊的一支，他们不能通过怀孕诞生后裔，只能将幼小的魔婴投于虚空碎片中，让他们与虚空碎片相容。这种手法极其残酷，通常要数十万名魔族生物才能制造出一名虚魔族生物。

虚魔族天生亲和空间法则，最弱的也可以修成九阶巅峰魔皇，历史上的虚魔族星神、月神不计其数。

正因如此，即便虚魔族诞生的条件极为严苛，依旧有不少王朝在制造他们。

原本空痕的速度不该这么慢，只是魔域和兽域来到法蓝星才三百多年，法则还没有完全融合，而众多魔族强大存在又各自占据着一片片地域，抵抗着法蓝星法则的侵蚀，因此他需要规避的区域太多，这才只能在北月殇晨算定的时间内抵达。

空痕算着时间，确定在下一次空间跳跃的地点，就能与北月殇晨相遇。

正在此时，北月殇晨掌控的魔祖骨魔庞大的身体突兀地出现在空痕的面前，紫金色的右手握着一道光。

魔祖骨魔猛地掷出这道光，面前的空间寸寸破碎，空痕脸色大变，双手慌乱地一扯，将厚重的空间挡在自己的面前，挡住了这道光。

可是光与空间相撞，产生的碎片从他的身边划过，炽热的高温让他的体表浮现了几道伤口。

只一个照面，空痕便受了轻伤！

第161章

神灵仪式

“咻！”北月殇晨伸出手探向太阳升起的方向，抽出一柄柄由太阳光凝聚而成的剑，朝空痕抛射而去。

光切割空间，斩破一切，威能无穷。

受了轻伤后，本就没有小觑北月殇晨的空痕变得更加谨慎，直接显现出自己的魔相。他的魔相是一个黑洞，从中散发着强劲的吸力，将北月殇晨往回拉扯。

北月殇晨不愿继续在此处与空痕缠斗，这里毕竟是魔域，此时不知有多少星神和月神级强者正朝他追来。

只见他浑身光芒四射，形成强劲的推动力，将自己推出空痕的吸力所及的范围，眨眼间已经去到千里之外。

空痕撕裂空间，穿梭虚空，瞬间便来到北月殇晨的身后。

四周空间寸寸碎裂，每一块空间碎片都是世间最锋利的武器，它们无声无息地飞向北月殇晨，北月殇晨却不闪不避，大肆消耗体内的魔气，向天穹的尽头飞去。

反正这不是自己的身体，北月殇晨为何要顾及损伤？更何况，他沐浴在太阳光下，再重的伤也会被飞快治愈。

忽然间，北月殇晨心中产生了一种奇怪的感觉，他所处的空间渐渐变得无垠。

空痕在拉长空间！北月殇晨心一沉，下一秒，原本才升起的太阳飞快升到天空正中的位置，释放出万丈光芒，每一缕光芒都像是一支箭，穿破空间，刺向空痕。

空痕引动空间法则的力量，将太阳光和他的空间距离拉长，但这些太阳光具备无限力量，让层层空间破碎，直刺向空痕。

空痕无奈之下，只得放弃对北月殇晨身体周围空间的拉长，全力防御，北月殇晨趁机继续向魔域外逃去。

从神格神网监控魔域的情况来看，北月殇晨与空痕瞬间便拉开上千公里的距离，但只是刹那，空痕便劈过来一记空间斩。

北月殇晨反手释放出一道光，借助爆炸的推动力，往反方向飞去。

从战斗开始到现在，北月殇晨看似处于下风，一直在受伤，实际上他没有任何损失，反而越来越接近无尽蓝海。

再有两三分钟，北月殇晨便能全身而退，到时候，魔族将威严扫地，法蓝星诸海诸域诸族对魔族的恐惧会大大削减。

北月殇晨只是一个星神，就可以在魔域横行无忌，那魔族有什么好怕的？

空痕绝对不能让北月殇晨逃出魔域，为此，他可以付出一些代价。

经过短暂的交锋，空痕大致看出北月殇晨基本上可以完全执掌月神的这具躯体，而且不知道怎么的，他竟然对太阳法则非常了解，能凝聚出一道道蕴含法则之力的光。但他也有弱点。

这具月神级别的躯体是以魔祖后裔灵识、血脉能量和魔祖法则反馈为阵枢的魔灵仪式召唤出来的未知物体，一旦耗尽灵识和血脉能量，他就会溃散。

空痕只要再拖延点时间，北月殇晨在他面前就会丧失反抗力。

为了减缓北月殇晨逃离的速度，空痕开始以受伤为代价，拉长北月殇晨所在区域的空间。

北月殇晨必须消耗大量的魔气和法则之力才可以打破空间，向前飞行。北月殇晨的速度渐渐变慢，按照目前的趋势，他肯定来不及逃出魔域就会被空痕追上。

空痕松了口气后，忽然又产生了强烈的警惕之心。

他陡然间有种跌入深渊的感觉！

从他出现追杀北月殇晨到现在，无论心态如何转变，他都坚定地认为北月殇晨是要逃出魔域，但万万没想到的是，即便到了现在，北月殇晨依然有着疯狂的念头——北月殇晨想杀他。

或者说，北月殇晨想杀死一名月神，无论是哪一个追杀他的月神。

“轰！”

只见一道道淡金色的光柱冲天而起，空气中弥漫着熟悉又陌生的气息。

空痕没经历过那段岁月，但他听说过也亲眼看见过一些东西，所以他很肯定，那一道道光柱代表着大量的神血和神格。

他踏入了陷阱。

空痕从魔相回归圣相，沉沉地吐了口气，他真的没有想到北月殇晨的胆子可以大到这种地步。

事实上，谁都想不到北月殇晨的胆子可以大到这种地步。他不仅敢孤身入魔域，还敢灭魔族城池，更在魔族大追杀的情况下，杀死三名星神，布下魔灵仪式，召出魔祖骨魔，让十五名十阶魔神闻风丧胆。

空痕本以为这就已经是极限，可现在看来，这些大事件从头到尾都在北月殇晨的掌控当中。

远方，北月殇晨停了下来，遥遥地看着他，眼神平静，成竹在胸。

空痕明白自己恐怕凶多吉少。

神格和神力在汇聚，构建出一个巨大的仪式法阵。

一双纤细的手臂从法阵中探出，一名来自久远过去的神族生灵降临在法蓝星。

她身材修长，一身淡金色长裙，长发披肩，右手执剑，平静地望向空痕。

空痕不认识她，但北月殇晨认识。

这是数万年前神族的一名大天神级强者，号称隐秘之神。她看上去是一名贵族，实际上却是一个可怕的杀手，所过之处，万物皆亡。

这才是北月殇晨除了魔灵仪式以外的真正底牌。

此行，北月殇晨除了要找到魔祖祖陵的位置，本就为自己定下了一个小目标——杀死一名魔族月神！

“嗖！”

只见一道金光闪过，空间寸寸破裂，空痕再度化身魔相，消失在原地。

北月殇晨利用魔祖骨魔充沛的魔气催动《言灵之书》，将空痕所处的空间冻结，让他的行动变得缓慢起来。

神剑划过，空痕负伤。

隐秘之神无畏，再度出剑。

空痕也无惧，眼睛始终紧盯魔祖骨魔的左手掌。他知道，杀死这名神族没用，杀死魔祖骨魔也没用，他们只是召唤物而已，最重要的是杀死北月殇晨！北月殇晨死了，一切才能结束。

然而，他根本无法靠近北月殇晨。无论他动用什么样的手段，场域也好，法则之力也罢，都被隐秘之神的神剑切割成碎片，被北月殇晨操控的魔祖骨魔阻拦。

十秒钟后，空痕身受重伤，濒临死亡。

北月殇晨没有恋战，因为他感觉魔祖骨魔行将破碎，他当即动身，追逐光芒，向无尽蓝海的方向飞去。

隐秘之神留在原地，吞吸着空气中一切神族灵识、神格，化作一道道复仇之剑斩向空痕。

没多久，空痕殒灭。

隐秘之神的身影在原地停留了约莫三秒钟后轰然溃散，消失无踪，没有留下任何痕迹，正如她的封号一样隐秘。

在施展封魔印之前，北月殇晨不敢暴露自己和神族有联系的底牌，而神族敢把隐秘之神后裔的神血神格给他，就是肯定召唤她不会留下任何的痕迹。

月神级强者是真正走上了法则之路的强者，他们的一举一动、一言一行都暗含法则之能，他们的死影响着法则。

但是，他们的死不会悄无声息。

就在空痕神体溃散、神魂湮灭的那一瞬间，魔域的许多地方都出现了异变。

一个又一个黑洞形成了，这些地方是空痕曾经到过的位置。它们有的只是静静地存在着，有的却散发着诡异的吸力，拉扯着周围的一切。

这一幕幕画面飞快地传播，很快就被魔皇和魔神强者们知悉，他们不禁陷入震惊当中。

十一阶魔神殒灭了！竟然有十一阶魔神殒灭了！

魔族生物的寿命很长，修成魔神之后，寿命更是长得可怕。

上一次月神殒灭是什么时候？

绝大多数魔族生物都记不清了，只敢肯定魔兽星坠落法蓝星后，除了大灾变时期外，就没有非正常殒灭的月神。

这次又是因为什么？

低阶魔皇们不知道，部分星神也不知道，但一些地位较高的星神和所有月神是知道的。空痕是去追杀北月殇晨了，可他没追杀成功，自己反倒殒灭了。

这是怎么一回事？就算通过从天魔化雪等十阶魔神那里传回来的消息来推算北月殇晨的实力，他也绝不可能杀死空痕才对。

一分钟后，有月神赶到空痕殒灭的地点，没有找到任何的蛛丝马迹。

又过了七秒钟后，又一名月神赶到，然后是第三名。

三名月神都不知道空痕究竟是如何殒灭的，至于北月殇晨，他的气息也消散一空，月缺魔神对他的诅咒似乎没有一点作用。

这三名月神面面相觑，沉默了。与此同时，魔域东部的无尽蓝海，才出魔域的魔祖骨魔轰然溃散，在天空中消失不见。

已经修成九阶裁决者的北月殇晨化作一道流光，以比刚才慢了无数倍的速度向东而去。

再向东飞一个小时，有一处海族执掌的世界漩涡。通过那处世界漩涡，北月殇晨就能抵达安全地带。

就在北月殇晨以为自己已经逃出生天时，一股气息从遥远的空间激射而来，只一刹那便击中了北月殇晨，他甚至没来得及产生一丝一毫的念头。

下一秒，他已经被撞入了深海。

第162章

决战前夕

暗沉的深海激流涌动，北月殇晨猛地睁开眼睛，口中立刻被灌入一大口海水。

而后他才注意到自己在深海中，他忙想催动《言灵之书》，却发现无法使出黑暗元素之力，《言灵之书》消失了。

这时北月殇晨才回忆起自己昏迷前，一股气息从遥远的空间激射而来，撞向他的身体。曾被前任冥王冥一祝福过的冥王守护略作抵挡，却轰然破碎，紧跟着《言灵之书》自动显现，接住那股气息的残余力量，可是《言灵之书》也化作点点光斑消散，最终是幽冥珠挡在了他的身前，抵消了最后一点力量。

可撞击的余波仍然让他昏迷了过去，可想而知那股气息有多么强大。

那绝对是大天神级的力量，如果不是在深海，北月殇晨此时恐怕已经死了。

意识到自己的处境后，北月殇晨第一时间化作黑暗元素体，潜入了更深的海底。

与此同时，他开始检查幽冥珠的情况，当他发现幽冥珠没有损伤时，这才松了口气，然后检查自身的状态。幸好只是受了些冲击而已，没有大碍，只可惜《言灵之书》消散，冥王守护破碎了。

不过《言灵之书》消散也没什么，毕竟它只是一个虚影而已。

如果有必要的话，真正的《言灵之书》可以虚拟出无数本来，但是威能肯定不如只有一本的时候。

在深海潜行一个多小时后，北月殇晨才浮出水面。

浮出水面前，他已经利用神格神网检查过数十遍，确定没有任何危险，当然，如果还是先前那种大天神级别的偷袭，他也躲不开。

不过他相信以魔域与法蓝星法则的冲突，大天神不可能再对他动手，无论是魔域的哪一名大天神。一次没有杀死他，就不可能有第二次机会。

浮出海面后，北月殇晨很快便找到那处由海族管辖的世界漩涡，出于安全考虑，他在自己身体周围布下层层灵识幻象隔绝视线。几番周转后，北月殇晨已经回到蓝域。直到这时，他才敢回应灵识共享世界内的消息。

他首先回应的自然是诸海诸域的真正高层，告诉他们自己在魔域冒险的经历和收获，得到的反馈自然是漫长的沉默和长久的惊叹。

他们真的不敢相信那是北月殇晨以一己之力做到的事情，可是事实摆在那里。

在回蓝域期间，他也开始与诸海诸域的高层商议起之后的计划来。

封魔印他已经学到了，魔祖祖陵的位置也已经知晓，接下来他只需要在合适的时候，引导神光烙印击中魔祖祖陵即可。

可是，什么时候算是合适的时机？

魔域强者云集，月神和大天神层出不穷，北月殇晨如果直接引导神光烙印轰下，绝对还没进入魔域的天空便会被挡下。

没有机会，那就创造机会。

因为他在魔域做的这一件件大事，以及魔祖祖陵位置的暴露，魔族肯定已经非常警惕。

这时声东击西、调虎离山是肯定不行的，诸海诸域和魔域之间必须爆发一场真正的、席卷星神和月神的战争才行。也只有那样，魔族强者才会被钳制，他才会有机会，这场战争必须波及魔域本土！

登陆魔域本土作战，这可是一件大事，诸海诸域的高层必须经过集体讨论才行。而利用这段时间，北月殇晨回到蓝域略作休息，便马不停蹄地前往法域。

此时深渊紫海正在法域境内。

接下来的一段时间，是他人生中最重要的时刻，事关法蓝星的将来，北月殇晨必须保证自己处于巅峰状态，所以他要去取走完整的《言灵之书》。

虽然炎兀圣祖跟他讲，让他成为星神的时候再去，但经历了月星和魔域之行的他，认为自己应该有资格执掌《言灵之书》了。

先前他控制魔祖骨魔，虽然只是短暂地成为月神，但灌注在他灵识中的法则知识是真实的。

现在的北月殇晨虽然只是九阶黑暗裁决者，但如果蓝域有太阳元素的话，他应该也可以冒充一下九阶太阳裁决者，甚至是更高阶的存在。

借助太阳法则，北月殇晨开始推演黑暗法则，由此来帮助自己在法则之路上越走越远，到时才可以让元素之心演变成元魂，晋升星神。

由于北月殇晨在深渊紫海留下了灵识浮标，他很容易就再次定位了深渊紫海的位置，然后跃入其中。

天穹之上，紫色炫光闪烁。

已经与《言灵之书》朝夕相处了一段时间的北月殇晨，可以感知到《言灵之书》所在的位置，当即向着那个方向飞去。

在他飞到炫光之上时，天幕自然而然被撕裂，露出了一望无际的蓝天。

蓝天中，那棵像岛一样的苍翠古树显现在他的眼前。

当他的目光再度落在古树上时，它忽然间急剧缩小，只是一瞬间，便化作一本碧绿色的书本，而后飞到北月殇晨的面前。

与此同时，炎兀圣祖的声音在他的耳畔响起。

“若你来时还没有修成星神，使用时一定小心。”

北月殇晨闻言松了口气，原来炎兀圣祖对他的到来已经有所预料。

“谢谢。”

轻声道谢一句后，北月殇晨伸出双手，郑重地捧过这本在人族历史上留下了光辉篇章的《言灵之书》。

当它落在北月殇晨手上的时候，一种难以言喻的感觉自北月殇晨心头升起。

此时此刻的北月殇晨，有一种疯狂的念头，用《言灵之书》直接将深渊紫海固定在某一处。

当然也只能是想想。《言灵之书》虽然可以实现其执掌者的任何想法，但那需要同等量级的元素之力才行，以北月殇晨目前的实力，恐怕只是略微催动，他便会因元素之力枯竭而死。

他又不傻，不会真正去做这样的事。

当北月殇晨利用世界漩涡和《言灵之书》再度回到蓝域的时候，诸海诸域的高层们已经商议出了结果。

魔祖复苏不是一海一域一族的事，是全法蓝星的事。诸海诸域诸族之间虽然有过仇怨，但在面对魔祖复苏这件大事上，必须精诚合作。因此，诸海诸域诸族最终决定尽快结束幽灵青海的战事，推平演魔城，然后调兵魔域，准备登陆魔域本土作战。

高层们做出决定后，北月殇晨第一时间赶往幽灵青海，准备在前线指挥作战，顺便利用幽冥珠和《言灵之书》帮助联军扫除一些障碍。

虽然他只是九阶裁决者，但如果单论灵识层面的能力，就算是星神也不敢说自己能稳胜他。

北月殇晨的到来，无疑是一针强心剂。

前段时间，他突然消失，让联军的信息中断，联军颇有种群龙无首的感觉，所有生灵都期待着北月殇晨赶快归来，而且这种想法随着战局的变化越发强烈起来。

没有一个生灵会想到自己再听到有关北月殇晨的消息，竟然是他孤身入了魔域。

没过多久，一个又一个让他们震撼万分的消息传来。

北月殇晨孤身灭了一座魔城！他还猎杀了大量魔族生物，甚至杀死了两名魔族星神，将一名有可能冲击月神的强者正面击杀。

他们本以为北月殇晨会死在魔域，可是更震撼的消息来了，北月殇晨又杀死了两名十阶魔神，吓退十五名十阶魔神，更在回归前杀死了一名十一阶月神！

虽然不知道北月殇晨是怎么办到的，但无论他是怎么办到的，都绝不可能只凭借幽冥珠！

仅凭此一点，北月殇晨便赢得了联军所有生灵的敬畏和崇拜。

这样一个传奇存在的到来，自然是让联军像打了鸡血一样疯狂起来，原本平静的战场一下子就变得激烈起来。

北月殇晨的到来让联军生灵振奋了精神，却让魔族如丧考妣，毕竟他们都已经知道了北月殇晨在魔域本土所做之事。他们只是低阶魔族，没能力去杀死北月殇晨，他们甚至产生不了愤怒和憎恶的心情。

此时此刻，黑袍魔王的心情也非常复杂。

早前他为了引诱北月殇晨入魔域，甚至故意向北月殇晨透露了天启之日的信息，没想到北月殇晨去是去了，可全身而退了。

全身而退都不算什么，他还杀死了那么多的星神和一名月神，让魔族颜面扫地，现在整个魔域的高层都愤怒不已，想找到北月殇晨然后将其杀死，祭魔祖！

可是众多魔神在魔域都没能办成这件事，在魔域本土外，可能吗？

黑袍魔王一时间都感到有些迷茫，但他很快便清醒过来，因为北月殇晨的到来，向他宣告了一件事。

幽灵青海的决战到来了，是胜是败，将会影响天启之日。他不能输，至少不能输得那么快。

双方的兵马开始积极调动，大战一触即发。

在决战前的晚上，前任冥王冥一终于在北月殇晨的面前显露了真身。为了这场决战，他已经准备好了赴死，但死前他有一些事要交代北月殇晨，有一些话要对北月殇晨说。

从认识冥一以来，北月殇晨接受了其太多好处，所以北月殇晨知道，无论冥一交代的后事有多难，他都必须答应，而且义不容辞！

第163章

冥王陨落

冥一长相寻常，身穿一身黑袍，明明是灵体，却给人一种消瘦和虚弱的感觉。

此时，两人正并肩走在幽灵青海大陆一片未知的土地上。

冥一抬眼环视这片土地，眼里有着浓烈的眷恋和不舍。

北月殇晨感受到了他的心情，不免有些难过。

说起来，冥一算得上他人生的领路人之一，从两人相识以来，这位陌生的大天神级强者便一直向他释放善意，许多时候，他自己都觉得困惑，凭什么？对方可是大天神，即便现在早已不在巅峰期，但仍然是大天神。

“我知道你一直都很想知道我为什么要死了，对吧？”

也不知道沉默了多久，冥一忽然道。

“是啊。”

不只是北月殇晨，全天下谁都想知道为什么一个大天神，会在这么短的时间便濒临死亡。

要知道冥一从诞生到现在，只不过区区三百多年。而按理来讲，大天神的寿命可是以万年为单位的。

“因为我觉得我有责任。”冥一道，“我是因幽灵青海而生，所有灵体都是我的子民，我不能眼睁睁看着他们将来灭绝，所以我要拯救他们。”

“用你的生命吗？”北月殇晨道。

“对。”冥一平静地道，“用我的生命。我天生亲和灵识法则，很久之前，我就已经找到彻底改变灵体族生命形态的方法，让他们可以诞下后裔，延续子孙，其实，玄冥的方法我曾经也做过短暂的尝试，而且完全成功了，但那需要建立在一场场战斗和大量的死亡上，而无论是外族牺牲还是灵体殒灭，都非我所愿。”

话音落下，冥一又平静地说了一句：“所以我决定用我的生命来换取灵体族的未来。”

北月殇晨张了张嘴，想说些什么，但最终什么都没说出口，于是继续静静地听冥一讲话。

“从我做出决定的那天起，就开始融入和改变灵识法则，也因此，我一天比一天虚弱，其实我有办法让自己不变得虚弱，但那需要太多的生命，我不愿意。”冥一道，“幽灵青海的形成是因为大量生命的逝去，这其实是罪恶的，我不希望灵体族的未来也是罪恶的。”

北月殇晨闻言，心中产生钦佩之情，点了点头，紧跟着又有些疑惑。

“既然你已经解决了灵体族的延续问题，那为什么玄冥会背叛你？”

“因为我的牺牲会带来两个巨大的后果。第一，我的殒灭将会让幽灵青海失去最强战力；第二，成功自然延续生命的灵体族会在一定程度上被削弱，他们对外部环境和事物的需求也会增加，幽灵青海将会与其他域境产生冲突。最主要的一点是，由我融入、改变的灵识法则会波及魔域与法蓝星法则融合的进程，幽灵青海将会和魔域成为敌对方，而为了让幽灵青海安全地存续下去，幽灵青海必须有盟友，而我选中的盟友是人族。”

“人族？”

虽然北月殇晨已经不是第一次听到冥一说这件事，但仍然忍不住惊讶。

“我肯定人族将来会崛起，我愿意押这个宝，但玄冥不愿。”冥一道，“这就是我和他最大的分歧。”

一个是牺牲自己，依靠外人，一个是牺牲外人，壮大自身，冥一和玄冥的矛盾果然不可调和，难怪会闹成现在这样子。

“我的计划已经进行到最后一步，只差一个环节就能宣告结束，届时我会回归幽冥。”冥一看着北月殇晨的眼睛，“到时候幽灵青海将会迎来一个巨大的变局，短期内，玄冥应该会做出正确的决策，但未来，我需要你看顾灵体族，我指的不是某一个灵体或者一个群体，而是整个灵体族。”

“你可以做到吗？”

“可以。”

北月殇晨几乎没怎么考虑就答应了冥一。这是他欠冥一的，无论是之前的那些帮助还是最近冥王守护救了他一命。

更何况，幽灵青海势力极大，将来可以成为人族盟友，又何尝不是人族之幸？

“既然如此，灵体族我就托付给你了。”

说话间，冥一的身体开始变淡。

在冥一逐渐淡去的同时，执掌幽冥珠、对灵识极度敏感的北月殇晨感觉身前有东西在波动。

那是法则的力量。

遍及法蓝星每一个角落的法则之能，在冥一以生命为代价的引动下被撬动。

每一名灵体都感觉到了什么，站在原地不动。他们的身体在发生着神奇的改变，只有月神以上的强者才能抗衡一二，可当月神级强者知道自己体内在发生什么改变时，立刻不再抵抗。

身处幽灵青海的现任冥王玄冥自然也在发生着改变，他遥望着冥一逐渐消散的方向，神情悲伤。

冥一是他的父母，是他的老师，是他的挚友，可以说是他的一切。只可惜两者间有着不可调和的矛盾，可现在随着冥一的死去，再不可调和的矛盾也不存在了。

天空中忽然飘起了雪花，纯白色的雪花。

这是幽灵青海三百多年来第一次下雪。

所有的灵体都完成了蜕变，还从灵识法则带来的变化中明白发生了什么。

他们的第一任冥王，幽灵青海的第一个生灵，为了灵体族的将来付出了自己的生命，一名大天神的生命。

无数灵体悲痛难忍，他们终于得到了自己毕生都想要得到的东西，不是靠着战争，而是靠着冥一的牺牲。

这一刻，不知道有多少灵体放下了仇恨，放下了愤怒，放下了手中的武器，放弃了战争。

也正是这一刻，北月殇晨强忍着难过，在灵识共享世界中向所有前线指挥发出总攻命令。

诸海诸域联军开始大力往前推进。在推进的过程中，不断有灵体投降或是倒戈，仍然在反击的灵体也变得孱弱起来。

随着抵抗者越来越少，魔族的压力自然剧增。

无数魔族生物的死亡，意味着战线的后撤。

很快，罪恶之城便被推平，诸海诸域联军首次来到演魔城下。

此时的演魔城基本上已经成为一个空壳，但仍然有许多搬不走的实验器材，需要人留守在这里操作，需要人守护，罪恶之城区域也需要大量魔族生物装腔作势，拖延时间。

因此，幽灵青海中依旧有许多魔族生物和高价值研究人员，这些都是诸海诸域诸族强者的战功。

只是短短半天时间，罪恶之城覆灭，演魔城里驻守的魔族生物死亡大半，数不清的魔族研究人员和器材被俘虏和收缴。

污浊黄海见势不妙，已经退兵，但还没有投降。

现任冥王见事不可为，也没有再做无谓的坚持，让手下纷纷投降，否则的话，整个幽灵青海恐怕都要沦陷在诸海诸域的手中。

现在投降的话，至少还能保住幽灵青海的领土，更何况，几乎所有的灵体都没有了战斗的欲望。当天晚上，曾在法蓝星掀起了滔天浪潮的演魔城就此告破，无数魔族生物殒灭在此。

幽灵青海的战争暂时结束了，但是后续杂乱的事很多，诸如幽灵青海的战争赔偿问题，以后诸海诸域与幽灵青海的相处事宜，幽灵青海该如何保证自己不再对外发起战争，胜者又该获取哪些利益，等等，这些都不归属北月殇晨管了，他接下来有更重要的事要去做。

北月殇晨孤身入魔域，在魔域杀死了多名星神和一名月神的事，让魔族的威严降到了历史性的低点，而幽灵青海的战事又是三百多年来魔族的第一次失败的战争，全法蓝星的战士情绪高涨，都恨不得立刻杀入魔域。

在这种情况下，魔族不可能不作为。无数魔皇、魔神叫嚣着要给法蓝星其他种群一些教训，数不清的魔族生物在集结，大战一触即发。

在这样一场势必会席卷全法蓝星的战争开启前，之前登陆月星的众多九阶天才也回到了法蓝星，但他们暂时不会出动，因为魔祖尚未被封印，封魔印的事不能暴露。

火离姬回到法蓝星后，第一时间联系了北月殇晨，同时知道了他在魔域做的所有事情，既为他感到骄傲又忍不住担心他，即便他已经安全回来了。

她实在是想不到北月殇晨会在魔域做那么多危险的事情，虽然最后全身而退，可是万一呢？

事已至此，火离姬除了接受也没有其他办法了，大战将至，她要尽可能地帮北月殇晨处理战争事务。

各族大军的集结牵动了无数生灵的心，一场浩大的堪比大灾变的战争即将开启，无论是谁都不能幸免。于是，一个个苦修的强者出世，加入军队。

大军开拔，通过一个个世界漩涡开始集结。

整座法蓝星升腾起战争的迷雾。

这场战争的结局，将决定未来数百年乃至数千年甚至数万年的新格局！

第164章

兵临魔域

诸海诸域即将对魔域发起全面战争，各域的统帅自然不能再是星神级强者，而是月神。不过月神也只是挂名而已，真正指挥作战的，永远是那些专业的战争指挥。

北月殇晨依然是名义上的联军总指挥，毕竟他的作用不可替代。

在诸海诸域联军开拔向魔域前，北月殇晨将脑海中所有关于魔族的信息，全部共享给了诸海诸域，并以此制订了战略。

此次战争，主要目的是吸引魔族主力部队和强者们的注意，给北月殇晨创造机会，所以战争一定要激烈，也必须得有强者们之间的战争。如果无法转移魔族主力部队和强者们的注意，那就直接变假为真，付出生命的代价也要让北月殇晨施展封魔印。在幽灵青海战争落幕的第二天，一支支军队通过世界漩涡抵达魔域外海。

魔域沿海城池尽皆戒严，数不尽的魔族生物驻守其中。几乎每一座城池都有星神镇守，不少月神级强者遥遥地望着前方战场。

当天晚上，诸海诸域联军便向魔域发起了攻势，同时从魔域东部沿海登陆上百座城池，一时间烽烟四起。

魔域虽强，但毕竟只有一域，相对来说，魔族生物数量还是比较少的，而他们对诸海诸域最大的威慑在于具有高端战力的月神和大天神，但现在他们知道，这些月神和大天神出手的代价很大，这场战争只要没进行到紧要关头，他们都不会动手。

在前线战争爆发时，北月殇晨再度化魔，潜入魔域，但这次他没有那么深入，而是在东部沿海城市刺杀魔皇强者。他现在虽然失去了星神级别的战力，但身为九阶巅峰裁决者并执掌幽冥珠的他，完全有能力穿梭在混乱的战局中。他的存在无疑打乱了魔族的许多部署，可寻常的星神又杀不了他，因此无数魔族生物对他咬牙切齿又闻风丧胆。

不过北月殇晨的种种行为，其实只是在为他本尊打掩护而已。是的，在东部沿海杀死了多名九阶魔皇强者的他，不是真正的他，而是由《言灵之书》制造出来的假人而已。

不仅他是假的，而且他执掌的幽冥珠、《言灵之书》，他展现出来的能力全都是假的，可就是这么一个假人，却具备解决九阶魔皇的实力，可以想象北月殇晨的本尊已经强到了何种地步。

其实北月殇晨也没想到《言灵之书》竟然会这么强，不仅可以形成接近真实的他，连幽冥珠都可以凝聚出虚影，模拟出能力。不愧是言出法随！

借助着东部沿海的乱局，北月殇晨的本尊悄悄潜入了魔域深处，他的目的地，自然是那座真正的魔祖祖陵。他的速度不是太快，因为他需要时刻向《言灵之书》中注入大量黑暗元素之力，以此来维持东部沿海假人的存在，吸引魔族强者们的注意。

魔祖的真正沉眠之地位于魔域中西部，在西疆王朝那片名为茫山的绵延群山之中。因为北月殇晨的一系列行动目标直指魔祖，此时茫山已经被封闭，不让闲杂人等入内，在诸多通向茫山深处魔祖祖陵的道路上，更是有重兵把守。

魔族都知道北月殇晨有许多手段，可以规避月神、星神，但他们可不认为想打魔祖主意的只有北月殇晨。诸海诸域诸族，谁不想魔祖苏醒失败？甚至连魔族内部，也有不少魔对魔祖怀有恶意，因此不得不防。

北月殇晨来到茫山后，径直走入，身体周围重叠着无数灵识幻象，实力低于十阶的魔族生物根本看不见他，于是他开始迅速逼近祖陵。不到三小时，北月殇晨已经站在一处山崖上，遥望着远方。

在视线的尽头，有一座高达千米的雄伟金字塔，条条锁链延伸向虚空深处，道道闪电奔流，发出震耳欲聋的爆响。此时北月殇晨的灵识已经接入神格神网，从天穹之上俯瞰下方，可以清晰地看见，在这座金字塔的四面八方，共有二十九名十阶星神级强者默默看守，更有五名月神级强者隐藏在暗处，至于有没有大天神，北月殇晨看不出来。

不过他觉得应该没有，哪位大天神现在不忙着对抗法则力量呢，即便他们出手，在法则的压制下，也不会比月神强太多，所以还不如就多派点月神。

二十九名星神，五名月神，想在这么多强者的守护下凝聚神光烙印，然后穿过他们的攻击和防御，说实话，北月殇晨没有这么充足的信心，所以他需要前线的战局更加激烈，最好是针对在场的这些星神、月神所属的种群制造麻烦。

这些星神、月神不会在乎同族的魔的生死，但那毕竟是他们的下属，是他们的势力，他们就算袖手旁观，也会承受较大的心理压力和族内压力。哪怕只能影响他们一丁点，北月殇晨也可以趁机行事。

在北月殇晨的指挥下，前线的战局变得更加激烈而混乱。渐渐地，有魔族城池被攻陷，这无疑更加振奋了人心，诸海诸域联军个个勇武无比，但很快便有噩耗传来。魔族为了缓解前线的战事，开始引爆一颗颗埋在诸海诸域的雷。或是无尽蓝海的海龙族挑起事端，内部有了隐患，或是神圣澄海内突然出现一支魔族大军，抑或是岩浆赤海和生命绿海的种种麻烦。

后方起火，前线的战事自然缓解，但令北月殇晨万万没想到的是，在前线战事吃紧的情况下，魔域内部竟然也出现了叛族者和外族的力量，也不知道诸海诸域是怎么办到的。

事情果然不出北月殇晨所料，在前线和后方尽皆出事的情况下，守护魔祖祖陵的星神被撤走了几名。毕竟诸海诸域的主力都在东部沿海，行动最诡异难测的北月殇晨亦被战争所席卷，又有谁会来打魔祖祖陵的主意呢？不过，几名星神级强者的离去并没有给北月殇晨减少多少麻烦，毕竟真正麻烦的是那五名月神级强者。

略作思索后，北月殇晨远程操控着由《言灵之书》凝聚的假人，向着茫山的方向潜伏而来。在这个过程中，北月殇晨非常不小心地与一名赶赴战场的星神级强者迎头撞见，在经历了一番激烈的战斗后，北月殇晨受伤逃窜。

很快，北月殇晨实力大减的消息便快速传开，许多本来正赶往主战场的魔族生物纷纷掉转过头，准备围杀北月殇晨。兴许是产生了将麻烦扼杀在萌芽状态的想法，守护祖陵的五名星神和两名月神也参加了追杀行动，北月殇晨的麻烦再度减少，但还是不够。

为了帮助北月殇晨，终于有兽域和妖域的星神月神级强者踏上了魔域本土，他们的到来立刻让战事上升到了另外一个级别——神战。无论是星神还是月神，都有神体、神力和神魂，他们的速度和能量的波及范围，那都是常人比不上的。

一旦在魔域本土开启神战，不仅会有大量魔族生物死亡，魔域的土地也会受到损伤，这对于将来战后重建家园是一件非常麻烦的事，而且寻常神战不会像北月殇晨之前杀星神、月神那么快，通常要打上许久，对环境的破坏是永久性的。

魔域要是不想看到这种情况发生，那就只有派去更多的星神、月神级强者。

随着北月殇晨一处又一处地冒头，兽域和妖域一个个知名的星神、月神级强者出现，魔族内部对魔祖祖陵的安全评估开始下调。

第二天晚上，依旧留在魔祖祖陵的月神级强者仅剩下一名，星神级强者则有五名。

这个时候就是北月殇晨最好的机会了，因为无论发生什么事，魔祖祖陵绝对会有一名月神级强者留守。

在仅有一名月神、五名星神守卫的情况下，北月殇晨就可以动用常规手段潜入祖陵了。第一步，他需要躲开月神的神识扫描。神识是神级强者特有的能力，相当于一双可三百六十度环视且可以上天入地、前往千里之外的眼睛。神识所至，一切都可以映照在脑海中。在月神级强者的神识的扫荡下，哪怕是同级月神也很难隐藏行迹。

神识的反应极其灵敏，所以北月殇晨平时用神格神网监察魔域的时候，也不敢看月神太久，生怕被对方发现，但现在，北月殇晨希望被他发现，这样就可以转移他的注意力，为自己谋得机会。

坐镇魔祖祖陵的月神名为冰奕，是冰魔族的最强者，尤其擅长神识一道，所以他才会留守魔祖祖陵。

北月殇晨做出决定后，立刻开始利用神格神网注视冰奕。

短短几秒钟后，冰奕便察觉到有人在看他。如果是寻常人，可能会以为那是错觉，但冰奕不一样，他很确定有人在看他。

在天上！他猛地抬头，神识横扫出去，可是天上什么都没有。数百公里范围内，除了一些飞鸟外，什么都没有。

在更高处？冰奕想了想，神识继续向上。

与此同时，北月殇晨动了。

第165章

来自天外的光

北月殇晨一点点地挪动。月神级强者的感知和神识强得可怕，任何一丁点不对劲的地方，都会让冰奕有所警惕。在挪动身体的时候，北月殇晨的灵识始终与神格神网相连接，不断变换角度注视冰奕，吸引着他的大部分注意力。

不过冰奕也不傻，他担心这是有人在调虎离山，所以他不时也会用神识扫描以魔祖祖陵为中心的百里范围。五名十阶魔神也在冰奕的命令下，巡视三百里范围内的地方以及地下。

北月殇晨立刻将黑暗元素之力灌注到《言灵之书》中，在言出法随之能的作用下，他时而将自己变成一块石头，时而将自己变成一根树枝，时而又将自己变成一片树叶。

此时北月殇晨不得不感慨一句，《言灵之书》不愧是法域的三大神典之一，即便是在一个九阶裁决者的运用下，也可以蒙蔽魔族月神的感知，更何况星神、月神执掌的时候？

利用覆盖法蓝星的神格神网转移月神的注意力，外加《言灵之书》隐藏自身，北月殇晨缓慢地靠近着魔祖祖陵。与此同时，他的心脏怦怦跳动起来。他不得不紧张，因为他接下来要做的事，无论成功与否，都将直接影响法蓝星未来许多年的走势，也关系着他自身的生命。

远方，那座高达千米的金字塔沐浴在浓厚的雷云下方，熠熠生辉，但内里不知潜藏着多少险恶。北月殇晨盯住那座金字塔，一点点慢慢地靠近。

“我差不多要到了。”距离魔祖祖陵越来越近，北月殇晨的心情反倒平静了下来，他的声音通过灵识共享世界传向了诸域诸域的主宰们。

“成败在此一举，我就不多说什么了，去吧。”天兽神的声音率先响起。

然后是火玄甯：“我已经到魔域西北战场了。”她在以实际行动支援北月殇晨。

“我封锁了茫山东部大片山林，如果出现意外，应该可以阻挡片刻。”生命绿海的大长老的声音适时响起。

“我在尝试突破，会一定程度影响法蓝星的法则，应该能帮到你一些。”青天妖君说。

“海族正全力冲击魔域沿海地带。”海巨帝告诉北月殇晨。之后，天堂岛的光明族女族长、无尽蓝海的海龙帝、圣域的至高圣灵、法域的勇气神使都以各自的方式向北月殇晨发起了支援。

“必要的时候，我可以牺牲自己。”蓝域大长老的声音在北月殇晨的脑海中响起时，有点吓到北月殇晨。

“我执掌蓝域多年，可以短期内借助全蓝域的元素力量，我牺牲的时候可以发挥出逼近大天神的威能。”蓝域大长老的声音严肃又认真，“如果需要，我希望你不要犹豫。”

北月殇晨沉默着没有说话，好半晌过去，他闷闷地“嗯”了一声。大长老这才满意地笑了。

与诸海诸域的主宰们沟通完后，北月殇晨又联系了狮。狮虽然是兽域在魔域前线的指挥，但有点不靠谱，他现在已经杀到魔域沿海城市去了。他并不知道北月殇晨此时要去做什么，只是隐隐觉得有些不对劲。

“如果有什么冒险的事，记得叫上我啊。”狮道。

“哈哈哈，你还是杀你的敌吧。”北月殇晨笑了一会儿，忽然平静地道，“有的事，只能我来做。”

“等战争结束了，我们再聚。”狮沉默了好一会儿才闷闷地道。

“嗯。”与狮说完后，北月殇晨又去询问了下跟他同登月星的众多九阶强者的情况，他们现在还没有展现任何与神族有关的能力，在战场上不算特别出彩，但很快他们就可以立下大功。

最后，北月殇晨才联系火离姬：“我要去封印魔祖了。”对火离姬，北月殇晨自然没什么好隐瞒的，他的语气有些故作轻松。

“去吧，我会陪着你的。”北月殇晨本以为火离姬会沉默、难过，或是会有其他反应，但没想到她居然说出这样一句话。

“万一我出事了，你可别做傻事。”北月殇晨有些担心。

“我不会的，我有那么傻吗？”火离姬笑了。

“那我去了。”北月殇晨说。

“我等你回来。”火离姬道。

“等我回来，我们应该就真的不会再分开了。”北月殇晨道。

“去吧。”火离姬道。

北月殇晨听完这句话，灵识归体，不再连接灵识共享世界。此时他仍然在利用覆盖法蓝星的神格神网注视冰奕，后者快有所察觉了。

不能再等了。北月殇晨从天圆戒指中取出一枚神格，一枚月神神格。白皙纯净的月神神格静静地躺在北月殇晨的手心，温暖舒适。他心念一动，《言灵之书》浮现，在他体表形成一层层的“躯壳”。

紧跟着他调动神阶灵识之力，从右手注入神格内，一层看不见、摸不着、感受不到的能量在北月殇晨的压制下，形成一条细丝向天穹上飘去。这根细丝能量极大，速度与光速相同，很快便抵达月星。下一刻，丝线开始从月星里面吸收神光，反馈到北月殇晨的手中。

不到片刻，有微光从北月殇晨手掌心亮起。眨眼之间，微光开始明亮起来。又一个眨眼之间，微光变得刺眼起来。再一个眨眼之间，守护魔祖祖陵的月神冰奕感受到了神光的气息，当即脸色剧变，收敛自己的神识，向着四面八方横扫而去。

由于速度太快，第一次横扫没有找到北月殇晨。利用这一瞬，北月殇晨手心的神光变得如小太阳一样。再一瞬，冰奕用神识仔细扫过方圆百里的每一处区域，总算发现了北月殇晨，他知道北月殇晨灵识极其强大，没办法用神识将其碾压，必须近身击杀，这需要两秒的时间。

两秒时间，足够北月殇晨做许多事情了。下一瞬，神光烙印已经凝聚而成。由于北月殇晨本身已经是九阶巅峰，加上幽冥珠和《言灵之书》的辅助，他可以比肩十阶星神，以此催动月神级神格，凝聚出来的神光烙印，毫无疑问也是月神级的！神光烙印形成的那一刹那，北月殇晨毫不犹豫地将其抛飞，目标正是魔祖祖陵。

月神冰奕看见纯白色的光团，心中惊骇到了极致，当即不再去管北月殇晨，将自己的场域凝聚在手，形成一个冰锥。

“嗖！”霎时间，场域冰锥破开空间，抵达神光烙印之侧。同时，五名星神魔神也都反应了过来，纷纷推动自己的场域向神光烙印包围而去。

“此处禁止使用场域。”只需要一瞬间，场域冰锥就能刺破神光烙印，恰在此时，北月殇晨的声音回荡在这片世界中。

无声无息之间，有一股特殊的能量向着四面八方扩散，将场域冰锥和五名星神魔神的场域给压制住了。但仅仅一刹那，场域冰锥就破开了压制，可已经晚了，神光烙印距离魔祖祖陵只有一线。

冰奕感受到北月殇晨体内的黑暗元素之力瞬间消失一空，也感知到他为了压制场域冰锥强行动用《言灵之书》而身受重伤，但根本没空去管他，冰奕眼里只有那道神光烙印。

“此地禁止除神光烙印以外的一切行动。”正当冰奕催动场域冰锥要追上去的时候，北月殇晨的元素之心熊熊燃烧，释放出大量精纯的黑暗元素之力，伴随着他低沉沙哑的声音，那些黑暗元素之力又飞快地消失。

在这一刻，除神光烙印以外的一切都被禁止了。神光烙印成功地抵达了终点，融入了魔祖祖陵的金字塔壁。

仅仅零点一秒的时间，一切恢复了正常。

北月殇晨因为燃烧了元素之心，失去了一身元素修为，但他的灵识依旧强大。他没有任何犹豫，灵识出窍，进入手中的神格，眼前画面顿时转变，他成了一个俯瞰法蓝星的神。他心念一动，眼前画面顿时来到魔祖祖陵的上空。

此时，在北月殇晨的眼中，魔祖祖陵表层有一团明亮刺眼的光团。“锁定。”“封魔。”北月殇晨用最后的力量向覆盖全法蓝星的神格神网发出了命令。

下一瞬，本来已经入夜的魔域亮了起来。看到头顶的亮光，魔域的魔族生物和身在魔域的外族全都抬起了头，即便是战场上的战士们，也都抽空看了一眼天空。他们看见了一轮圆月，一轮比太阳更明亮的圆月。

“不是月亮，是光！有一道光！”魔域的战场上，有人在惊呼。

“他成功了！”“他真的成功了！”

与北月殇晨一同登月的诸多九阶强者此时已经激动得说不出话来，紧跟着他们也开始凝聚神光烙印，释放、锁定并推动封魔印落在战场上。

“能成功吗？”此时位于诸海诸域的众多域境主宰纷纷抬头望向遥远高空中那束突入法蓝星的光，心中都有些紧张。

“一定不要有事啊！”火离姬看到那束光，心都揪了起来。

第166章

逝去的回忆，消亡的过去

从月星落下的光照耀了整个法蓝星。

法蓝星上所有的生灵都清楚地看见了那道光，哪怕已经进入梦乡的，也都被窗帘外明亮的光芒照醒，忍不住揉着眼睛推开门去看。

绝大多数生灵并不知道发生了什么，知道内情的人则都握紧了拳头，开始在心中祷告，无论他们有没有信仰。

那道光芒眨眼千里，已经来到魔域领空。亿万魔族生物抬头望着那道光，心里生出源自灵识深处的恐惧，兽人族生灵们也没好到哪里去。

以神格神网为主构成的封魔印，本质上来说也可以封印兽人族生灵。

“魔祖庇佑。”

“魔族不死，魔族万胜！”

成千万上亿的魔族生物忍不住高声大喊，仿佛他们的喊声可以抵御封魔印。

封魔印距离魔祖祖陵已经很近了，此时的冰奕早就把北月殇晨抛诸脑后了，他回望了一眼自己守护半生的魔祖祖陵，想都没想便迎着封魔印飞去，不只是他，另外五名星神魔神也做出了同样的举动。和他们一样勇于献身的魔族生物还有很多，但根本没用。以月神级神光烙印引动的封魔印，已经达到封印魔祖的程度，除非是大天神亲自去挡，否则的话绝不可能挡下。

北月殇晨耗尽了全身的黑暗元素之力，无力地躺倒在地上，双手平伸，望着天空中的那道光，神色依旧凝重。

可忽然间，一道黑光闪烁，北月殇晨忍不住一喜。

“那是什么？”北月殇晨盯住封魔印下的那道黑光。

“那是什么？”那道光虽然微弱，但挡在璀璨如烈阳的封魔印面前时，是那样醒目刺眼，看见了封魔印的生灵同样看见了那道黑光。

"那是混沌大天神。"作为魔族的死敌，兽人族的天兽神第一时间辨识出了那道黑光所代表的意义。

"混沌大天神……"北月殇晨仰望着那道黑光，低声呢喃着，脸上浮现了刚才成功降下封魔印都没有展现的如释重负的笑容。

"混沌大天神……"在天兽神之后，许多强者都认出了那道黑光，紧跟着心中产生了绝望的情绪。

"他不会能挡住封魔印吧？"诸海诸域的高层在灵识共享世界里向北月殇晨发问了。关于大天神来阻挡封魔印的预案，神九和北月殇晨早就做过了，得出的结论是绝对不可能，顶多削弱一点封魔印的威能，然后他就会被封印到法则世界里去，大概率永世不得出现，但大天神去阻挡封魔印这件事，本身却是封印魔祖真正的关键。

无声无息之间，封魔印撞击在了那道黑光上。黑光无声无息地溃散，化作了一片撑天的黑幕，将那束光给包裹了。黑幕包裹着封魔印，延伸出无数道触须向天穹之上攀去，顷刻间便已经有千里之遥，但距离月星自然是远远不够。

"轰隆隆！"黑光与封魔印碰撞产生的余波，直到此时才来到北月殇晨身边，但他没有听见任何声音，只感受到了法则的波动。

整个法蓝星的法则世界正因封魔印和混沌大天神的碰撞而剧烈地波动。法则世界的剧变让北月殇晨再次松了口气。

下一秒钟，他灵识出窍，沉入幽冥珠中，眼前是一片金色的海洋，这片海洋里翻涌的是幽冥珠中的所有神阶灵识之力。

"点燃吧。"北月殇晨给器灵下达了命令。下一秒，金色的火焰无声无息地开始蔓延，只是一眨眼便覆盖了整个神阶灵识之力的海洋。神阶灵识之力的燃烧，让幽冥珠闪烁起幽蓝的光。

"幽冥世界。"北月殇晨再次给出了指令。

器灵依言而行，不过这次的幽冥世界不再与场域类似，而是化作一条条比发丝更细百倍的灵识丝线。

这些丝线融入构成法蓝星世界最基本的灵识法则中，开始迅速扩张、蔓延，每一秒钟都可以蔓延到万里之外。

灵识世界与灵识法则的交融，让北月殇晨成了万里之内的灵识之神。下一秒，他成了两万里之内的灵识之神。

按照神九和他对幽冥珠内神阶灵识之力的估算，以及大天神与封魔印对撞时，两大世界法则冲击带来的种种影响，这些丝线应该可以在一分钟后覆盖全法蓝星，届时北月殇晨将成为全法蓝星的灵识之神。那是比大天神更强，仅次于神王级的灵识之神。

不过这样做的代价也将是巨大的，幽冥珠会再次耗尽神阶灵识之力，成为一颗普普通通的珠子。北月殇晨更惨，因为跨越几大阶直接触碰灵识法则，他将会灵识消散，彻底从这个世界消失。

付出这么大的代价，北月殇晨的目的只有一个——封印魔祖！

早在他刚开始学习封魔印的时候，神九就告诉过他，即便是神王神格发出的封魔印也无法封印魔祖，而据近三百年全神族的推演，能成功封印并且重创魔祖的方法只有一个——消除世人对魔祖的所有记忆，包括认知、喜爱、恐惧、崇拜、敬畏等的一切感情、记忆。

只要没有了这些感情、记忆作为锚点，魔祖复苏的时间将会大大延后，可能是万年，也可能是十万年。

北月殇晨相信这么长的时间，足够幽冥珠再次找到执掌者，也足够法蓝星的生灵找到击杀魔祖的方法，他的死亡反倒无足轻重了。

“只是对不起父亲，对不起阿离了。”北月殇晨轻轻地叹了一口气。

在他思考时，灵识丝线已经覆盖了小半个法蓝星。

此时的北月殇晨可以看见小半个法蓝星内的一切，于是他看到了狮。狮正紧张地抬头望向混沌大天神与封魔印对撞的区域。

他看见了诸海诸域的高层们，他们地位虽高，但现在眼睛注视的也是那块区域。世界上所有生灵都被那片区域爆发的战斗吸引了目光。

北月殇晨其实有些伤感，因为再过几秒钟，他们将不会记得这场战斗，不会记得魔祖的存在，也不会记得他北月殇晨为了这场战斗付出过什么。

所有跟魔祖相关的一切，北月殇晨都必须抹去，哪怕是大天神也不会记得任何事。虽然伤感，忍不住喟叹，但北月殇晨不后悔，这世界上有太多他爱的人和事物了。

距离灵识丝线覆盖全法蓝星仅剩下一秒钟了，北月殇晨终于将目光移到了火离姬身上。

他的眼神温柔，充满着爱意。

在他注视下的火离姬没有望向天空，而是望向了茫山，望向了魔祖祖陵的方向，具体来说是望向了他，她的眼里满是担忧和不舍。

北月殇晨在她面前凝聚出一个灵识分身，轻轻地抱住了她。

“再见了，我的爱人。”

北月殇晨在她的灵识世界留下这句话后，灵识丝线便彻底与灵识法则结合，他的位格无限拔高，他成了主宰法蓝星世界的灵识之神。

动念间，北月殇晨将全法蓝星上所有生灵的记忆都篡改了，包括十二阶大天神，包括魔域正在沉睡的大天神和魔神们，包括海洋深处的一只小虾米。

所有生灵都在同一时间遗忘了有关魔祖的消息。

“再见了，法蓝。”在利用法则力量篡改完所有生灵的记忆后，北月殇晨的灵识开始崩溃，他最后看了一眼这个他爱的世界，最后看了一眼他爱的人。他的灵识彻底消散，被凝固的时间重新动了。

在碰撞中超越法则力量的封魔印，已经将混沌大天神封印入法则世界，然后又落入魔祖祖陵消失不见。

正在魔域激烈厮杀的诸海诸域强者们纷纷产生了一个个巨大的疑惑：自己在干什么？自己怎么跑来魔域了？自己怎么敢来魔域？

魔域的魔族生物们也都傻眼了，他们怎么敢来魔域？

前线的指挥官们纷纷联系高层。没过多久，高层传下命令——撤军。一场莫名其妙的战争很快就结束了。

短短两天时间，攻入魔域沿海的诸海诸域联军便撤得干干净净，魔族也没敢追，因为面对这场诡异的战事，所有高层强者都知道发生了不可思议的事，却怎么都想不起来了，这才是最恐怖的。

大天神都被蒙在了鼓里，在这种情况下，所有域境都决定谨慎小心地应对。

随着魔域战争的结束，诸海诸域联盟的解散，一切似乎又都回到了正轨上，除了幽灵青海因为研究灵造灵体被诸域制裁外，好像什么都没发生过。

唯一让蓝域人觉得有些遗憾的是，黑暗之子北月殇晨终究是殒灭在了幽灵青海。不过他终究只是一个平凡人，死了也不会有什么太大的影响。

庞大的世界轮盘又开始缓缓地磨动，历史又开始演变，也不知道什么时候，会跌入下一个黑暗深渊中。

无尽蓝海上，一道火红色的身影划破天空。

这道身影是一个女子，红衣如发，红发如火，身材高挑，身披金边火红大氅，脸上戴着黑色面具，只露出一双略带金红色的眼睛，右手握着一颗幽蓝偏灰色的珠子。

那颗珠子偶尔闪亮，似乎在为女子指引方向。

没多久，女子来到了一座岛屿上。

此时，这颗珠子像深邃夜空里的星星一样闪亮，无声无息间从空气中凝聚出一块淡不可见的灵识碎片。

看着珠子里七零八落的灵识碎片，女子轻声温柔地道：“殇晨，再等等，我一定会找到你的。”

（全书完）